T0369938

BIENVENIDOS A LA LIBRERÍA
HYUNAM-DONG

HWANG BO-REUM

BIENVENIDOS A LA LIBRERÍA HYUNAM-DONG

어서 오세요, 휴남동 서점입니다
Welcome to Hyunamdong Bookstore

Publicado originalmente por Clayhouse Inc.

La edición en español se publica por acuerdo con Clayhouse Inc, a través de BC Agency, Seúl.
Traducción al inglés: Copyright © Shanna Tan.
Traducción al español bajo licencia de Rogers, Coleridge & White Ltd.

Traducción del inglés al español: Andrea Rivas
Diseño de portada: Carmen R. Balit
Adaptación de portada: Planeta Arte & Diseño
Ilustración de portada: @BANZISU
Fotografía de la autora: © Seong Ji Min, Clayhouse Inc.

Bajo el sello editorial PLANETA M.R.
Avenida Presidente Masarik núm. 111,
Piso 2, Polanco V Sección, Miguel Hidalgo
C.P. 11560, Ciudad de México
www.planetadelibros.com.mx

Primera edición en formato epub: septiembre de 2024
ISBN: 978-607-39-1944-9

Primera edición impresa en México: septiembre de 2024
Primera reimpresión en México: diciembre de 2024
ISBN: 978-607-39-1697-4

Impreso en los talleres de Impregráfica Digital, S.A. de C.V.
Av. Coyoacán 100-D, Valle Norte, Benito Juárez
Ciudad de México, C.P. 03103
Impreso y hecho en México – *Printed and made in Mexico*

¿Qué caracteriza a una buena librería?

Un hombre daba vueltas fuera de la librería. Encorvándose ligeramente, ponía una mano sobre sus ojos para protegerse de la luz y miraba a través de la ventana. Había confundido el horario de apertura y llegó demasiado temprano. Mientras caminaba hacia la librería, Yeongju reconoció al hombre que le daba la espalda. Era un cliente asiduo que acudía dos o tres tardes por semana, siempre vestido con traje de negocios.

—Hola.

Sobresaltado, el hombre volteó con rapidez. Al ver a Yeongju, bajó las manos y se enderezó sonriendo con timidez.

—Por lo general vengo en las tardes. Es la primera vez que estoy aquí a esta hora —dijo.

Yeongju sonrió.

—No sé a los demás, pero sin duda me provoca envidia que su trabajo comience a la hora del almuerzo —bromeó el hombre.

—Me lo dicen a menudo —rio ella.

El hombre desvió la vista conforme sonaban los bips del código de entrada que ella marcaba en el teclado y no se dio la vuelta sino hasta que escuchó el clic de la cerradura. Su rostro se relajó cuando miró a través de la puerta entreabierta.

Abriendo de par en par, Yeongju volteó a mirarlo.

—Olerá un poco… a aire nocturno y libros. Si no le molesta, es bienvenido.

El hombre dio un paso hacia atrás moviendo las manos.

—No, no. Estoy bien. No quiero molestarla, sobre todo fuera de sus horas laborales. Volveré más tarde. Oh, cielos, ¿no hace mucho calor hoy?

Ella sonrió ante el gesto considerado y no insistió más.

—Es apenas junio y me estoy asando —respondió entonces, sintiendo los rayos del sol quemando la piel de su brazo.

Yeongju se detuvo en el umbral de la puerta y miró a la figura del hombre alejarse antes de entrar a la librería. En el momento en que puso un pie dentro se relajó como si su cuerpo y sentidos disfrutaran el confort de volver a su lugar de trabajo. En el pasado, ella solía creer con fervor en mantras como *pasión* y *poder de voluntad*, como si al fijar estas palabras en su mente de algún modo pudiera otorgarle sentido a su vida. Pero un día se dio cuenta de que se sentía como si estuviera arrastrándose hacia una orilla y decidió nunca volver a dejar que estas palabras dictaran su vida. En vez de esto, aprendió a escuchar a su cuerpo y sus sentimientos y a estar en lugares felices. Se hacía a sí misma estas preguntas: ¿este lugar me hace sentir positiva? ¿Aquí puedo estar en verdad completa y ser yo misma sin compromiso? ¿Me amo y atesoro aquí? Para Yeongju, la librería marcaba de manera positiva todas las casillas.

Era, en efecto, un día agobiante, pero antes de prender el aire acondicionado necesitaba sacar el aire viciado del día anterior y dejar entrar el aire fresco. «¿Cuándo escaparé del pasado? ¿O es esa una tarea fútil?». El hábito irrompible de la negatividad asomaba su fea cabeza para desmotivarla, pero ella se apresuró a alejarlo con pensamientos felices.

Conforme abría una a una las ventanas, entraba un aire cálido y húmedo. Abanicándose con una mano, miró la tienda. En su mente se amontonaron las preguntas. Si esta fuera su primera visita, ¿tendría fe en las recomendaciones de los libreros? ¿Cómo logra una librería ganarse la confianza de los clientes? ¿Qué caracteriza a una buena librería?

Se imaginó a sí misma entrando por primera vez. «Probablemente miraría con emoción esa pared», pensó. Las estanterías iban del suelo hasta el techo y estaban atestadas de novelas. «No, espera». Se atrapó a tiempo. No todos, incluso si son fanáticos de los libros, disfrutan la ficción. Era algo que había aprendido después de entrar a trabajar a la librería Hyunam-dong. «Aquellos a quienes no les gustaba el género quizá ignorarían la pared por completo», reflexionó.

La pared de novelas de la librería era su propia manera de completar el círculo de su sueño de infancia. En el colegio, la pequeña Yeongju atosigaba a su papá para que llenara las cuatro paredes de su habitación con libros de cuentos. Cada vez, su padre la reprendía, diciéndole que no debería de ser tan codiciosa, ni siquiera con los libros. Ella sabía que no estaba enojado y que solo intentaba terminar con el hábito que tenía de hacer berrinches para conseguir todo lo que quería. Aun así, solía explotar en llanto ante la firme negativa de su padre y más tarde, cansada de llorar, se acurrucaba en su pecho y dormía en sus brazos.

Alejándose del estante contra el que estaba recargada, Yeongju caminó hacia las ventanas y cerró una por una, empezando por la de siempre, la que estaba hacia la derecha. Con la última ventana cerrada con firmeza, prendió el aire acondicionado y puso su álbum favorito: *Hopes and Fears* de Keane. El lanzamiento del álbum había sido en 2004, pero ella acababa de descubrir a la banda británica el año anterior. Fue amor a primera escucha. Desde entonces, lo ponía prácticamente a diario. La voz lánguida y soñadora llenaba el aire mientras comenzaba un nuevo día en la librería Hyunam-dong.

Está bien dejar de llorar

Yeongju se sentó en su escritorio al lado del mostrador y revisó su correo para consultar los pedidos en línea. Lo siguiente era revisar la lista de pendientes que había preparado la noche anterior. Era un hábito que tenía desde la preparatoria y que conservaba en su vida adulta: escribir todas las tareas que debía hacer al día siguiente empezando por la más importante. Años más tarde aún mantenía el hábito, aunque con un propósito diferente. Su versión más joven quería gobernar sus días con mano de hierro; ahora Yeongju se relajaba con las listas. Recorrer las actividades en las que necesitaba trabajar le daba la confianza de que tendría otro día bien aprovechado.

Los primeros meses tras la apertura de la librería se olvidó por completo de las listas y del resto de sus hábitos. Cada día pasaba entre un torbellino de complicaciones, como si el tiempo se hubiera detenido de golpe. Antes de abrir la librería había sido aún peor, como si hubiera habido algo succionándole el alma. O tal vez lo más adecuado sería decir que no se sentía ella misma en lo absoluto.

Solo había una cosa en su mente.

«Tengo que abrir una librería».

Aferrándose a ese pensamiento, obligó al resto de asuntos a salir de su cabeza. Por fortuna era del tipo de persona que logra disciplinarse cuando tiene algo en lo que concentrarse. Era el ancla que necesitaba. Se involucró de lleno en el proceso. Eligió una ubicación, encontró una propiedad adecuada, se ocupó de los arreglos y muebles y compró la mercancía. En medio de todo incluso se certificó como barista.

Fue así como nació la librería Hyunam-dong en el barrio residencial del mismo nombre.

Al comienzo dejaba la puerta abierta y no hacía nada más. Los paseantes entraban, atraídos por la atmósfera acogedora del lugar. Pero en realidad la librería era como un animal herido, quejándose débilmente. Las pisadas de los visitantes disminuyeron pronto. Era la imagen de Yeongju sentada en una silla, con el rostro tan gris que uno se preguntaba si aún había sangre corriendo por sus venas: entrar a la librería era una intrusión a su espacio privado. Recibía a todos con una sonrisa, pero nadie se la devolvía.

La madre de Mincheol, una mujer bien parecida y con un sentido de la moda ostentoso, estaba entre las pocas personas que sentían la sinceridad de su sonrisa.

—¿Quién querría entrar a una librería como esta? Vender libros también es un negocio. ¡Mírate encorvada en esa silla! ¿Crees que el dinero caerá del cielo?

Dos veces por semana, la madre de Mincheol asistía a clases de dibujo y de chino en el centro comunitario del barrio. Después de sus clases se dirigía a la librería para ver cómo estaba Yeongju.

—¿Te sientes bien hoy? —preguntó la madre de Mincheol con un dejo de preocupación en la voz.

—Siempre estoy bien. —Yeongju sonrió débilmente.

—*¡Aigoo!* Todos por aquí estaban felices de tener una librería, pero luego ven a esta joven anclada a su silla con semblante de haber perdido un tornillo, ¡como si perteneciera más bien a un hospital! ¿Quién se atrevería a entrar? —exclamó la madre de Mincheol mientras sacaba una cartera brillante de su bolso elegante.

—¿Solo he perdido un tornillo? Oye, no está tan mal —dijo Yeongju.

La madre de Mincheol soltó una carcajada.

—Un americano helado.

—Estoy tratando de ser menos perfecta, más humana. Creo que ha sido contraproducente —dijo Yeongju inexpresiva.

—Mmm. ¿Alguien te dijo que amo el buen sentido del humor?

Yeongju presionó los labios de manera que formaran una línea recta y arqueó las cejas como si dijera: «Por favor, saca tus propias conclusiones», a lo que la mujer respondió frunciendo el ceño con una expresión divertida. Se apoyó contra la barra y miró a Yeongju preparar su café.

—Yo también he pasado por algo similar —dijo en voz baja para sí misma—. Mi cuerpo se cerró y me sentía agotada. Después de dar a luz a Mincheol hubo un periodo de mi vida en el que viví como si estuviera enferma. Estaba enferma. Mi cuerpo estaba adolorido. Pero lo que no podía entender era por qué también me dolía la mente. Ahora que lo pienso, es probable que fuera depresión.

—Su café está listo.

Yeongju estaba por ponerle una tapa al vaso de café cuando la madre de Mincheol le apartó la mano. En su lugar, tomó una pajilla y se sentó en una mesa; Yeongju se sentó frente a ella.

—Lo peor era tener que actuar como si estuviera bien cuando no lo estaba. Lloraba todas las noches y sentía lástima de mí misma porque no era capaz de hablar de mi dolor. Me pregunto si las cosas habrían sido diferentes si hubiera sido como tú, sentada ahí y dejando ir todo lo demás. Las lágrimas no se detenían, pero, ¿sabes?, cuando tenemos ganas de llorar es importante dejar que todo salga. Reprimir las lágrimas solo hace que las heridas sanen más lento.

La madre de Mincheol hizo una pausa ante el silencio de Yeongju, y de un solo trago se bebió todo el café helado.

—Qué envidia —añadió—, me da envidia que tengas el espacio para hacerlo.

Durante los primeros meses Yeongju también había llorado hasta más no poder. Dejaba que las lágrimas fluyeran, pero si entraban clientes se secaba los ojos y los saludaba como si no pasara nada. Nadie decía nada sobre su rostro manchado por las lágrimas. Nadie le preguntaba por qué lloraba; tan solo asumían que debía de haber alguna razón. Yeongju sabía muy bien por qué lloraba. Durante un largo tiempo —tal vez toda su vida— había una sombra que la hacía llorar.

Nada había cambiado. La razón, atrapada en el pasado, seguía exactamente igual. Pero un día Yeongju se dio cuenta de que las lágrimas se habían detenido. Ese momento —saber que estaba bien dejar de llorar— se sintió como si le hubieran quitado una piedra muy pesada del pecho. Los días de sentarse indiferente en su silla iban disminuyendo, pues cada mañana se sentía un poco más esperanzadora que la anterior. Aún no tenía suficiente energía para hacer más por la librería, pero comenzó a leer con voracidad de nuevo.

Era como si hubiera vuelto a los días de lectura desde el amanecer hasta el anochecer; reía mientras apilaba más libros, frunciendo el entrecejo en concentración mientras daba vuelta a las páginas. Volvía a ser la pequeña Yeongju, la que leía durante las comidas ignorando los regaños de su madre; volvía al júbilo de leer incluso cuando sus ojos protestaban. «Si puedo volver a experimentar esa felicidad una vez más, tal vez me será posible empezar de nuevo», pensaba.

Hasta la secundaria, Yeongju había sido una lectora ávida. Sus padres estaban siempre ocupados y la dejaban leyendo en un rincón de su casa. Una vez que devoró todos los libros de su colección, comenzó a ir a la biblioteca. Amaba los libros. Las novelas eran sus favoritas, pues la llevaban a expediciones a través de distintas tierras y mares desde la comodidad de su hogar. Cuando tenía que obligarse a volver a la realidad —arrancándose de los dulces sueños lectores— se le oprimía el corazón. Pero no necesitaba sentirse triste demasiado tiempo, solo tenía que abrir el libro para volver a sumergirse en sus aventuras.

Leer en la librería vacía le traía de vuelta los recuerdos de su infancia y sonreía. Se le ocurrió, mientras se frotaba los ojos con las palmas de las manos, que ya se le había pasado la edad para participar en un maratón de lectura. Parpadeó varias veces antes de volver a la página. Como si intentara enmendar una amistad rota de su infancia, se sumergió en los libros noche y día, sin despegarse nunca de su lado. No pasó demasiado tiempo para que sanara su anhelada relación. Los libros la recibieron con los brazos abiertos sin juzgar el tipo de persona en que se había convertido y la aceptaron tal y como era. Como una persona bien nutrida que hacía tres buenas comidas al día, se volvió más fuerte. Un día, al levantar la cabeza de las páginas, se encontró mirando a la librería con ojos más claros y una mente más aguda.

«Necesito hacerlo mejor que esto».

Yeongju buscó recomendaciones de libros y trabajó duro para llenar las estanterías medio vacías. Cada que leía un libro anotaba sus pensamientos en una tarjeta y luego la metía entre las páginas. Para aquellos que aún no leía, recolectaba las opiniones de críticos literarios, reseñistas y lectores que encontraba en línea. Cuando los clientes le preguntaban por un título que no le era familiar, se aseguraba de buscarlo. Nada de esto lo hacía por las ganancias; su prioridad era crear una librería que se viera y se sintiera como tal. Sus esfuerzos dieron frutos gradualmente. Los habitantes cercanos dejaron de lanzar miradas dubitativas a la librería; los más astutos incluso notaron los cambios. Cada vez que entraban la librería parecía un poco más cálida, un poco más acogedora y proyectaba un encanto magnético sobre los caminantes que pasaban cerca. El cambio más importante fue el de Yeongju. Ya no existía la chica de la librería que ponía nerviosos a los clientes con su rostro lleno de lágrimas.

La librería comenzó a recibir visitantes de vecindarios cada vez más lejanos. La madre de Mincheol estaba fascinada de ver rostros desconocidos que buscaban en las estanterías.

—¿Dijeron cómo encontraron la librería?

—Por nuestro Instagram.

—¿La librería está en Instagram?

—Sí. ¿Y sabes de las notas a mano que dejo entre las páginas de los libros? También pongo fotos de ellas en línea.

—Ah, ¿y la gente viene hasta aquí solo por eso?

—Bueno, no solo por eso. Soy muy activa en Instagram. Usualmente subo un saludo cálido durante la hora más activa de la mañana. O un libro que estoy leyendo. A veces comparto pequeñas quejas de la vida. Ah, y más saludos a la hora de salida del trabajo, mientras la gente vuelve a casa en el transporte.

—Lo que pasa en el cerebro de la gente joven me supera. ¿Para qué viajar tan lejos solo por eso? Bueno, como sea, es maravilloso. Pensaba que solo te sentabas como un maniquí, pero parece que estás haciendo algo.

No había mucho qué hacer cuando algo no le importaba, pero una vez que comenzaba a importarle, el trabajo era infinito. Desde el momento en que ingresaba el código para abrir la librería hasta que cerraba al final del día, sus manos y pies no estaban quietos un solo momento. Cuando sus extremidades comenzaron a enredarse en sí mismas mientras hacía maniobras entre las órdenes de la librería y la cafetería que se apilaban, decidió que era tiempo de conseguir ayuda. Puso un anuncio de empleo para barista. Minjun llegó al día siguiente. El mismo día, tras dar un sorbo al café que el chico había preparado, quitó los anuncios. Comenzó a trabajar al día siguiente, cerca del primer aniversario de la librería.

Había pasado un año desde entonces. Minjun debía de llegar en cinco minutos. Como siempre, acompañada por una taza de su café, Yeongju se sumergiría en una novela hasta la una, cuando la librería estaba lista para recibir a sus clientes.

¿Cuál es el café del día?

De camino a la librería, Minjun dirigió una mirada de envidia a un hombre que pasó a su lado con un abanico en mano. Decir que era un día caluroso era poco cuando su cuero cabelludo punzaba incesante por el calor implacable. No había sido así de insoportable el año anterior, ¿o sí? Pensar en el clima le recordó que había sido por esta época, el año anterior, cuando se topó con el anuncio de empleo.

SE BUSCA BARISTA

8 horas por día, 5 días a la semana.
El sueldo se acordará en persona.
Cualquiera que haga un buen café es bienvenido a aplicar.

En ese entonces Minjun estaba desesperado por conseguir trabajo. No le importaba de qué se trataba. Hacer café estaba bien. También lo era mover cosas pesadas, limpiar baños, voltear hamburguesas, entregar paquetes o escanear códigos de barras. Para él, todos eran lo mismo mientras pagaran. Así que se presentó en la librería.

Eran alrededor de las tres de la tarde cuando abrió la puerta. Como era de esperarse, la librería estaba vacía, de no ser por una mujer que parecía la dueña. Estaba sentada en una de las mesas cuadradas de la sección de cafetería, ocupada escribiendo en una libreta del tamaño de sus palmas. Cuando sonó la puerta al abrirse, ella levantó la cabeza y lo saludó. Su sonrisa cálida parecía decir: «Siéntete libre de merodear, no voy a molestarte».

Cuando la chica volvió a su trabajo, Minjun pensó en tomarse las cosas con calma y dar una vuelta.

El lugar era espacioso —en realidad era grande— para una librería independiente; había sillas pegadas a las estanterías que parecían estar dispuestas para invitar a los clientes a tomarse su tiempo de hojear los libros. Una tercera parte de la pared a la derecha estaba cubierta por completo con repisas de libros del suelo al techo, mientras que había estantes de exhibición de la altura de las ventanas de la tienda a ambos lados de la puerta. A primera vista no quedaba claro cómo estaban organizados los libros. Tomó al azar uno de la repisa más cercana. Un pedazo de papel se asomaba de la parte superior. Abrió el libro, sacó la nota y leyó.

«Cada uno de nosotros es una isla; aislada y solitaria. Esto no es malo. La soledad nos hace libres y el aislamiento puede traer profundidad a nuestras vidas. En las novelas que me gustan, los personajes son islas solitarias. En las novelas que amo, los personajes solían ser islas solitarias hasta que sus destinos se engarzan gradualmente; el tipo de historias donde susurras: "¿Aquí estabas?" y una voz responde "Sí, siempre". Piensas para ti mismo: "Estaba un poco solo, pero gracias a ti estoy más acompañado". Es un sentimiento maravilloso y el libro que tienes entre las manos me da una probada de esa alegría».

Minjun volvió a poner la nota adentro y leyó el título: *La elegancia del erizo*. Intentó imaginarse a un erizo con sus espinas caminando con elegancia. ¿Un erizo? ¿Soledad? ¿Aislamiento? ¿Profundidad? No podía unir todos estos conceptos. «La soledad nos hace libres y el aislamiento puede traer profundidad a nuestras vidas». Nunca había pensado —ni negativa ni positivamente— en la soledad y el aislamiento, y por lo tanto nunca había intentado evitarlos. En ese sentido, era libre. ¿Pero había profundidad en su vida? No estaba seguro.

Parecía que la autora estaba trabajando en una nota similar en aquel momento. ¿Escribía ella misma todas las notas a mano? Siempre había pensado que una librería simplemente ordenaba y vendía libros, pero parecía que había algo más.

Terminó de dar el breve *tour* con una mirada rápida a la máquina de café y se acercó a la mujer.

—Disculpe.

Yeongju se puso de pie.

—¿Puedo ayudarlo?

—Vi el anuncio de empleo. Para ser barista.

—¡Ah, sí! Tome asiento, por favor.

Yeongju le sonrió, como si se tratara de una persona a la que había estado esperando por un muy largo tiempo. Caminó hasta su escritorio al lado de la caja registradora y volvió con dos hojas de papel que luego colocó en la mesa antes de sentarse frente a él.

—¿Vive cerca?

—Sí.

—¿Y sabe cómo hacer café?

—Sí. He trabajado a medio tiempo en muchas cafeterías.

—¿Puede manejar esa máquina de café?

Él dirigió la mirada hacia donde ella le señalaba.

—Eso creo.

—Está bien. ¿Podría prepararme un café?

—¿Ahora?

—Dos tazas. Platicaremos mientras bebemos café.

Unos momentos después, él volvió con café recién hecho. Mantuvo la mirada fija sobre Yeongju mientras bebía. Incluso con la petición repentina de preparar café, no se sentía nervioso; no tenía razón para estarlo cuando servir un café decente le era sencillo. Pero sintió la tensión cuando Yeongju se tomó su tiempo para saborear el oscuro líquido lentamente, empinando la taza para dar un segundo trago antes de levantar la mirada.

—¿Por qué no bebe? Está rico.

—Está bien.

Hablaron durante los siguientes veinte minutos, o más bien Yeongju habló mientras él escuchaba. Alabando el café que había preparado, Yeongju preguntó si estaba disponible de inmediato. Él respondió que sí. «Como barista, debes concentrarte en el café», dijo ella, añadiendo que su única petición era que él desempeñara todas las tareas relacionadas con el café para liberarle un poco la carga de trabajo. Cuando ella siguió con la pregunta de si también podría hacerse cargo de seleccionar y adquirir los granos de café, él se preguntó por qué una tarea tan mínima merecía ser mencionada aparte, pero en voz alta solo respondió «sí».

—Hay un tostador con el que trabajo. El jefe es buena persona.

—Está bien.

—Tú y yo tendremos cada quien sus propios roles, pero si alguno de los dos está demasiado ocupado, el otro ayudará.

—Entendido.

—Para que quede claro, no solo yo puedo pedir ayuda. Si tienes demasiado trabajo, yo puedo ayudarte.

—Entendido.

Yeongju le entregó los papeles. Era un contrato. Le dio una pluma para que firmara una vez que estuviera de acuerdo con los términos y condiciones, y comenzó a explicarle cada una de las cláusulas.

—Trabajarás cinco días por semana; los días de descanso son los domingos y los lunes. Las horas de trabajo son de doce y media a las ocho y media. ¿Te parece bien?

—Entendido.

La librería abre seis días por semana, de modo que yo solo descanso los domingos.

—Ya veo, entendido.

—En caso de que tengas que trabajar tiempo extra, aunque no creo que llegue a pasar, te pagaré las horas adicionales.

—Entendido.

—Tu tarifa por hora es de doce mil wones.

—¿Doce mil?

—Trabajarás cinco días a la semana y la cantidad de horas son equivalentes a las de un trabajo de tiempo completo. Si se te paga adecuadamente, esa es la cantidad.

Minjun no pudo evitar mirar alrededor de la librería. Desde el momento en que había entrado no llegó un solo cliente. Se preguntaba si la dueña estaba consciente de ello. Parecía no tener idea de cuál era la tarifa del mercado, como si fuera su primera vez contratando a alguien para un puesto casual. El modo desenfadado en que estaba llevando a cabo la contratación lo hizo dudar. A pesar de que sabía que estaba cruzando un límite, no pudo evitar decírselo.

—La paga por lo regular es más baja.

Yeongju levantó la vista con una mirada reflexiva antes de volver a mirar el contrato.

—Claro, sé que será difícil con la renta tan cara… pero Minjun, está bien. No tienes de qué preocuparte.

Lo miró a los ojos; eran impasibles pero cálidos. Eso le gustaba. Eran el tipo de ojos que son difíciles de notar a primera vista, pero algo en ellos la llamaba a conocerlo. También le alegró que no intentara ponerse una máscara ni se esforzara en exceso por caerle bien, sino que se mantuvo cortés a lo largo de toda la conversación.

—Necesitas descanso para trabajar y para descansar necesitas un cierto nivel de sueldo para vivir con comodidad —dijo ella.

Minjun volvió a leer el contrato. Así que esta jefa, para asegurar un equilibrio entre el trabajo y la vida privada, deliberadamente creó una posición de ocho horas cinco días por semana, y para que la persona fuera compensada de manera adecuada hizo cálculos y terminó con una paga de doce mil *wones* por hora. ¿Se trataba de la bondad de alguien que era empleadora por primera vez? ¿O era porque a la librería le iba mucho mejor de lo que parecía? Minjun tenía preguntas, pero firmó como se le dijo, seguido de Yeongju.

Se puso de pie con su copia en la mano y asintió con la cabeza hacia Yeongju, quien se levantó para acompañarlo a la puerta.

—Por cierto —lo llamó—, es probable que solo me sea posible mantener abierta esta librería durante dos años. ¿Está bien?

En estos tiempos, ¿quién pensaría quedarse en un trabajo casual por más de dos años? Su récord más largo era de seis meses. A decir verdad, no se sentiría decepcionado si en un mes le dijera de pronto que ya no lo necesitaba. Pero a ella simplemente le dijo:

—Entiendo.

Ahora había pasado un año desde que aceptara el trabajo a la misteriosa jefa de la librería Hyunam-dong. En ese tiempo, siguieron el acuerdo al pie de la letra. Yeongju pasaba su tiempo experimentando con nuevas ideas y observando cómo eran recibidas por los clientes, mientras que Minjun, a su propio modo tenaz, se encargaba de la selección de los granos de café y manejaba la máquina de café. Fiel a sus palabras, ella no pedía de él nada más que un buen café. Cuando lo atrapaba mirando al vacío cuando no había clientes, Yeongju reía. «¿No se supone que los jefes te miren con desaprobación cuando te atrapan holgazaneando?». Ante aquel pensamiento, no podía evitar sino reír también.

Limpiándose las gotas de sudor que le caían sobre la frente, empujó la puerta y de inmediato fue recibido por el ambiente fresco del aire acondicionado.

—Llegué.

Yeongju levantó los ojos de su libro.

—Hace muchísimo calor, ¿verdad?

—Sí —dijo él mientras levantaba la encimera y entraba a su lugar de trabajo, al otro lado de la barra.

—¿Cuál es el café del día?

—Adivínalo más tarde. —Él sonrió mientras se lavaba y secaba las manos.

Luego de poner una taza de café recién hecho al lado del libro de Yeongju, volvió a la barra de café, pero su mirada permaneció fija sobre ella. La miró dar un sorbo, con una expresión pensativa.

—Es parecido al de ayer. Pero el sabor frutal de este parece más fuerte. Delicioso.

Él asintió, complacido de que notara la diferencia. Como de costumbre, charlaron un poco más antes de volver de manera natural cada uno a su propio trabajo. Yeongju tenía el hábito de leer antes de abrir, mientras que Minjun preparaba los granos para el día y, en su tiempo libre, ayudaba a asear la librería. Sabía que ella habría limpiado la noche anterior, pero era el área en donde podía ofrecer su ayuda.

Historias de personas que se fueron

Antes de abrir la librería, Yeongju solía estar absorta en alguna novela. Abstraerse en los sentimientos de los personajes le permitía descansar de sus propios sentimientos. Tenía duelos, sufría y se volvía más fuerte con ellos. Como si compartir sus experiencias y emociones pudiera, hacia el final del libro, permitirle comprender a cualquier persona en el mundo.

A menudo leía porque estaba buscando algo. Sin embargo, no siempre sabía con precisión qué era lo que buscaba cuando abría la primera página. A veces avanzaba varios capítulos antes de decir: «Ah, entonces esto era lo que estaba buscando». También había veces en las que sabía con certeza —justo desde el inicio— qué quería encontrar. Las novelas que había estado devorando desde el año pasado pertenecían, en su mayoría, a esta última categoría. Quería historias de personas que se iban de sus vidas, ya fuera por unos cuantos días o para siempre. Por una infinitud de razones e historias, todos tenían una cosa en común: sus vidas cambiaban desde entonces.

En aquel tiempo le decían: «No te entiendo». A veces era una acusación: «¿Por qué solo piensas en ti misma?».

Justo cuando Yeongju creía que comenzaba a olvidar las palabras hirientes, sus voces volvían a perseguirla como alucinaciones. Justo cuando los recuerdos se disolvían en la distancia, resurgían y la inundaban al momento siguiente. Cada vez sus heridas se volvían un poco más profundas. Temiendo colapsar por completo, decidió enfrascarse en historias de personas que habían dejado atrás sus antiguas vidas. Leía con voracidad, como si estuviera en una misión para coleccionar todas las historias. Dentro de ella había una vasija vacía y Yeongju la llenaba hasta el borde con historias, motivos, emociones y el valor que necesitaban conseguir. Quería saber todo sobre sus vidas después, sus pensamientos a lo largo del tiempo, su alegría, su sufrimiento, su felicidad y sus tristezas.

Cuando las cosas se ponían difíciles, ella se encerraba en sí misma, acurrucándose al lado de los personajes mientras escuchaba sus historias y buscaba consuelo en sus palabras y experiencias.

Ahogaba las críticas dolorosas —«No te entiendo. ¿Por qué solo piensas en ti misma?»— con sus voces. Le daban fuerza y, por fin, reunió la entereza para decirse a sí misma: «Esa era mi única opción en ese entonces».

Durante los días siguientes, Yeongju estuvo absorta en *Animal triste* de Monika Maron, la historia de una mujer que, en el más estricto sentido de la palabra, abandona a su esposo y a su hija. Se había enamorado de otro hombre, pero como nada puede ser más importante en la vida que el amor verdadero, como el camino que tiene por delante —el único— es tan obvio, no tiene remordimientos. Más tarde, cuando el hombre se va de su vida, ella deja de crear nuevas memorias por miedo a borrar las que tiene de él y su tiempo compartido. Se desconecta por completo del mundo y vive el resto de su vida en soledad por décadas, hasta los noventa o cien años. Para Yeongju, una buena novela es aquella que la lleva a lugares más allá de sus expectativas. Al leer este libro, el principio se había centrado en la mujer que *se va*, pero más adelante se dio cuenta de que el amor era lo que hacía que todo fuera posible. Le daba vueltas al modo en que la mujer comienza a usar los lentes que el hombre había dejado, a pesar de que estos le arruinan la vista con el tiempo; este fue su último intento desesperado de estar cerca de él. ¿Cómo puede alguien amar tan incondicionalmente?, se preguntaba Yeongju. Vivir décadas enteras en soledad, celebrando un amor que había desaparecido hacía cuarenta o cincuenta años. Y la mujer no se arrepentía de nada; ¿qué la hacía estar tan segura de que este era el único amor de su vida? Yeongju no entendía a la mujer, pero la admiraba por haber vivido tan intensa y ferozmente.

Apartando los ojos de las páginas, reflexionó sobre las palabras de la mujer: «De todo lo que la vida tiene para ofrecer, solo el amor es indispensable». ¿Era el amor lo más importante en la vida? ¿Nada más se le puede comparar? «El amor es genial», pensó. Pero, ¿indispensable? No, no estaba de acuerdo. Así como algunos prosperan con el amor, también es posible vivir sin él. «Estoy bastante bien sin amor», pensó.

Mientras ella seguía perdida en sus propios pensamientos, Minjun estaba limpiando las tazas de café con una toalla. Cuando sonó la alarma indicando que era la una de la tarde, devolvió la toalla a su lugar y caminó hacia la puerta. El ruido sordo del cartel que decía «Abierto» la sacó de su ensoñación. Mientras él volvía al mostrador, ella sintió la necesidad de pedirle su opinión sobre el amor. Pero lo pensó mejor. Ya podía imaginar su respuesta. Haría una pausa para pensar y responder: «Bueno...». Ella deseaba saber lo que había en su cabeza en ese momento de vacilación, pero Minjun nunca fue alguien que compartiera sus pensamientos con facilidad.

Al verlo volver a tomar la misma taza, Yeongju pensó que había tomado la decisión correcta al no preguntar. De cualquier modo, solo había una respuesta correcta: la que tenía en mente ahora mismo. ¿No era de esto de lo que se trataba la vida? Ir hacia adelante con la respuesta que ya tienes, tropezando a lo largo del camino y levantándote a ti mismo, solo para darte cuenta un día de que la respuesta a la que te aferraste durante tanto tiempo no era la correcta. Cuando eso pasa, es tiempo de buscar la siguiente respuesta. Así es como vive la gente ordinaria, como ella misma. A lo largo de nuestra vida la respuesta correcta seguirá cambiando.

Él aún secaba las tazas cuando ella lo llamó:

—Minjun, que hoy también sea un buen día.

Por favor, recomiéndeme un buen libro

Antes de abrir la librería, Yeongju nunca había pensado si era apta como vendedora de libros. Ingenuamente pensaba que cualquiera que amara los libros podía dedicarse a venderlos. Fue solo hasta el momento en que tuvo su propia librería cuando se percató de que tenía un serio defecto. Se hacía preguntas cómo «¿Qué libro es bueno?» y «¿Qué es un libro interesante?». Una vez hizo el ridículo por completo cuando un hombre de más de cuarenta años le pidió una recomendación.

—*El guardián entre el centeno* de J. D. Salinger es muy interesante —dijo ella con entusiasmo—, ¿lo ha leído?

El hombre negó con la cabeza.

—No.

—Lo he leído más de cinco veces, si no me equivoco. No es tan interesante, no en un sentido estricto. ¿Conoce esa sensación cuando un libro hace levantar la cabeza con una carcajada o con el mareo de la expectativa? Este libro no es interesante en *ese* sentido. Quiero decir… va más allá del *interés* genérico. No hay, eh… un clímax o una trama central que una al libro. Toda la historia sigue los pensamientos de un niño y tiene lugar en el lapso de unos pocos días. Dicho esto, quiero decir… me parece un libro interesante —terminó de manera patética.

—¿En qué piensa el niño?

El hombre se veía tan serio que Yeongju sintió una punzada de nervios mientras intentaba explicar el argumento del libro.

—Es sobre el modo en que el niño ve el mundo, sus pensamientos sobre la escuela, los maestros, los amigos, los padres...

El hombre frunció el entrecejo.

—¿Le parece que yo disfrutaré ese libro?

Ella estaba perpleja. «¿Le parecerá interesante si lo lee? ¿Por qué, de entre todos los libros, le recomendé ese?». Debió de notársele en la cara, pues el hombre tan solo le agradeció y se alejó. Más tarde, se acercó a la caja y compró *Una mirada a Eurasia.*[1] Así que eso era lo que le gustaba. Historia. Algo de lo que él dijo antes de salir de la tienda permaneció en la mente de Yeongju desde entonces.

—Lamento haberle hecho una pregunta difícil cuando cada uno tiene sus propios gustos.

¡El cliente ofreciéndole disculpas a la librera por buscar una recomendación cuando ella era la que debía disculparse por su incompetencia! Era una importante lección aprendida: nunca recomendar ciegamente sus propios favoritos a un cliente. Quería mejorar. Pero, ¿cómo? En sus momentos libres del trabajo meditó al respecto y se le ocurrió lo siguiente:

- *Sé objetiva*
Evita juicios personales. En vez de «libros que me gustan» recomienda «libros que el cliente podría disfrutar».
- *Haz preguntas*
No te apresures a dar recomendaciones. Haz las siguientes preguntas: ¿qué libro disfrutó recientemente? ¿Qué libro le ha

[1] Lee Byeong-han, 유라시아 견문 *Yurasia Gyeonmun* (Seohae Munjib, 2016).

dejado una fuerte impresión? ¿Qué géneros le gustan? ¿Qué hay en su mente en estos días? ¿Quiénes son sus autores favoritos?

A pesar de su estrategia, aún se quedaba en blanco en algunas ocasiones.

—¿Hay algún libro que pueda liberar a un corazón asfixiado? —le preguntó una vez la madre de Mincheol mientras esperaba el americano helado que había ordenado, añadiendo también que se había saltado las clases porque no tenía humor.

¿Un libro que liberara a un corazón asfixiado? La petición era demasiado abstracta y ninguna de sus preguntas previamente pensadas parecía ser apropiada. Desesperada por no quedar en silencio, buscó alguna pregunta en su inconsciente:

—¿Hay algo que está molestándola?

—Así me he sentido durante los últimos días, como si estuviera llena de pastelillos de arroz injeolmi, metidos hasta la garganta.

—¿Qué pasó?

Ante la pregunta de Yeongju, la mujer se puso rígida y le temblaron los párpados. Se bebió la mitad del americano helado de un trago, pero esto no les devolvió la luz a los ojos.

—Es Mincheol.

Un asunto de familia. De alguna manera, dirigir una librería hacía que Yeongju estuviera al tanto de los asuntos más privados de sus clientes. Había leído en alguna parte que los autores a menudo logran que la gente se abra con ellos, como si ser un creador de palabras significara de alguna manera que entenderían cosas que ni siquiera los amigos más cercanos podrían entender. Aparentemente, algunas personas pensaban lo mismo de los libreros, como si ser dueño de una librería te acreditara como un ser con una excepcional inteligencia emocional.

—¿Le pasó algo? —preguntó Yeongju.

Había visto al estudiante larguirucho de preparatoria en algunas ocasiones. Había heredado el rostro pálido de su madre y cuando sonreía tenía un aspecto puro y brillante.

—Mincheol... me dijo que no entiende cuál es el sentido de la vida.

—¿El sentido de la vida? —repitió Yeongju.

—Sí.

—¿Por qué?

—No tengo idea. No creo que lo dijera en serio, pero desde entonces no he podido concentrarme en nada. Me duele el corazón cada vez que pienso en lo que dijo.

De acuerdo con su madre, Mincheol decía que tenía nulo interés en las cosas: estudiar, jugar, salir con sus amigos. No era como que hubiera dejado por completo de hacerlas —estudiaba cuando se acercaban los exámenes, jugaba cuando estaba aburrido y salía de vez en cuando con sus amigos—, pero todas esas actividades le eran indiferentes y casi todos los días volvía a casa después de la escuela, navegaba en internet tirado en su cama y luego se quedaba dormido. Tenía dieciocho años y estaba cansado de la vida.

—¿No hay un libro que pueda ayudarme? —La madre de Mincheol clavó la pajilla entre los cubos de hielo y succionó las últimas gotas de café.

Para Mincheol, Yeongju podría escribir una lista de lectura. Había muchísimas historias sobre la fatiga o sobre sentirse perdido en el mundo propio. Sin embargo, ¿qué podría sugerirle a una madre cuyo hijo estaba atravesando una crisis adolescente? Sin importar cuánto lo pensara, no se le ocurría nada adecuado. No podía recordar novelas sobre una madre y su hijo, tampoco había leído ni un solo libro sobre tener hijos. Tenía miedo. No porque no pudiera encontrar un libro adecuado sino porque de pronto se dio cuenta de que ella era el factor que limitaba a su librería, su visión estrecha del mundo. La librería Hyunam-dong estaba hecha a sus preferencias como lectora, sus intereses y su repertorio de lecturas. ¿Cómo un lugar así podía ser de utilidad para los otros? Decidió ser honesta.

—No puedo pensar en un libro que sea de ayuda.

—No te preocupes.

—De hecho… espere. Hay una novela que acaba de venir a mi mente. *Amy e Isabelle*. Es sobre una madre y su hija que viven bajo el mismo techo y se odian tanto como se aman. Ser padre o madre e hijo no significa que siempre se entenderán y adecuarán uno al otro. Leerlo me hizo pensar que, de algún modo, incluso los padres y los hijos deben vivir sus propias vidas separadas en algún punto.

—Suena intrigante —dijo la madre de Mincheol—. Me lo llevaré.

Ella rechazó la oferta de Yeongju de prestarle el libro primero para ver si le gustaba. Mientras la veía salir de la tienda con el ejemplar, pensó en el poder que contienen los libros. «¿Existe un libro que pueda liberar un corazón asfixiado?». «¿Puede un libro tener tanto poder?».

Dos semanas más tarde, la madre de Mincheol volvió a aparecer.

—Tengo que irme, pero quería decirte cuánto disfruté el libro. Me recordó a mi propia madre. También nosotras peleábamos mucho, aunque no tanto como Amy e Isabelle.

Hizo una pausa, como si se hubiera perdido en sus pensamientos, y cuando volvió a hablar, tenía los ojos un poco rojos.

—En la última escena, cuando la madre sigue llamando a su hija… lloré pensando en cómo llegará el momento en que extrañaré tanto a mi hijo. No puedo mantenerlo en mis brazos para siempre, tendré que aprender a dejarlo volar, dejarlo tener su propia vida. Muchas gracias, Yeongju. Por favor, recomiéndame más libros la próxima vez. Bueno, ¡tengo que irme!

Aunque no era exactamente la historia que estaba buscando, la madre de Mincheol había disfrutado lo que Yeongju le recomendó con algo de temor. Aún tenía oprimido el corazón, pero el libro le había traído de vuelta recuerdos de su madre y la impulsó a reflexionar sobre cómo manejar la relación con su hijo. ¿Podría considerarse una buena recomendación? A pesar de no cumplir con las expectativas, ¿podría un libro, si se disfruta, considerarse una buena lectura?

¿Un buen libro es siempre una buena lectura?

Sus recomendaciones podrían no ser lo que los clientes esperaban, pero si dicen «Aun así fue bueno», tal vez había hecho un buen trabajo. Por supuesto, sugerir una novela sobre un estudiante de preparatoria —incluso si es una de las mejores novelas literarias con comentario social— a un *ajusshi* de mediana edad que disfruta de los títulos de historia y no ficción aún podría ser un fracaso. ¿Pero quién sabe? Un día podría tener ganas de leer una novela. O tal vez, cuando quisiera comprender mejor a sus hijos, recordaría que le recomendaron un libro así y lo buscaría. Si lo hiciera, tal vez incluso lo disfrutaría. Como ocurre con todo en la vida, leer depende del momento adecuado.

Dicho esto, ¿qué se entiende por un buen libro? Para la persona promedio quizá sea un libro que disfrutó. Pero como librera, Yeongju necesitaba pensar más allá.

Intentó pensar en una definición:

Libros sobre la vida. No algo genérico, sino un buceo profundo y crudo hacia la vida.

Recordando los ojos enrojecidos de la madre de Mincheol, intentó más detalles.

Libros de autores que entienden la vida. Aquellos que escriben sobre la familia, la maternidad y los hijos, sobre sí mismos, sobre la condición humana. Cuando los autores profundizan para comprender la vida y tocar los corazones de los lectores, ayudándoles a navegar a través de la vida, ¿no es eso lo que debería constituir un buen libro?

Un momento para el silencio, un momento para conversar

La librería era un frenesí de actividades —había clientes que necesitaban ayuda, pedidos continuos de café, formularios de inventario que debían ser completados—, pero cuando terminaba el bullicio, todo quedaba en silencio de nuevo. Sin clientes, sin pedidos de bebidas ni nada que necesitara atención inmediata. Durante estos momentos de paz, Yeongju insistía en que se tomaran un descanso. Ignorando el desorden en los estantes, cortaba un poco de fruta junto al fregadero y, como si estuviera planeado, Minjun tenía el café recién hecho listo cuando le pasaba un plato.

El silencio se instalaba cómodamente entre ellos. Yeongju disfrutaba de estos momentos de tranquilidad. Estaba contenta de compartir espacio sin la necesidad de forzar una conversación. Una pequeña charla puede ser un gesto considerado, pero la mayoría de las veces va bajo tu propio riesgo. Cuando no hay nada que decir, exprimir las palabras solo deja el corazón vacío y un deseo de escapar.

Compartir espacio con Minjun le enseñó que el silencio también puede ser una forma de consideración, que es posible estar cómodo sin la necesidad de llenar el silencio. Poco a poco, aprendió a acostumbrarse a la naturalidad del silencio.

Sin importar cuánto durara el descanso —diez, veinte o treinta minutos—, Minjun siempre hacía las mismas pocas cosas. En primer lugar, nunca sacaba su teléfono. Ella sabía que tenía uno, pues había escrito el número en su currículum, pero nunca había tenido la necesidad de llamarle. A veces leía, aunque no parecía disfrutarlo en particular. La mayor parte del tiempo era como un investigador de laboratorio, jugueteando con los granos de café. En un inicio ella pensaba que lo hacía para pasar el tiempo, pero conforme el aroma y sabor de su café iban volviéndose más profundos, fue claro que sus experimentos tenían un propósito.

Había una persona con la que Yeongju podía discutir el tema de «Qué tan callado es Minjun» tanto como quisiera: Jimi, la dueña de la tostadora de café a la que le compraba los granos, quien, además, le había enseñado todo lo que sabía sobre café. Se complementaban bien; Yeongju amaba hacer bromas y Jimi era buena escucha. La brecha de diez años de edad que las separaba no les molestaba en lo más mínimo.

Al principio, Jimi solía ir a la librería, pero en poco tiempo el departamento de Yeongju se convirtió en su escondite. A veces ella regresaba a casa del trabajo y se encontraba a Jimi en cuclillas junto a su puerta; al verla se limpiaba el polvo del trasero y se levantaba. Siempre traía bolsas con comida y bebida. Rápidamente se hicieron del tipo de amigas que pueden hablar de cualquier cosa bajo el sol. Incluso con los temas más extraños, sus conversaciones fluían con facilidad. Si la conversación se interrumpía, la retomaban con sencillez. Ninguna era más dominante que la otra; las bromas iban y venían deprisa, como en un juego de tenis de mesa.

Una vez tuvieron toda una discusión sobre «Qué tan callado es Minjun» mientras bebían cerveza.

—Es un hombre de pocas palabras. Al inicio pensé que era un robot. Ya sabes, te saluda y eso es todo. —Jimi hizo una pausa para masticar un trozo de calamar seco—. Pero es bueno respondiendo a lo que se le pregunta.

El calamar seco colgaba de la boca de Yeongju y se meneaba mientras ella asentía vigorosamente.

—Responde bien cuando se le habla, ¡sí! Por eso nunca me he sentido frustrada hablando con él.

—Ahora que lo pienso, Minjun no es el único silencioso —dijo Jimi masticando su calamar—. Todos los hombres son iguales, la lengua se les pega una vez que se casan, como si el silencio fuera su protesta.

Por un momento los pensamientos de Yeongju se posaron sobre los hombres casados y sus protestas silenciosas, luego se obligó a volver al presente y confesó lo que pensaba del silencio de Minjun.

—Pensé que no le agradaba. Creí que yo era el problema.

—¿Qué pasa con tu mentalidad de víctima? ¿Creciste sin que te quisieran?

—No es eso... Es que no tengo la capacidad de acercarme a la gente. Siempre estaba sola, mis talones sonando furiosos mientras intentaba rebasar a los demás, ir más y más lejos. Pero cuando por fin me detuve y me di la vuelta, todos pasaban a mi lado como si yo fuera invisible. Nadie se acercaba a preguntarme: «¿Quieres probar esto? ¡Es delicioso!». ¿Eso cuenta como que no le gustas a la gente?

—Sip.

—¡Lo sabía! —Yeongju suspiró con dramatismo al mismo tiempo que Jimi se sacaba el trozo de calamar de la boca.

—¿Es esto? —exclamó.

—¿Eh?

—¡Tal vez Minjun no nos habla porque nos ve como *ajummas*!

—¡Vamos! Minjun y yo apenas y tenemos algunos años de diferencia —se quejó Yeongju, poniendo ambas manos a la altura del rostro de Jimi y levantando ocho dedos para enfatizar el número—. ¡Solo ocho años!

—¿Minjun está en sus treintas? —Rio Jimi.

—Ya tenía treinta cuando comenzó a trabajar conmigo.

—Ya veo. Bueno, si solo son ocho años de diferencia, no creo que te vea como una *ajumma*. Pero ¿no crees que Minjun ha cambiado un poco?

—¿Qué?

—Estos días habla un poco más.

—¿En serio?

—De vez en cuando hace preguntas.

—¿Sí?

—También ríe y conversa con mis empleados.

—¿De verdad?

—Es lindo.

—¿Crees que es lindo?

—¿Tú no? Tiene esa mirada concentrada cuando está completamente absorto en una tarea.

—Quieres decir, cuando está concentrado en…

—Puede ser en lo que sea. Simplemente me parece linda la gente que da lo máximo de sí. Me dan ganas de tratarla bien.

Cuando Yeongju comenzó a ofrecerle fruta a Minjun todos los días, él se sintió un poco desconcertado, pero llegó a aceptarla con cortesía, entendiendo el gesto como la idea que tenía Yeongju de ofrecer una prestación para los empleados —como bocadillos—. A pesar de que nunca le gustó mucho la fruta, se había acostumbrado tanto a ella que saltarse un día de fruta le parecía tan extraño que se esforzaba en sus días de descanso para comprarla. Así es como se forman los hábitos.

Para Yeongju, preparar fruta para Minjun era su manera de decirle que se tomara un descanso. A veces terminaba de cortar la fruta y algo o alguien la llamaba —antes de que pudiera tomar una rebanada— y exigía su atención. Luego había días como hoy en los que ya habían disfrutado de veinte minutos de descanso ininterrumpido. En esos días, saboreaba la fruta despacio y seleccionaba un libro de su pila. Se colocaba un mechón de cabello detrás de la oreja y se sumergía en el mundo de la palabra escrita, levantando de vez en cuando la cabeza con una mirada desenfocada, como si sus pensamientos estuvieran en otro lado. Parecía estar mirando al espacio vacío cuando de pronto le lanzaba una pregunta a Minjun.

—Minjun, ¿crees que debemos de abandonar una vida aburrida? Tenía la barbilla recargada sobre sus palmas, pero no lo miraba.

Cuando hacía esto, él solía permanecer en silencio, pensando que se hablaba a sí misma. Pero ahora sabía que no era así.

—Hay personas que un día deciden dejar su vida anterior y comenzar en otro lugar. ¿Crees que serán felices en su nueva vida? —volteó a mirarlo.

Era una pregunta difícil. Minjun se preguntó por qué Yeongju disfrutaba hacerle este tipo de cuestionamientos. Pensar y quedarse en silencio durante un tiempo demasiado prolongado parecería de mala educación, así que decidió ganar un poco de tiempo:

—Bueno…

Esta, o alguna otra respuesta afirmativa, era como Minjun solía responder a sus preguntas. No pudo evitarlo. No tenía modo de saber si esas personas estaban contentas con su nueva vida o no, ¿cierto?

—Estoy leyendo esta novela —dijo Yeongju— donde el protagonista conoce a una mujer por casualidad en un puente. Ella es un tanto enigmática, y tras su encuentro casual, el hombre, que vive en Suiza, un día parte hacia Portugal en tren. No es un día festivo; compra un boleto solo de ida. Me pregunto por qué elige irse. Está aburrido de su vida, pero no es que la esté pasando mal. Es uno de esos tipos tranquilos y talentosos; no es mundialmente famoso, pero aun así es estimado en su círculo. Podría haber disfrutado con facilidad de una buena vida en Suiza, pero abandona el país como si hubiera estado esperando este momento toda su vida. ¿Qué crees que espera encontrar en Portugal? ¿Será de veras feliz ahí?

Por lo regular Yeongju era una persona pragmática, pero cuando estaba absorta con profundidad en un libro, parecía convertirse en una persona que intentaba aferrarse a las nubes en movimiento. Minjun encontraba interesante la yuxtaposición, como si tuviera un ojo en la realidad mientras el otro contemplara algún lejano país de los sueños. Hacía poco, ella le había hecho otra pregunta sobre la vida.

—¿Crees que la vida tiene algún sentido?

—¿Eh?

—Yo creo que no. —Su proclamación se encontró con el silencio como respuesta—. Por eso las personas intentan darle sentido por sí mismas. Al final, la vida de cada uno es distinta, de acuerdo con el sentido que logran encontrar.

—Ya veo…

—Pero yo no creo que pueda encontrarlo.

—¿Encontrar qué?

—Sentido. ¿Dónde puedes encontrar sentido? ¿En el amor? ¿Amistades, libros, librerías? No es fácil.

Minjun no sabía qué decir.

—Incluso si decides que quieres buscarlo, no será fácil y rápido. ¿Tú qué piensas? —Alentada por el silencio de Minjun, prosiguió—: Es obvio que no será fácil. Después de todo, es el sentido de la *vida*. Bueno, aun así, quiero intentarlo. Pero si fallo, ¿quiere decir que mi vida no tiene sentido?

A Minjun le costaba seguir esta línea de pensamiento.

—Bueno…

Le parecía que, en lugar de buscar la respuesta de su interlocutor, Yeongju estaba haciendo preguntas para dar sentido a los pensamientos que se arremolinaban en su cabeza. Por lo tanto, a pesar de que él daba respuestas evasivas la mayor parte del tiempo, ella nunca le hacía reproches. Poco a poco él comenzó a comprender cómo viajar entre los dos mundos —flotar entre sus nubes de pensamientos y conectarse a la realidad— enriquecía su vida. Las costumbres de Yeongju comenzaron a contagiársele. Algo parecía haber al final de sus pensamientos. Algo vasto como un sueño. No el tipo de sinónimos como metas o aspiraciones, sino algo más nebuloso; como lo que había motivado al hombre en la historia a tomar el tren hacia Portugal para nunca volver atrás. No estaba seguro de si el hombre encontró la felicidad o sufrió al llegar a su destino, pero estaba seguro de que la vida iba a cambiarle por completo. ¿No era esto suficiente? Para aquellos que sueñan con un mañana completamente nuevo, el futuro del hombre está por volverse realidad.

Presentaciones de libros organizadas por la librera

Si ahora era una moda ver el nacimiento de librerías independientes en las esquinas y callejones, lo mismo podía decirse de que dichas librerías se convirtieran en espacios culturales. Esto último no significaba que los vendedores se subieran al tren solo porque estaba de moda; organizar eventos era una estrategia de negocios: tenían que atraer a un público amplio para mejorar las ventas. Una librería no puede sobrevivir solo de vender libros.

Al inicio, Yeongju quería solo vender libros, pero en seguida se dio cuenta de que la librería no tendría ganancias nunca si dependía nada más de eso para llegar a fin de mes. Cuando empezó a contratar empleados —aunque solo se tratara de Minjun— se volvió aún más imperativo escapar de los números rojos para ser una empleadora responsable. Decidió ofrecer su espacio para reservaciones los viernes por la noche. Eran bienvenidas charlas sobre libros, espectáculos o exposiciones. Como la librería solo proporcionaría el uso del espacio, no había mucho trabajo extra para ellos. Únicamente ayudaban a promover el evento colocando un cartel en el exhibidor fuera de la librería o publicando el enlace de inscripción en las redes sociales.

Al inicio le preocupaba que el ruido pudiera ser molesto para los clientes que iban a buscar un espacio silencioso para leer, pero resultó ser todo lo contrario. Muchos de los clientes preguntaban si podían quedarse para la lectura de algún autor o escuchar a alguna banda que tocaba en vivo, así que se decidió que, con la compra de cada libro o bebida, cualquiera podía unirse al evento del día si pagaba una tarifa adicional de cinco mil *wones*.

Las presentaciones y pláticas sobre libros eran cada segundo miércoles y el club de lectura se reunía el último miércoles de cada mes. Durante los primeros seis meses, Yeongju dirigía las reuniones, pero conforme más y más cosas se acumulaban en su lista de responsabilidades, todos aceptaron su sugerencia de que un par de miembros regulares tomarían el rol de líderes.

Yeongju siguió siendo anfitriona de las presentaciones de libros. Se había desafiado a sí misma a asumir el papel, sabiendo que no habría mejor oportunidad para conocer a los autores y hacer todas las preguntas que quería. Al mismo tiempo, pensaba que las «pláticas sobre libros organizadas por la librera» podrían convertirse en el distintivo de la librería Hyunam-dong. Hacía además el esfuerzo adicional de grabar las charlas y transcribirlas; los autores se alegraban de ver fragmentos de sus charlas siendo compartidos en el blog y las redes sociales de la librería.

Por ahora, los eventos especiales solo se celebraban los miércoles y viernes. Yeongju no había decidido del todo qué hacer a largo plazo. Demasiado de algo, por muy divertido que sea, lo convierte en una obligación. O si era algo que temía en primer lugar, tortura. Qué tanta diversión puede producir un trabajo está muy ligado a la carga de trabajo, por lo que tuvo cuidado de no permitir que ni su trabajo ni el de Minjun cruzaran ese umbral. Por lo tanto, a Minjun solo le pedía que permaneciera media hora extra en la charla sobre libros y en el club de lectura los miércoles.

A pesar de haberlo hecho muchas veces, Yoengju siempre se sentía nerviosa cuando se preparaba para las pláticas con autores. Unos días antes del evento se cuestionaba la decisión de abrumarse con más trabajo y se arrepentía pensando en lo mucho que odiaba ser el centro de atención y lo mala anfitriona que sería. Pero una vez que entraba en acción se divertía tanto que se disipaban todas sus dudas. Nunca podría abandonar las presentaciones de libros, porque eso significaría perderse la oportunidad de hablar con los autores y dar vueltas y vueltas sobre sus fragmentos favoritos de las obras.

Cuando era joven, la pequeña Yeongju pensaba que los autores ni siquiera iban al baño, como si fueran tan distintos a los seres ordinarios que sí necesitan tres comidas al día. Imaginaba que, por la noche, las gotas de lluvia caían desde sus hombros mientras enredaderas de soledad brotaban de sus nucas, retorciéndose y envolviéndose sobre sus cuerpos hasta los dedos de los pies. Para la pequeña Yeongju, todos los autores eran algo excéntricos y debía procurar comprenderlos. Después de todo, aquellos sumidos en la soledad a veces pueden parecer bruscos y antipáticos. Pensaba que los escritores sabían más cosas que el resto sobre el funcionamiento del mundo, y por lo tanto era el destino que los arrastraba a pasar su vida con la palabra escrita. ¿Había algo que los escritores no supieran? Probablemente no. Incluso ahora se aferraba a esa idea.

Sin embargo, los autores que conocía durante las presentaciones de libros eran mucho más ordinarios y agradables de lo que se había imaginado. Eran personas normales que sufrían del síndrome del impostor. Conoció autores que nunca habían tocado el alcohol, aquellos que tenían vidas más rutinarias que los trabajadores de grandes corporaciones y aquellos que corrían a diario para entrenar su estamina —que era una herramienta esencial para los escritores, o eso le habían dicho—. Un autor que escribía siete horas por día para convertirse en escritor de tiempo completo una vez le dijo, después de una presentación:

—Escribir era algo que quería intentar. Así que en vez de preocuparme por pensar si tenía o no el talento, me dije a mí mismo que debía de empezar a escribir, simplemente hacerlo. Quería vivir de este modo al menos una vez en mi vida.

Yeongju también conoció escritores más tímidos que ella misma, que no se atrevían a mirarla a los ojos. Una vez llegó un autor que dijo que terminó en la escritura porque no era bueno expresándose en voz alta. Hizo reír a la audiencia cuando bromeó diciendo que su cerebro no tenía la habilidad de hablar más rápido. Yeongju se sentía reconfortada de un extraño modo por los autores que hablaban a su propio paso torpe y no deprisa; era como si le estuvieran diciendo que estaba bien mostrar sus vulnerabilidades conforme atravesaba su propio camino de vida, un paso a la vez.

Mañana la librería sería anfitriona de su siguiente charla sobre libros, titulada «Cincuenta y dos historias para acercarse a los libros» con Lee Ahreum, la autora de *Cada día que leo.* Yeongju apenas iba a la mitad del libro y ya sabía que quería conocer a la autora. Para cuando terminó su lectura, de inmediato comenzó a escribir preguntas. En poco tiempo la lista era de veinte: era una buena señal de que tenía mucho que preguntar a la escritora.

PREGUNTAS Y RESPUESTAS CON LA AUTORA
(Publicada en el blog a las 10:30 p. m. Un fragmento fue publicado en Instagram a las 10:41 p. m.)

YJ: Amo tu libro. Siento que soy exitosa solo por leer y me gusta ese sentimiento (risas). Es absolutamente mi tipo de libro.

AR: Sí, totalmente (risas). Leer te hace ver con mayor claridad y comprender mejor al mundo. Cuando eres capaz de hacer eso, te vuelves más fuerte... ese es el sentimiento que asocias con la idea de éxito. Pero al mismo tiempo, leer provoca dolor. Dentro de las páginas hay mucho sufrimiento, más allá del que hemos experimentado a lo largo de nuestra experiencia finita de la vida. Leerás sobre sufrimientos que no sabías que existen. Cuando has experimentado el dolor de otros a través de las palabras se vuelve mucho más difícil perseguir la felicidad y el éxito individuales. Leer te hace desviarte de la definición tradicional de éxito porque los libros no nos hacen querer ir delante de los demás; nos guían para ir al lado de los otros.

YJ: Me gusta esa línea: «ir al lado de los otros».

AR: Nos volvemos exitosos de otras formas.

YJ: ¿Cómo?

AR: Nos volvemos más compasivos. Leer es ver las cosas a través de la perspectiva de alguien distinto y eso te lleva, de manera natural, a detenerte y cuidar a los otros, más allá de buscar el éxito como en una carrera de ratas. Si más personas leyeran, pienso que el mundo se convertiría en un lugar mejor.

YJ: Es común escuchar a la gente decir que le gusta mucho leer, pero no tiene tiempo de hacerlo... tengo entendido que tú lees mucho.

AR: En realidad no tanto, alrededor de un libro cada dos o tres días.

YJ: Yo diría que eso es *leer mucho*.

AR: ¿En serio? (risas). Estando tan ocupados, por lo general, tenemos poco tiempo para leer... Tal vez en la mañana, durante el almuerzo, en la tarde después del trabajo y antes de dormir. Pero estos breves espacios de tiempo realmente pueden convertirse en algo sustancial.

YJ: Has mencionado que por lo general lees varios libros al mismo tiempo.

AR: Sí, tengo poca capacidad de atención. Me aburro y me distraigo con facilidad, incluso si el libro es interesante. Entonces, cuando empiezo a sentirme inquieta, me pongo a leer otra cosa. Me han dicho que confundiré las tramas, pero hasta ahora eso nunca ha sucedido.

YJ: Yo siento que olvidaré lo que he leído para cuando vuelva al libro anterior.

AR: Mmm... Cuando leo, no me obsesiono con la necesidad de recordar cada detalle. Por supuesto, necesitaré recordar las partes anteriores hasta cierto punto, pero dicho esto, también es poco probable que no tenga ningún recuerdo de lo que ha pasado. Por lo general, recuerdo la mayor parte, pero si mi memoria está un poco confusa, releo las partes que he subrayado con lápiz antes de continuar.

YJ: Sí, recuerdo que mencionaste en tu libro que no hay necesidad de obsesionarte con los detalles. Pero, ¿de verdad está bien eso? (risas).

AR: (risas). Está perfectamente bien. Los libros no deben permanecer en tu mente, sino en tu corazón. Quizá también existan en tu mente, pero como algo más que recuerdos. En una encrucijada de la vida, en una frase olvidada o en una historia de hace años pueden volver para ofrecer una mano invisible y guiarte hacia tomar una decisión. En lo personal, siento que los libros que he leído me llevaron a tomar las decisiones en la vida. Aunque puede que no recuerde todos los detalles, las historias siguen ejerciendo una influencia silenciosa en mí.

YJ: Es muy reconfortante saber eso. Para ser honesta, no puedo recordar mucho de los libros que leí hace solo un mes.

AR: Yo tampoco, y creo que la mayor parte de la gente puede estar de acuerdo con nosotras.

YJ: Algunos dicen que estamos en una era donde ya no se lee, ¿tú qué piensas?

AR: Cuando estaba escribiendo este libro usé Instagram por primera vez. Me sorprendió tan gratamente lo que vi que comencé a preguntarme: ¿a quién se le ocurrió la idea de que la gente no lee hoy en día? Hay muchísima gente en la aplicación que devora libros a un ritmo increíble y eso me convenció de que los lectores no son una raza extinta. Dicho esto, sé que estos lectores de Instagram no son representativos de la persona promedio y tal vez sean un grupo de nicho. Hace algún tiempo leí un artículo que afirmaba que la mitad de los adultos en Corea ni siquiera terminan un libro al año. Pero cuando la gente no lee, no se puede considerar tan solo un problema. No es tan sencillo. Hay muchas razones: estar ocupado, no tener el espacio emocional ni el tiempo. Todo esto ocurre porque vivimos en una sociedad tan asfixiante.

YJ: ¿Eso significa que hasta que creemos una sociedad mejor será difícil que la gente lea?

AR: Mmm… No podemos solo sentarnos y esperar a que mejore la sociedad. Si más gente empieza a leer, serán capaces de empatizar con el dolor de los otros y el mundo se convertirá pronto en un lugar mejor.

YJ: ¿Qué podemos hacer?

AR: No es un problema que yo pueda resolver (risas). Pero creo que la gente todavía tiene apetito por la lectura y que siente que es importante leer. ¿Qué pasa con las personas que quieren leer pero no pueden, por una razón u otra?

YJ: …

AR: Como dice el dicho, el primer paso siempre es el más difícil (risas). ¿Cómo empezamos? Oh, ¿ahora es cuando tengo que decir que justo escribí el libro con ese grupo en mente? (risas).

YJ: ¿Eso es todo? ¿Ni siquiera una probada? Vamos, comparte algo con nosotros. ¿Qué tal eso de usar temporizadores cuando no puedes concentrarte?

AR: Claro, solo era una broma. En los días en que no pueden concentrarse, pregúntense qué han tenido en la mente en tiempos recientes. Por naturaleza los seres humanos sentimos curiosidad por las cosas que nos interesan. Por ejemplo, muchos de nosotros queremos dejar nuestro trabajo. Si están pensando en dejar de fumar, lean libros escritos por personas que ya lo han hecho. Hay muchos libros de este tipo. Si desean emigrar, lean historias sobre personas que cruzaron tierras y océanos. Si están luchando contra una baja autoestima, han perdido el contacto con un buen amigo o se sienten deprimidos, busquen libros sobre eso. Pero si no han leído durante mucho tiempo, puede resultarles difícil concentrarse y es posible que se distraigan con facilidad. Cuando me siento así, pongo un cronómetro en mi teléfono durante veinte minutos. Me concentraré en el libro hasta que suene el cronómetro. Establecer pequeñas restricciones como esta añade un poco de tensión que nos ayudará a concentrarnos. Una vez transcurridos los veinte minutos, tenemos la opción de dejar de leer, o si queremos continuar un poco más, podemos programar un cronómetro para otros veinte minutos. Si lo hacemos tres veces, ya llevamos una hora leyendo. Intentemos configurar el cronómetro tres veces y completar una hora de lectura todos los días.

Goat Beans

Cuando Minjun comenzó a trabajar en la librería solía pedir que los granos de café se entregaran dos veces por semana. Para conservar el aroma y el sabor, luego de recibirlos, volvía a empaquetar los granos en pequeñas bolsas selladas al vacío. En los últimos días había empezado a visitar Goat Beans cada dos días antes del trabajo para recoger su pedido y discutir con Jimi los granos que quería probar a continuación.

Goat Beans fue el primer y único tostador con el que trabajaba la librería. Yeongju había buscado recomendaciones y tuvo suerte de encontrar un tostador de buena reputación con granos de calidad en su vecindario. La jefa, Jimi, era tan apasionada con sus granos que cuando la librería aún era llevada solo por Yeongju, iba personalmente para revisar el café. Si bien la calidad de los granos es importante, las habilidades del barista también marcan una gran diferencia en el sabor del café. Y por eso a veces Jimi intervenía incluso para preparar el café.

Cuando Yeongju contrató a Minjun, Jimi fue la primera persona en llegar corriendo a la librería. Se hizo pasar por una clienta y pagó un café, no solo una vez, sino varias veces. Cada día le daba su opinión a Yeongju justo después de salir de la librería.

—Es mucho mejor que tú. Por fin descansa mi mente.

—Eonnie, no soy tan mala, ¿o sí?

—Eres muy mala.

Durante su cuarta visita como clienta encubierta, Jimi se acercó a Minjun.

—Minjun, no tienes ni idea de quién soy, ¿verdad?

Él la miró fijo, como si no estuviera seguro de cómo responderle a una clienta con la que nunca había hablado y que le insinuaba que debería conocerla.

—Soy quien tostó los granos que tienes en la mano.

—¿Viene de Goat Beans?

—Bingo. Minjun, ¿tienes algo que hacer mañana a las once?

Él guardó silencio considerando la pregunta.

—Ven a nuestra tienda —continuó Jimi—. Como barista, deberías saber de dónde vienen los granos y cómo son tostados.

Al día siguiente, Minjun se saltó la clase de yoga a la que nunca había llegado tarde y se dirigió a Goat Beans. La puerta daba a un pequeño café, pero si entrabas por la puerta trasera llegabas al lugar donde se tostaban los granos.

Las máquinas tostadoras le recordaron a un sacapuntas. Era como si el pequeño dispositivo con mango hubiera crecido hasta alcanzar un tamaño humano y en su lugar comenzara a tostar granos. Había tres empleados en el lugar, cada uno atendiendo una máquina tostadora; mientras tanto Jimi estaba sentada en la mesa recogiendo un montón de granos. Le hizo un gesto para que se acercara.

—Estos son granos crudos, estoy quitando los que se pudrieron. —Jimi comenzó a explicarle antes de que se sentara—. A esto le llamamos «selección a mano». —Sus manos seguían trabajando mientras hablaba—. Mira este. Es mucho más oscuro comparado con el resto, ¿cierto? Es el producto de un fruto podrido. Y este es marrón, lo que significa que está echado a perder. Huélelo. ¿Notas un hedorcillo ácido? Hay que quitar los granos podridos antes de tostar el resto.

Minjun siguió el ejemplo de Jimi y la ayudó a quitar los granos negruzcos, marrones y rotos. Incluso mientras las manos de la experta estaban ocupadas en el trabajo, sus ojos seguían de cerca el progreso del chico.

—¿Sabes qué quiere decir *goat*?

—Una cabra, el animal, ¿no?

—¿Sabes por qué nos llamamos Goat Beans?

—¿Hay algún vínculo entre las cabras y cómo se descubrió el café?

—Ah, eres rápido. ¡Excelente! —Jimi se puso de pie de pronto—. Ya es suficiente —dijo. Luego lo condujo a la máquina tostadora del extremo izquierdo. Un empleado estaba recogiendo los granos recién tostados—. Obtenemos café de mejor calidad si hacemos otra ronda de recolección manual después del tostado —explicó luego—. Estos son los granos que beberás después de que sean molidos.

Jimi y el empleado caminaron hacia el molino, seguidos por Minjun.

—Podemos hacer un molido grueso o fino ajustando la configuración. Por supuesto, la forma de extracción del café será diferente dependiendo de la molienda —dijo Jimi. Luego miró a Minjun, que escuchaba en silencio—. Tú haces un buen café, pero extraes demasiado de los granos, lo que lo vuelve un poco amargo. Cuando me di cuenta de eso, te di granos molidos más gruesos y le quitaron el amargor. ¿Notaste la diferencia?

Minjun pensó un momento.

—Pensé que había sido porque intenté acortar el tiempo de extracción, pero supongo que no.

—¡Ajá! ¡Entonces tú también trabajabas en ello!

Mientras molían los granos, ella le dio una lección sobre el café.

—Según la leyenda, el café fue descubierto gracias a un rebaño de cabras. Cuando las cabras ingirieron un pequeño fruto rojo y redondo, de pronto se pusieron muy enérgicas y comenzaron a hacer cabriolas, lo que llevó al pastor de cabras a descubrir el fruto del café y sus propiedades. Por eso nos llamamos Goat Beans. Es demasiado complicado pensar en otra cosa.

Sacudiendo la cabeza, le dijo a Minjun que le resultaría difícil encontrar una persona con menor tolerancia a la cafeína que ella. Pero como en verdad amaba el café, todavía insistía en beber unas cuantas tazas al día. En silencio se preguntó si podría dormir aquella noche, a lo que Jimi añadió, como si hubiera escuchado sus pensamientos:

—Por eso me apego estrictamente a beber mi última taza antes de las cinco de la tarde. —Hizo una pausa—. Pero si en serio no puedo dormir, no hay nada que unos cuantos vasos de cerveza no puedan solucionar.

—El árbol del café es un arbusto perenne —continuó Jimi—, y las semillas de su fruto son lo que conocemos como granos de café. En términos generales, existen dos tipos de granos: arábica y robusta. Los de Goat Beans son principalmente arábica; el sabor es mejor —añadió, antes de preguntarle si sabía cuál era el factor decisivo del aroma del café.

Él dijo que no.

—La altitud —respondió Jimi—. Los granos de café de árboles cultivados a baja altitud tienen una acidez más baja y el sabor suele ser suave y templado. Los granos de gran altitud tienden a ser más ácidos, lo que da como resultado un aroma afrutado o floral más fuerte y un sabor más complejo.

La primera vez que había ayudado a Yeongju con la selección de los granos de café para la librería Jimi notó que disfrutaba del sabor afrutado y de ahí en adelante se esforzaba en elegir granos con un perfil similar para la librería.

Minjun comenzó a visitar Goat Beans una vez por semana, y a medida que sus visitas se hicieron más frecuentes decidió que sería más fácil cambiar el horario de sus clases de yoga. Poco a poco se fue adaptando al estilo de Goat Beans. Una atmósfera fría significaba que Jimi debía de estar extremadamente enojada ese día. Y solo había una razón: su marido. Minjun se preguntaba si su marido era un unicornio, en especial después de que su personal susurrara que nunca lo habían visto —ni siquiera una vez— en el tostador. Era como si el marido viviera solo en su imaginación y la razón de su existencia fuera soportar el peso de toda su ira y sus malas palabras.

Las sospechas de Minjun se disiparon hasta que vio una fotografía por casualidad. En esta, una Jimi en sus treinta años estaba de pie al lado de un hombre y ambos sonreían alegres a la cámara. Jimi le contó que había sido tomada apenas un año después de casados, y a pesar de que había intentado romperla múltiples veces, tontamente nunca lo había logrado. Cuando hablaba de cómo su marido había convertido su casa en un vertedero y dejaba comida pudriéndose en el refrigerador, despotricaba durante diez minutos seguidos; veinte minutos si hablaba de cuando su marido fue a un funeral y pasó toda la noche bebiendo con sus amigos, o cuando descubrió que él se estaba divirtiendo, riéndose y coqueteando con una joven en un café mientras ella estaba en el trabajo; treinta minutos cuando sentía que él la consideraba como nada más que una máquina de hacer dinero. Minjun casi llegó tarde al trabajo por primera vez cuando Jimi tuvo uno de sus episodios de treinta minutos.

Hoy fue uno de esos episodios.

—Yo soy la que se enamoró de ese hombre. Básicamente, yo sola me puse el pie.

Jimi siempre se refería a su esposo como «ese hombre».

—Me gustaban sus modos desenfadados, como si fuera un

mochilero viajando por el mundo. Mi familia se pone muy nerviosa cuando se presentan situaciones difíciles. Explotan en todas direcciones como si fueran palomitas de maíz en una olla sin tapa. Pero ese hombre era la persona más relajada que había conocido. Cuando su jefe le gritaba o cuando los clientes maldecían y le apuntaban con el dedo, él no movía ni una ceja.

Jimi dijo que se habían conocido trabajando en un *pub.*

—Yo di el primer paso porque me parecía muy *cool.* También yo lo convencí de casarnos después de haber sido novios algunos años. Antes de conocerlo, planeaba estar soltera para siempre. ¿Cómo le dicen? ¿Antimatrimonio? Cuando era niña vi a demasiadas mujeres (mi madre, mis tías, mis tías políticas) sufriendo a causa de sus matrimonios. Se dan golpes en el pecho por el arrepentimiento hasta que terminan lastimándose la piel sobre el corazón. Pero yo estaba perdidamente enamorada de él. Le dije que yo compraría la casa, él solo tenía que ponerme un anillo. Y aquí estamos. Mi casa es una perrera. Hay trastes sucios en el fregadero, ropa tirada por todos lados, el drenaje del baño atestado de cabello. ¿Sabes qué es lo peor? Ayer me moría de hambre y no había nada ni remotamente comestible en el refrigerador. Ese hombre dijo que se había terminado los últimos dos paquetes de *ramyeon* (uno en el desayuno y otro en la comida), junto con el resto de guarniciones que compré el fin de semana. Yo no digo nada cuando ese hombre no tiene trabajo, pero, ¿no debería de haber algo de consideraciones para la gente que vive bajo el mismo techo? ¿Ese hombre piensa que yo no necesito comer? Si se comió el *ramyeon*, debió comprar más. Bueno, está bien, incluso si no quería comprar más, ¡aunque sea debió decirme que comprara más! Cuando le dije esto, lo único que hizo fue meterse a su habitación. Estaba tan enojado que incluso hoy cuando salí de casa seguía con la ley del hielo.

Jimi bebió un vaso de agua.

—Lamento ser así todo el tiempo. Si no dejo que salga, se quedará atrapado en mi pecho. Lamento que tengas que escucharme, debes de odiarlo.

Minjun no lo odiaba. De hecho, quería escucharla un par de horas más después del trabajo, bebiendo una cerveza o algo por el estilo. Pensó por qué se sentiría de ese modo y concluyó que tal vez si era capaz de escuchar a alguien despotricar un par de horas, en algún momento él mismo sería capaz de articular sus propias dificultades. Por primera vez estaba seguro de cuán solo había estado durante un largo tiempo.

—No lo odio. Puedes contarme más.

—Nah, me siento peor cuando me dices eso. La próxima vez seré más breve.

—...

—Bueno, como te dije antes, hoy usamos una mezcla de Colombia. Cuarenta por ciento de los granos son colombianos, treinta por ciento de Brasil, veinte por ciento de Etiopía y diez por ciento de Guatemala. Los granos colombianos le dan balance al café. ¿Qué hay sobre los brasileños?

Minjun permaneció en silencio.

—Está bien si te equivocas. No lo pienses demasiado.

—Eh... dulzura.

—Muy bien. ¿Etiopía?

—Mmm... ¿acidez?

—¡Bien! El último.

—¿Guatemala? Eh... ¿lo amargo?

—¡Correcto!

Cuando salió de Goat Beans, Minjun sintió el paso del tiempo. El calor asfixiante del verano había disminuido y fue remplazado por un toque de frescura otoñal. Durante todo el verano había tomado el autobús de Goat Beans a la librería. Pronto el clima volvería a ser suficientemente fresco como para caminar otra vez.

Su vida sencilla —yoga, trabajo, películas, dormir— comenzaba a sentirse como una rutina bien establecida. Tal vez la vida estaba bien tal y como era.

Botones sin agujeros

Cuando Minjun descubrió que había sido admitido en la universidad de su elección, lo invadió una sensación de alivio. Odiaba que sus padres le recordaran el dicho coreano: «La vida empieza bien después de abrochar el primer botón», animándolo a aguantar un poco más. Pero con la carta de aceptación en sus manos lo primero que pensó fue: ya había abrochado el primer botón correctamente. Según las personas mayores, la vida es tranquila una vez que ingresas a una buena universidad; no hay obstáculos que una universidad de élite no pueda ayudarte a superar. Pero Minjun y sus amigos pronto se dieron cuenta de que una universidad prestigiosa no era garantía de un futuro estable. En toda la universidad, e incluso hasta ahora, la carrera de ratas seguía sin tregua.

Con el fin de prepararse para la universidad de la vida dejó la casa de sus padres y se mudó solo a Seúl. Incluso antes de su ceremonia de graduación ya tenía un plan de cuatro años para la universidad: buen promedio, pasantías, certificaciones, trabajo voluntario e inglés. Sus amigos tenían planes similares. Si bien la velocidad y facilidad con que los estudiantes universitarios pueden lograr un currículum brillante dependía de la riqueza de sus padres, todavía había situaciones que ni siquiera viniendo del dinero podían tenerse por ciertas. Minjun planificó cada semestre hasta el más mínimo detalle, elaboró un cronograma que le recordaba su horario de vacaciones de verano en la escuela primaria. Lo siguió religiosamente. Estaba motivado y apasionado. Durante los cuatro años de universidad él y su familia fueron como un solo equipo; trabajaron a la perfección para que él pudiera alcanzar las metas en lo concerniente a la matrícula, el alquiler y los gastos de manutención.

Para Minjun, la vida universitaria fue una serie de trabajos de medio tiempo donde cualquier tiempo libre se utilizaba para estudiar. Hacer malabares entre el trabajo y la carrera al mismo tiempo no era tarea fácil, pero lo veía como un rito de iniciación. «Solo necesito ser constante y las cosas mejorarán», pensaba. Creía con firmeza en trabajar duro en la vida. Debido a que estaba permanentemente agotado, los raros días en los que podía dormir se sentían como los más felices. Pudo mantener una actitud positiva porque su trabajo arduo siempre era recompensado, lo que le daba la convicción inquebrantable de que el trabajo duro siempre conduciría a los resultados que deseaba. Durante los cuatro años mantuvo un promedio estable en la calificación máxima. Su currículum iba siendo cada vez mejor y tenía confianza en que estaba haciéndolo bien. Sin embargo, una vez graduado no logró conseguir trabajo.

—¿Tiene sentido que no podamos conseguir trabajo? Tú, yo. ¿Qué nos hace falta? —preguntó Sungchul mientras bebía de un trago su vaso de soju en el bar cercano a la universidad. Sungchul era su compañero de clase en la facultad. Se conocieron durante los días de orientación y habían permanecido juntos durante los cuatro años de universidad.

—No se trata de que nos falte algo, ese no es el problema. —El rostro de Minjun se ensombreció mientras bebía también su soju.

—Entonces, ¿cuál es el problema? —Esta era la pregunta que Sungchul le había hecho decenas, no, cientos de veces; la pregunta que también a él lo perseguía constantemente.

—Porque el agujero es muy pequeño. O tal vez ni siquiera hay un agujero, para empezar —dijo Minjun mientras le servía otro trago a Sungchul.

—¿Qué agujero? ¿El agujero de quienes buscamos trabajo?

—No, el agujero del botón.

—En la preparatoria, mi mamá solía decir que si el primer botón se abrocha de manera correcta, el resto de los botones se alinearán a la perfección y así la vida será navegable con viento en popa. El primer botón, me decía, es ingresar a una buena universidad. Me sentí muy aliviado cuando recibí mi carta de aceptación. Si continuaba a este ritmo, parecía que podría abrocharme con facilidad el segundo, el tercero y el resto de los botones también. ¿Fui tonto al pensar eso? No. Soy bueno estudiando. Soy inteligente. Tendrás que admitir que tengo mejor cerebro que tú. Es más, trabajo muy duro. ¿Cómo se atreve la sociedad a darme la espalda?

Minjun repentinamente empujó su cuerpo hacia adelante como si el alcohol estuviera comenzando a hacer sus efectos. Volvió a mirar hacia arriba.

—Trabajé muy duro para confeccionar los botones durante estos cuatro años. No solo yo, también tú lo hiciste. Hice esos botones hermosos. Mejor que tú. Nah, también tú ayudaste muchísimo, así que gracias, Sungchul.

Dio un golpecito en los hombros de Sungchul, quien, al parecer complacido, rio con suavidad.

—Yo, el de los botones más coloridos, te agradezco también a ti —dijo Sungchul arrastrando las palabras.

La comisura de los labios de Minjun se torció mientras miraba a su amigo con los ojos enrojecidos.

—Pero Sungchul…

—¿Sí?

—Últimamente he comenzado a pensar que gastamos todas

nuestras energías haciendo los botones, pero hay algo que olvidamos.

—¿Qué?

Sungchul aguzó la mirada intentando permanecer despierto.

—En primer lugar, no había agujeros. Imagina una camisa con botones carísimos y hermosos de un lado. Pero no hay agujeros. ¿Por qué? Porque nadie los cortó para nosotros. Qué imagen tan ridícula... una camisa abotonada solo por el primer botón y el resto colgando sin sentido.

En el estupor de su borrachera, Sungchul miró hacia abajo. Había una hilera ordenada de botones en su camisa, pero ninguno estaba abrochado. Alarmado, se inclinó hacia adelante e intentó con torpeza abrocharse los botones, mientras sus ojos llorosos se esforzaban por enfocar. Cuando por fin empujó el último botón a través del agujero, pensó: «¿Fue por eso que no pude conseguir trabajo? ¿Porque mi camisa estuvo abierta todo el tiempo?». Ignorando a Sungchul, Minjun se quedó mirando el vaso que tenía en la mano, como si lo viera por primera vez.

—Qué tontería. Podríamos haber usado una camisa sin botones. Pero ahora estamos atorados en una camisa abotonada solo por el primer botón y una hilera de botones inútiles colgando. Esto no es una camisa, es un chiste. Esta camisa es un chiste y vestirla me convierte a mí en un chiste. ¿No es hilarante? Trabajé tan duro solo para verme como un chiste. Mi vida es una tragicomedia.

—Ey, no está tan mal. —Sungchul se jaló el cuello de la camisa, intentando evitar la sensación de sofoco que producía el cuello rígido.

—¿Qué no está tan mal?

—No todo fue trágico.

Minjun lo miró con ojos vacíos y le dio un golpecito en la frente con un dedo.

—Ah, ¿sí? Dime qué es lo bueno de todo esto. ¿Qué hay que no sea malo?

—Maldita sea, ¿cuál es tu problema?

—El poder del pensamiento positivo, ¡ah! ¡Pensamiento positivo, vida positiva! ¡De verdad!

Conforme Minjun hablaba más y era más incomprensible, Sungchul se lanzó hacia adelante para cubrirle la boca. Manoteando para quitarse las manos de Sungchul de encima, Mijun levantó la voz:

—¡Trágicamente hilarante!

—Nuestras vidas trágicamente cómicas —dijeron a la vez y estallaron en carcajadas.

Minjun sostenía un vaso vacío de soju y Sungchul tenía la botella vacía en las manos mientras soltaban carcajadas de que al menos había algo de lo que reírse en medio de tanta miseria. Aún con hipo de risa, Minjun pidió otra botella de soju mientras Sungchul decía que estaba de humor para un rollo de huevo y un Budae jjigae. Al mirar la botella sin abrir, pensaron lo mismo: «Desearía que alguien apareciera y me cortara los ojales de la camisa. Solo para demostrar que no soy una broma y que también puedo abrochar el segundo y el tercer botón. Y mientras esté aquí, que les haga agujeros a las camisas de mis amigos también. Que haga suficientes agujeros para todos, agujeros grandes en los que quepan incluso los botones más grandes».

Los meses que siguieron a esa noche de borrachera Minjun y Sungchul perdieron contacto. Minjun no podía recordar cuándo dejaron de hablarse por completo, pero estaba seguro de que habían pasado al menos dos años desde entonces. Tal vez Sungchul ya había encontrado trabajo. Minjun pensó que entendería si Sungchul hubiera cortado la comunicación porque lamentaba ser el único en encontrar trabajo. Si Sungchul había dejado de contactarlo porque no había encontrado trabajo, sería aún más comprensivo. Era lo mismo para él. Había cortado la comunicación con la mayoría de sus amigos de la universidad. No contestaba sus llamadas e ignoraba sus mensajes de texto. Si se los encontraba por casualidad en uno de esos grupos de estudio para quienes buscan empleo, sus interacciones eran breves. En ese momento, Minjun estaba en dos grupos de estudio que se enfocaban en prepararse para entrevistas de trabajo. No tenía problemas en aprobar la parte de la documentación ni las pruebas de aptitud y personalidad, pero siempre lo rechazaban en las entrevistas. Se miraba al espejo muchas veces al día. ¿Era por cómo se veía? Minjun no era apuesto pero tampoco era feo. En las calles era un tipo promedio, tenía el tipo de rostro que probablemente existía en cualquier compañía. No se veía distinto a quienes lo entrevistaban. ¿Por eso lo rechazaban? ¿Porque parecía demasiado ordinario?

Trabajó tan duro para las entrevistas simuladas como si se tratara de las reales. Se aseguró de que su expresión irradiara confianza —con el toque justo de humildad— mientras respondía las preguntas de sus compañeros del grupo de estudio. Intentó mejorar su lenguaje corporal para parecer alguien a quien se le ocurrían fácilmente mejores ideas y más innovadoras que al resto, pero sin ser demasiado experimental. Adoptando una actitud que no era ni demasiado insistente ni dócil, actuó como si la razón por la que no podía encontrar trabajo dos años después de graduarse fuera porque las empresas no reconocían sus talentos, y no, no había nada malo con él.

Y, sin embargo, fue golpeado de frente con otro rechazo.

La compañía en la que había llegado hasta la ronda final de entrevistas le notificó el rechazo a través de un mensaje de texto. Lo leyó una vez y lo eliminó, de pie muy derecho mientras intentaba darles sentido a sus sentimientos. ¿Era decepción? ¿Enojo? ¿Vergüenza? ¿Quería morirse? No. Sentía alivio. Antes de obtener los resultados había tenido la sensación de que esta sería la última vez, su último intento. No fue una decisión consciente, pero, en algún punto, simplemente dejó de intentar. Hasta ahora se había presentado con diligencia cada vez que era llamado para una prueba de aptitud o para alguna entrevista. Se había convertido en un hábito, ese sentido del deber de seguir intentándolo, junto con la ansiedad insoportable que ocurría cada una de las veces. Todo eso terminaba ahora. Había trabajado suficientemente duro. Se sentía de verdad aliviado.

—Mamá, estoy bien. No te preocupes. Puedo sobrevivir siendo tutor. Me tomaré un descanso antes de volver a intentarlo.

Cuando hablaba con su mamá, Minjun estaba sentado en el piso de su habitación rentada con la espalda contra la pared.

—¿De verdad estás bien? —La voz de su mamá sonaba falsamente alegre y él intentaba igualar su propio tono. Sin embargo, era mentira. No tenía planes de ser tutor ni de seguir buscando trabajo. Odiaba la etiqueta de «buscador de trabajo». Quería dejar de buscarlo o de prepararse para encontrarlo. Odiaba el sentimiento de andar en un camino que parecía no acabar nunca o de intentar empujar una pared que no cedía.

Quería descansar. Desde el momento en que entró a secundaria hasta ahora, nunca se había sentido bien descansado. Una vez que se convirtió en alumno estrella, se esperaba que siguiera siéndolo siempre y tenía que trabajar duro con perseverancia. No odiaba trabajar duro, pero si todos sus esfuerzos solo lo habían traído hasta aquí, pensaba que estaría mejor aflojando el paso. No quería arrepentirse de sus esfuerzos del pasado, pero pensaba que también terminaría arrepintiéndose si seguía viviendo así. Comprobó el saldo de su cuenta bancaria. Había suficiente para sobrevivir durante unos meses. Lo decidió en ese momento. Iba a descansar hasta que el saldo llegara a cero. Hasta entonces, no haría nada. «Muy bien, hagámoslo. ¿Ahora qué? Qué hacer a continuación...».

¿A continuación? No había continuación.

Al final del invierno, Minjun comenzó su vida de desempleado. Para evitar cualquier tipo de molestia, decidió revisar su teléfono solo antes de acostarse. Eso si siquiera lo recordaba. Antes de que se le olvidara, llamó al proveedor de telecomunicaciones y cambió su plan de telefonía móvil al más básico. No se veía haciendo más llamadas.

Ahora que se había liberado de las cosas que se esperaba que hiciera, Minjun reflexionó sobre cómo pasaría sus días. Esperaba poder adoptar una rutina de forma natural, aunque no estaba seguro de cómo hacerlo sin un plan. También esperaba liberarse por completo de las alarmas matutinas, de las miradas críticas de la sociedad, de la decepción de sus padres, de la carrera de ratas, de la competencia, la comparación y del miedo al futuro.

Todas las mañanas holgazaneaba en la cama y solo se levantaba para comer cuando el hambre era insoportable. Después de alimentarse volvía a meterse bajo las sábanas. Salvo por el ruido ocasional de la calle —tráfico, pasos y charlas— que se filtraba a través de la ventana, estaba envuelto en silencio. La falta de sonidos hacía más grandes sus pensamientos hasta que también estos se desvanecieron. Su estado de ánimo era como una montaña rusa: un momento deprimido, luego rebosante de optimismo. Empezó a hablar consigo mismo.

—Todo lo que he hecho... —Minjun empezaba hablando al techo y terminaba la oración en sus pensamientos: «... ha sido con el único propósito de conseguir trabajo».

Recordó aquel momento en el jardín de niños cuando recibió la máxima puntuación en una prueba de dictado. En grandes letras rojas, su maestra escribió «100» en el papel y le dio unas palmaditas afectuosas en la espalda.

—Minjunie, ¡bien hecho!

Aunque sentía un poco de timidez, estaba lleno de orgullo. Aquel día corrió de vuelta a casa y cuando les mostró la prueba a sus padres lo cargaron y le preguntaron qué quería comer como premio especial.

—¿Fue ahí cuando comenzó todo? —preguntó Minjun en voz alta cuando sacaba dos huevos del refrigerador. Todo lo que aprendió en la primaria, secundaria y preparatoria. Todo lo que hizo en la universidad. Todo lo que había conseguido. Una vez que decidió dejar de buscar trabajo, todo perdió relevancia. «No, no puedo pensar así. Es decir… ser capaz de hablar inglés es importante. Me evita muchos dolores de cabeza cuando viajo. Espera, esa idea es estúpida. ¿Cuántas veces por año puedo permitirme viajar? Bueno, pero también puedo darles indicaciones a los extranjeros en la calle. Ajá, como sea. Digamos que es útil. ¿Y el resto de cosas? ¿Ser bueno en los exámenes? ¿Saber hacer presentaciones de Power Point? ¿Mi trasero cada vez más pesado por todo el tiempo que pase sentado? ¿Probar los límites de la fatiga en un ser humano? ¿Todas esas cosas ahora son inútiles?».

Pensó en *sí mismo*, en la persona que era y en la acumulación de sus logros. Claro, era el perdedor al que rechazaban todo el tiempo, pero no se odiaba a sí mismo. En realidad, nunca se había considerado un perdedor. Alguien le dijo una vez que no bastaba con trabajar duro, había que ser excelente y sobresalir. Pero, ¿quién determina lo que es «excelente»? Pensó en sus botones, aquellos por los que sacrificó sus horas de sueño. Sus botones coloridos y cuidadosamente elaborados. Nunca dudó que fueran «excelentes».

Pero esos botones fueron confeccionados con el único fin de buscar empleo y eso le molestaba. No quería pensar que todo había sido una pérdida de tiempo. «En algún lugar de mí, en mi corazón, debe de haber un momento en el que disfruté lo que hice, ¿verdad? ¿O toda mi vida es un error?».

Pronto se instaló en una rutina de desempleado. Después de esos primeros días de estar acostado, aprendió que dormía poco por naturaleza. Dormir demasiado hacía que le doliera todo el cuerpo. Empezó a levantarse a las ocho sin alarma y ordenaba su habitación antes de prepararse un buen desayuno. Como se había dicho a sí mismo que no debía preocuparse por el dinero hasta que su saldo bancario llegara a cero, comía bien tres veces al día. El desayuno solía consistir en tostadas con una guarnición de huevos fritos o, a veces, huevos revueltos. El almuerzo solía ser arroz con una variedad de verduras, y para la cena comía lo que se le antojara ese día.

A las nueve y media daba un paseo de veinte minutos hasta el estudio de yoga, pensando en este tiempo como un tranquilo paseo matutino. Comenzó a practicar yoga para aliviar sus dolores corporales y descubrió que disfrutaba las clases. Al principio, el yoga le provocaba dolores en lugares que ni siquiera sabía que tenían músculos, pero ahora se sentía renovado y ligero después de las clases. Los momentos de paz después de clase, tumbado boca arriba sobre la estera de yoga, eran sus favoritos. Le sorprendió cómo tumbarse sobre una colchoneta parecía drenar la ansiedad de su mente y su cuerpo. A veces se quedaba dormido. Cuando el instructor de yoga los llamaba con suavidad: «Por favor, ahora siéntense», se despertaba con un escalofrío, un poco aturdido. Mientras caminaba de regreso a casa sintiéndose un poco más ligero, pensaba que había hecho algo bueno por sí mismo. En esos momentos era feliz.

Pero el momento breve de felicidad era siempre seguido de infelicidad. Estaba comiendo un *ssam* de verduras en su habitación cuando un pensamiento se coló en su mente: «¿De verdad puedo vivir así?».

El *ssam* era delicioso, pero el pensamiento le había dejado un amargo sabor de boca. Hizo otro *ssam* —no había nada que una comida deliciosa no pudiera curar— y se lo metió completo en la boca. El momento de infelicidad fue tragado junto con la comida, dejándolo volver a su estado de equilibrio.

Minjun solía pasar las tardes viendo películas y, a veces, programas de televisión que la gente recomendaba encarecidamente como «el mejor drama que habían visto en sus vidas». Por fin vio la exitosa serie de 2007 *Behind the White Tower* y lloró por la muerte de Jang Joonhyuk en el programa. Cuando vio *Stranger*, estaba constantemente nervioso. «Guau, nuestro país está produciendo dramas de muy alta calidad en estos días», pensó. Para encontrar el siguiente programa, por lo general buscaba sitios profesionales de reseñas de películas o dramas. Dos veces al mes visitaba el cine de arte. Sungchul habría estado muy satisfecho con el Minjun de ahora.

Sungchul era fanático del cine. A menudo iba a las funciones de la noche, incluso en época de exámenes. Y con los ojos hundidos, luego miraba a Minjun y lo molestaba por ver solo películas de acción.

Cada vez que Sungchul se ponía como un sabelotodo y decía: «Deberías ver las películas que te gustan, no seguir a ciegas a la multitud», Minjun intentaba cerrarle la boca a Sungchul, literalmente, pero Sungchul nunca se callaba. Cuando Minjun veía una película porque era un éxito de taquilla, Sungchul incluso recurría a ataques personales y se burlaba de él: «Eso es solo para gente como tú».

—Una buena película puede convertirse en un gran éxito de taquilla, pero no todos los grandes éxitos de taquilla son buenas películas. ¿No lo entiendes? Una película se convierte en un éxito de diez millones precisamente porque ya fue un éxito de tres millones.

Minjun lo ignoraba, pero Sungchul continuaba imperturbable.

—Lo que estoy diciendo es que millones de cineastas son esclavos del marketing. Una vez que una película cruza la marca de los tres millones, la productora la utilizará para promocionar aún más la película y así es como venderá cuatro millones de entradas. Entonces, la compañía dirá algo como que esta película ha capturado a más de cuatro millones de espectadores. Y la gente dirá: «Oh, escuché que esta película ya ha atraído a más de cuatro millones de espectadores, ¿la vemos también?». Y así sube a cinco millones, seis, siete...

—Cállate. —Minjun intentó cortarle el hilo—. Son solo mentiras.

—¿Y por qué estás tan pedante?

—Bueno, es lo que estás intentando decir, ¿no? Que tener tres millones de espectadores equivale a tener un pase directo para convertirse en una película de diez millones. ¿Estás intentando decir que el objetivo de las productoras es de tres millones de espectadores? Siempre que consigan ese objetivo, ¿la película se convertirá en automático en un hit de diez millones?

—Olvídalo, cerebro de chícharo. ¿Por qué tomas todo tan literal? Mi punto es que un hit de diez millones no significa que una película es tan maravillosa que diez millones de personas la aman. Entonces, en lugar de ver algo por la etiqueta, como amantes del cine, deberíamos elegir las películas que nos gusten.

—Si no la veo, ¿cómo voy a saber si me gusta o no me gusta? —preguntó Minjun mientras se ocupaba de tomar notas.

—¡Viendo el nombre del director! ¡El póster! ¡La sinopsis! Piénsalo. ¿De verdad crees que hay más de diez millones de coreanos a los que les encantan esas películas de acción donde se enfrentan gánsteres contra policías? ¿O los dramas? ¿De verdad todo el mundo es fanático de Marvel? ¡La mayoría de la gente ve una película porque todos los demás la están viendo!

Minjun no entendía por qué Sungchul se apasionaba tanto al hablar de películas, pero estaba seguro de que él era el único que sabía cómo apaciguar ese fuego. Hizo una pausa y levantó los ojos para ver a Sungchul.

—Sungchul, lo entiendo ahora.

—¿Verdad?

—Absolutamente. Me equivoqué. Gracias por decirme, es información muy útil.

Entonces Minjun se levantaba y le daba un abrazo exagerado. Sungchul, sin percatarse de la actitud teatral de su amigo, lo abrazaba de vuelta con firmeza.

—Yo también estoy agradecido, amigo. Gracias por entenderme.

Sungchul tenía razón en un aspecto. Minjun no veía películas de acción porque le gustaran. Solo las miraba porque no sabía lo que le gustaba, así que veía lo mismo que los demás. Aunque nunca se arrepintió de haberlas visto. ¿Qué había que lamentar? Si las había disfrutado en ese momento, seguramente era suficiente.

Ahora que tenía tiempo libre, poco a poco podía descubrir las películas que le gustaban. Quería decirle a Sungchul que, para saber lo que le gustaba, primero necesitaba la energía y el tiempo para comenzar a explorar. Para comprender películas profundas y abstractas fuera de la oferta convencional necesitaba la concentración que solo era posible si tenía tiempo. «También debería preguntarle cómo se las arregló para ver tantas películas cuando estaba tan ocupado», pensó Minjun. ¿Cómo podía Sungchul mantenerse al día con su pasatiempo? Sentía curiosidad.

Después de ver una película, Minjun la reflexionaba durante mucho tiempo. A veces pasaba un día entero pensando. Parecía muy extravagante pasar todo el día pensando en una película.

Nunca había dedicado tanto tiempo a algo que no sirviera para un propósito concreto. Nunca había tenido el lujo de tomarse todo el tiempo que quisiera. En el proceso de determinar sus preferencias, tuvo la vaga certeza de que dedicar tiempo a una sola cosa era como mirar profundamente dentro de sí mismo.

Los clientes frecuentes

Mientras limpiaba la mesa con la mano derecha, los ojos de Minjun estaban fijos en el hombre de mediana edad que acababa de entrar. Habían pasado unas cuantas semanas desde que el cliente comenzó a llegar todos los días en punto de la una y media usando la librería como si se tratara de una biblioteca. Según Yeongju, el hombre pasó los primeros días revisando los estantes para encontrar un libro que le interesara. Cuando lo halló, comenzó a ir para hacer «lecturas de almuerzo» y no había faltado ni un solo día desde entonces.

—Es el dueño de la agencia inmobiliaria que está a cinco minutos —añadió—, la que abrió hace dos meses.

El libro que conquistó su atención fue el grueso volumen de *Moral Tribes.* A diario pasaba entre veinte y treinta minutos con el libro —ya fuera leyendo o dando ojeadas a las páginas— y parecía haber llegado a la mitad. Una vez que terminaba su lectura del almuerzo devolvía el libro a la estantería y salía con una expresión serena, tal vez regocijándose en su exquisito gusto literario. Hacía pocos días, Minjun y Yeongju habían discutido sobre el mejor modo de manejar la situación, cómo decirle al hombre que estaba en una librería y no en una biblioteca.

—Esperemos a ver qué hace cuando termine de leer el libro —dijo Yeongju mientras escribía en una pequeña libreta sobre la mesa. Frente a ella, Minjun hacía copias a mano.

—¿Sabes? —Hizo una pausa y levantó la vista con la pluma aún en la mano—, es gracioso cómo el cliente que está leyendo *Moral Tribes* lo hace de manera inmoral.

Yeongju no levantó la mirada.

—Incluso si lees, no es fácil reflexionar sobre uno mismo.

—En ese caso, ¿cuál es el punto de leer? —Minjun bajó la vista y volvió a su trabajo.

—Mmm… —Durante un momento, ella vio a través de la ventana—. Es difícil, pero no imposible —dijo volteando hacia él—. Aquellos que pueden reflexionar sobre sí mismos son capaces de cambiar un poco tan solo leyendo un libro. Incluso aquellos que no pueden… creo que si siguen estimulándose con la lectura un día podrán volverse reflexivos.

—Ah, ¿sí?

—Sé que soy de los que no pueden reflexionar, por eso leo con tanta voracidad; espero algún día convertirme en una mejor persona.

Minjun asintió.

—¿Sabes por qué ese cliente eligió abrir una agencia de bienes raíces justo aquí? —El tono con el que Yeongju hizo la pregunta indicaba que conocía la respuesta.

—¿Están subiendo los precios de las propiedades?

—Aún no, pero el cliente cree que habrá demanda en los próximos años. Los vecindarios que están a veinte o treinta minutos caminando fueron afectados por la gentrificación. ¿Dónde crees que terminará viviendo la gente? Él cree que aquí, en Hyunam-dong. Su predicción es que aquí habrá un auge inmobiliario en un par de años.

Minjun miró de reojo al cliente que había vuelto para hacer su lectura diaria. «Si llega el momento en que este cliente deba agradecerles a los dioses su buena fortuna, ese será el día en que yo me vaya de este vecindario», pensó Minjun. El precio de la renta actual estaba más o menos dentro de sus posibilidades, sin embargo, si el vecindario se ponía de moda, probablemente el precio se duplicaría. Es parte del balance de la vida: que se vuelva realidad el sueño de una persona significa el colapso de la vida de alguien más. Estaba seguro de que él y el agente inmobiliario nunca estarían del mismo lado del destino.

Después de trabajar en la librería Hyunam-dong durante más de un año, Minjun estaba acostumbrado a hablar con los clientes habituales. Por lo general eran ellos quienes iniciaban la conversación; eran raras las ocasiones en que Minjun era el primero en saludar. Conocía a la mayoría de los residentes cercanos, incluida la madre de Mincheol, que iba casi todos los días. También reconocía a aquellos que iban al menos una vez por semana, en particular a los miembros del club de lectura que acudían regularmente y se quedaban más tiempo. Y hubo quienes, por iniciativa propia, le daban su opinión sobre el café que les preparaba, a estos los recordaba aunque solo hubieran ido una vez.

También había hablado varias veces con un cliente que parecía ser un empleado de oficina. Iba dos o tres veces por semana y se quedaba a leer hasta el cierre. Algunos días el cliente entraba corriendo cuando Minjun ya estaba limpiando. Aún jadeando, se sentaba a la mesa y leía, aunque fueran solo unas pocas páginas. Una vez llegó al mediodía, antes de la hora de apertura, y fue entonces cuando habló por primera vez con Yeongju. Aparentemente, ahora eran tan conocidos como para bromear entre ellos; Minjun incluso los había oído llamarse por su nombre de pila. Su nombre era Choi Wooshik. Cuando lo escuchó, Yeongju aplaudió encantada y dijo efusivamente lo lindo que era el nombre. Minjun había pensado que este gesto era poco característico de Yeongju, quien usualmente no se emocionaba con facilidad, pero luego descubrió que la reacción inevitable había ocurrido porque el cliente compartía exactamente el mismo nombre que su actor favorito.

El cliente Wooshik tenía una rutina en la librería. Los días que compraba un libro en la tienda leía en el café sin comprar ninguna bebida; los días en que no compraba un libro pedía café, del que bebía solo unos sorbos. De vez en cuando desaparecía durante más de una semana. Solía estar exuberante cuando regresaba y le explicaba a Yeongju el motivo de su ausencia.

—Acabamos de lanzar productos nuevos en nuestra agencia de viajes, así que tuvimos que recorrer todas las sucursales para capacitar al personal. Tenía muchas ganas de tener un tiempo para venir aquí y leer, pero no pude hacerme de un solo momento. Cuando finalmente tuve un rato, ya era después de la hora de cerrar y recordé la tristeza que sentía de niño y pasaba frente a las maquinitas, porque tenía miedo de que mi madre me regañara.

¿Era porque leía novelas? Minjun pensó que Wooshik tenía un alma sensible. ¿O era al revés? ¿Tenía un alma sensible y por eso leía novelas? O tal vez en realidad no había conexión entre ambas. Un día Wooshik se acercó a la mesa mientras Minjun limpiaba.

—Perdón por no presentarme hasta ahora. Mi nombre es Choi Wooshik.

—Ah, yo soy Kim Minjun.

—Me siento mal cuando vengo aquí. —Wooshik miraba a Minjun como disculpándose.

—¿Por qué? —respondió Minjun alarmado.

—El café. Me siento mal porque siempre dejo casi todo sin beberlo. La cafeína me produce palpitaciones, sin embargo, aun así disfruto tomar unos cuantos sorbos.

—No es algo por lo que tenga que disculparse.

—¿De verdad? Supongo que estoy siendo hipersensible de nuevo. —Rio—. No soy experto en café, pero incluso un amateur como yo reconoce que sabes preparar una buena taza.

Minjun recordó cómo Yeongju había sentido camaradería hacia Wooshik solo porque compartía el mismo nombre que su actor favorito. ¿Las personas con el mismo nombre también emiten una vibra similar? Minjun lo miró fijamente, como si hubiera encontrado algo precioso que ni siquiera sabía que había perdido.

—Gracias por sus amables palabras.

Si bien Yeongju y Minjun siempre se percataban de la presencia de todos sus clientes habituales, había alguien que, durante los últimos dos meses, había capturado toda su atención. La clienta que estaba sentada en esa misma mesa. Cuando el clima comenzó a calentarse, ella empezó a aparecer de vez en cuando, y para cuando el verano estaba en plenitud, su rostro se había vuelto habitual en la librería. Entre semana pasaba cinco o seis horas por día en el café. Destacaba entre el resto de los clientes que estaban leyendo o escribiendo. Ella no hacía ninguna de las dos cosas. Tampoco hacía ninguna otra cosa. Tan solo permanecía ahí sentada.

Al inicio, cuando iba una vez por semana y se sentaba mirando hacia el frente durante una o dos horas, ni Yeongju ni Minjun le prestaron demasiada atención. Incluso cuando se acercó a hacerle una pregunta a Yeongju, la dueña pensó simplemente que se trataba de una persona única.

—¿Cuánto tiempo puedo quedarme aquí si ordeno una taza de café?

—No tenemos límite de tiempo —respondió Yeongju.

—Oh, pero eso me hace sentir incómoda. No puede ser bueno para la librería si me adueño de la mesa durante un día entero tomando solo una taza de café, ¿cierto?

—Eso es verdad, pero aún no tenemos ningún cliente así.

—Tal vez deberían comenzar a pensar en ello, porque yo podría ser la primera.

Fiel a sus palabras, la mujer fue quedándose más tiempo cada día; su récord alcanzó las seis horas. Puesto que Yeongju no le había dado una respuesta sobre la política de límite de tiempo que tenía la librería, la clienta parecía haber establecido su propia política y pedía una nueva bebida cada tres horas. Minjun lo supo solo después de que ella misma se lo contó. Un día se acercó al mostrador para pedir una taza de café recién hecho y dijo:

—Han pasado tres horas, así que voy a pedir otro café. Si hago esto, no seré una molestia para la librería, ¿verdad?

Durante días iba a la librería solo para estar sentada con nada más que su teléfono y una libreta sobre la mesa. Aunque a veces garabateaba en el cuaderno, pasaba la mayor parte del tiempo sentada con la espalda recta y los ojos cerrados. A veces su cabeza se movía suavemente hacia adelante después de un rato, como si se estuviera quedando dormida. Solo más tarde Yeongju y Minjun descubrieron que había estado meditando y que el movimiento de la cabeza se debía en realidad a que se había quedado dormida a medio camino. A medida que los vientos comenzaron a tornarse más fríos, la mujer, que usualmente vestía una camiseta holgada de manga corta y pantalones cortos anchos, comenzó a aparecer con una camisa de manga larga y *boyfriend jeans*. Parecía un conjunto informal, pero ella lucía elegante sin esfuerzo. Su sentido de la moda parecía irradiar comodidad. Casi al mismo tiempo, dejó de sentarse en su sitio habitual y en su lugar fue a sentarse a hacer croché a una mesa que estaba en la esquina. Debía de ser del tipo de persona que odia molestar a los demás porque antes de hacerlo le pidió permiso a Yeongju:

—¿Está bien si hago croché en la librería? Trabajaré en silencio, ¿no seré una molestia?

La regla número uno de Yeongju era nunca mirar a los clientes ni hacerlos sentir incómodos, pero le era difícil apegarse a esta regla cuando se trataba de aquella clienta. ¡Maldito sea el croché! No podía quitarle los ojos de encima, como si su alma estuviera perdida en los movimientos de las manos de la mujer. Podía terminar una pieza del tamaño de una mano en un solo día o incluso en un par de horas. También descubrió el nombre de la mujer: Jungsuh.

Tras un rato de hacer croché, Jungsuh cerraba los ojos y se quedaba quieta. Más tarde descubrieron que había estado meditando. Entre sus muñecos de croché de diferentes patrones, el favorito de Yeongju era la barra de pan —con hilo marrón para la corteza y uno color vainilla para el pan—. Era una combinación maravillosa, y si la miraba desde la distancia, era como si un pan recién horneado estuviera sobre la mesa. Jungsuh trabajaba en silencio, sin olvidar pedir una taza de café cada tres horas.

Aproximadamente un mes después de que Jungshu empezara a hacer croché en la librería, Yeongju comenzó a sentir curiosidad. ¿Cuántas piezas había tejido hasta ahora? Se imaginaba la casa de Jungshu llena de croché, el pan con su corteza de aspecto delicioso asomándose entre la pila de figuras tejidas. Sin embargo, no le hizo preguntas y Jungshu continuó tejiendo en silencio, hasta que un día llegó con una bolsa de papel abultada y se acercó a Yeongju.

—Quiero donar mis creaciones a la librería.

El sorteo de croché

La bolsa de piezas tejidas fue colocada en el centro de la mesa y los tres se sentaron para una breve conversación. Yeongju pensó que era muy amable por parte de Jungsuh donar su arduo trabajo sin pedir algún tipo de pago, y decidió que la librería tampoco debería beneficiarse de ello. No había mucho sobre qué deliberar; acordaron por unanimidad realizar un sorteo de croché en la librería.

Martes, 6:30 p. m. / Instagram

Nuestra librería realizará un sorteo este viernes. ¡Cada visitante podrá llevarse a casa una figura de croché! Tenemos piezas hechas a mano de muchas formas y diseños: corazones, flores, peces, hogazas de pan y más. Son piezas limitadas, por lo que se entregarán por orden de llegada. Para evitar decepciones, consulta nuestras redes para obtener actualizaciones sobre los números restantes. Ven a pasar tu viernes con nosotros y recibe un croché. ☺

#libreriahynamdong #comerciolocal #libreriaindependiente #librode-regalo #todosamamoselcroche #eventoespecialdecroche #adivinaquienhi-zolostejidos #viernes

Viernes, 1:04 p. m. / Instagram

Quienes visiten hoy la librería recibirán gratis una figura de croché. Todo el mundo es bienvenido. Solo tenemos setenta. ☺

#libreriahynamdong #comerciolocal #libreriaindependiente #eventodelibreriaindependiente #venporunodelos70 #noesnecesariocomprarunlibro

Viernes, 5:02 p. m. | Instagram

¡Guau! No esperábamos que el croché fuera tan popular. Solo quedan 33. ☺

#libreriahyunamdong #librerialocal #libreriaindependiente #eventodelibreriaindependiente #TGIFcroche

El evento fue mejor recibido de lo esperado. Los clientes se sintieron tan atraídos por los hermosos patrones y las formas del croché tanto como Yeongju. Ese día recibió más preguntas sobre las piezas de croché que sobre libros. Muchos le dijeron que ya habían comprado este tipo de tejidos, pero que nunca pensaron en hacerlos a mano. Recibió muchas preguntas sobre cómo hacer uno, así que les contó lo que Jungsuh le había compartido.

Yeongju aprendió que los clientes respondían bien a ideas interesantes y únicas, y tal vez animados por la felicidad de recibir un regalo tan lindo y pequeño, muchos de ellos también compraron algo en la librería. En comparación con aquellos que fueron queriendo un libro y también recibieron un regalo, hubo muchos más que acudieron a buscar un croché pero terminaron comprando un libro. «¿Qué pasaría si diera más de estos obsequios?», se preguntó. Seguramente la novedad desaparecería en poco tiempo. En cambio, debía centrarse en construir una buena librería, dándoles diversidad a las cosas con eventos novedosos de vez en cuando.

Durante las últimas horas de la tarde, con solo unos cinco clientes que leían tranquilamente en la librería, Yeongju al fin tuvo un breve respiro. Caminó hacia la mesa junto a la ventana donde estaba sentado Mincheol. Mirando por la ventana con la barbilla apoyada en la palma derecha, parecía un pájaro aprisionado en su jaula. ¿Quién había mantenido encerrado a este niño? ¿Sabía que la puerta se podía abrir desde dentro? Lo que estaba a punto de intentar necesitaba toda la sensibilidad que pudiera reunir. Intentaría ayudar al niño a liberarse de la jaula. Para empujarlo a moverse.

Frente a él estaba el libro que ella le había dado la semana pasada: *El guardián entre el centeno*. Por la forma en que se enderezó cuando ella se acercó, Yeongju tuvo la sospecha de que había vuelto a fallar en su recomendación. «Debería dejar de sugerir libros narrados por estudiantes de secundaria que luchan por encajar en la sociedad», pensó con ironía.

—Supongo que no lo leíste, ¿no te gustó la historia? —preguntó Yeongju al tiempo que se sentaba frente a él.

—No es eso, sé que es un buen libro —respondió Mincheol educadamente.

Ella tocó el libro.

—¿Te pareció difícil?

—Yeongju imo, ¿sabes cuándo aparece la primera línea de diálogo en el libro?

La semana pasada, Mincheol había decidido dirigirse a ella como la «tía de la librería».

—¿Cuándo? —preguntó Yeongju, hojeando el libro.

—En la séptima página del primer capítulo —contestó Mincheol con naturalidad, como si solo estuviera comentando que un día lluvioso significaba clima húmedo. Pero ella detectó un rastro de mal humor en su voz. Mincheol debió darse cuenta de que ella lo había notado, porque añadió entrecortadamente—: Lo siento. Porque nunca había leído un libro como este. Apenas toco mis libros de texto.

La semana pasada Mincheol había ido a verla a la librería. Sabía que él y su madre habían llegado a un acuerdo: si pasaba por la librería una vez a la semana y leía los libros que Yeongju le recomendaba, se ahorraría las clases intensivas después de la escuela. Su madre también prometió no regañarlo por permanecer en la cama durante horas. Cuando Yeongju se enteró del acuerdo, protestó decisivamente. Era una responsabilidad demasiado pesada para que ella la asumiera. ¿Cómo podría intervenir para educar al hijo de otra persona, cuando no tenía hijos ni sobrinos? Se disculpó y dijo que no estaba preparada para la tarea, pero la madre de Mincheol tomó sus manos.

—Sé que te sientes agobiada.

La madre de Mincheol le soltó las manos y bebió un largo trago de su americano helado.

—¿Qué tal si tratas a mi hijo como a cualquier otro cliente y le recomiendas algunos libros? No espero más. Sí, sé que soy yo quien lo obliga a venir, pero piensa en él como un estudiante de secundaria que visita la librería una vez a la semana. Y haremos esto solo por un mes. Cuatro visitas. Recomiéndale un libro cada vez que esté aquí. Es que a nosotros simplemente no nos escucha en absoluto. Los padres hoy en día somos inútiles, no podemos conseguir que nuestros hijos hagan nada.

Yeongju cambió de opinión al día siguiente y accedió a hablar con Mincheol. Ella lo había pensado. Si hubiera una estudiante de secundaria que visitara la librería una vez a la semana, para ella no sería una carga, sino una gran fuente de alegría.

Hojeando descuidadamente *El guardián entre el centeno*, Yeongju trataba de buscar en su depósito mental otro libro adecuado para estudiantes de secundaria cuando Mincheol señaló el libro y preguntó:

—Yeongju imo, ¿crees que debo leer esto pase lo que pase?

—¿Eh?

—Lo haré lo mejor posible durante una semana. Seguro me será difícil porque no estoy acostumbrado a leer.

Yeongju lo miró. Este niño era capaz de expresarse correctamente. Quizá no estaba bien tratarlo como a una cría en cautiverio.

—Bueno, es posible. ¿Crees poder hacerlo?

—¿Qué? —Los ojos de Mincheol se abrieron como si no estuviera seguro de qué era lo que Yeongju le pedía hacer.

—¿Crees poder hacer el esfuerzo de leerlo?

—Si lo intento, es probable que lo logre.

—Mmm... no es bueno esforzarse demasiado.

—Si no me esfuerzo, no puedo esperar que ocurran los resultados que quiero.

—Si eres alguien que entiende esta lógica, ¿por qué no haces nada?

Yeongju lo miró, como si supiera lo que iba a decir.

—Entender algo es distinto a realmente hacer ese algo. —Se encogió de hombros con indiferencia.

A Yeongju le había gustado el niño desde que lo conoció. Le recordaba a su yo más joven: siempre frustrada, pero sin saber nunca el motivo. Ella había tratado de superar la frustración esforzándose hasta los extremos en sus estudios, mientras que él hacía todo lo contrario y se dejaba llevar. Quizá él fuera más inteligente, pues sabía cómo hacer una pausa para recalibrarse y encontrar una nueva dirección, algo que ella por fin estaba haciendo, muchos años después.

Yeongju charlaba esporádicamente con el chico mientras ella hacía su trabajo. Él miraba fijamente por la ventana y solo volteaba si ella le hablaba. No evitaba sus preguntas y las respondía lo mejor que podía. Era inteligente y franco; un atisbo de descaro contradecía su actitud cuidadosa. Yeongju decidió cambiar su enfoque. Se inclinó hacia adelante, acortando la distancia entre ellos, y susurró:

—Vamos a idear una estrategia.

Sobresaltado por el movimiento hacia delante de Yeongju, Mincheol se inclinó ligeramente hacia atrás.

—¿Qué tipo de estrategia?

—No vas a leer. En lugar de eso, ven a la librería una vez por semana y platica conmigo. Tu madre me dio dinero para libros, se lo devolveré cuando termine el mes, así que, mientras tanto, mantengamos este trato entre nosotros.

—¿No tengo que leer?

Nunca lo había visto más feliz.

Viernes, 8:30 p. m. / Instagram

¿Ya empezaron a usar sus piezas de croché? Nos quedaron cuatro, así que las vamos a conservar para usar en nuestra cocina. Gracias a quienes nos visitaron hoy. ☺

#libreriahyunamdong #libreriadebarrio #libreriaindependiente #eventoindependiente #eventodecroche #buenasnoches #quedescanses

Minjun terminó el trabajo del día, pero siguió merodeando por la librería. Se aferraba a la toalla de cocina y miraba furtivamente a Yeongju mientras tomaba una taza para secarla de nuevo, antes de limpiar la máquina de café por segunda vez. Parecía estar trabajando hasta tarde hoy. Si pudiera ayudarla en los días de mayor clientela, ambos podrían irse a casa antes. A estas alturas ya estaba bien familiarizado con la mayor parte de las tareas de la librería. No obstante, con una jefa como Yeongju que insistía en pagarle sin falta las horas extra, no había manera de ofrecerse a trabajar tiempo adicional. Hacerlo habría sido como pedirle un salario más alto. Así que por fin tomó su mochila e hizo una pausa antes de levantar la encimera y acercarse a ella.

—Jefa, ¿trabajarás hasta tarde esta noche?

—Sí, me quedaré un rato más. —Yeongju levantó los ojos de su laptop—. ¿Por qué?

—Me gustaría ayudar si hay tareas por hacer. No estoy intentando pedir más paga, es solo que no tengo ganas de ir aún a casa.

—¡Oh! Yo tampoco. Me quedaré porque en realidad no quiero volver.

—¿En serio?

—Estoy bromeando. —Le dedicó una sonrisa traviesa—. No te preocupes, no tengo tanto que hacer. Me iré pronto; Jimi eonnie irá a mi casa más tarde, así que solo me quedaré una hora más.

Cuando lo ponía de este modo, le era imposible ofrecerse como voluntario para acompañarla. Asintió.

—Está bien, entonces iré a casa.

—Nos vemos mañana, Minjun.

Viernes, 9:47 p. m. / Instagram

Hay un dicho que afirma que los hombres son más melancólicos en el otoño y las mujeres en la primavera. Nuestras hormonas aumentan y disminuyen junto con las estaciones. ¿Cómo están nuestros hombres en estos días? Otoño también es la época de los festejos. Siempre que salgo del trabajo estoy famélica. Ya que no es bueno comer demasiado, he comenzado a leer novelas sobre comida como si estuviera atrabancándome de videos de cocina. Ahora mismo leo *Como agua para chocolate* de Laura Esquivel. Les recomiendo que vean la película antes de leer la novela. ☺

#libreriahyunamdong #libreriadebarrio #libreriaindependiente #librosdecomidaparacurarelhambre #lauraesquivel #comoaguaparachocolate #primerotrabajoluegolectura #hastamañana

De camino a casa, Yeongju pensó cómo Minjun parecía haber cambiado un poco. Antes de darse cuenta, ya había llegado a la entrada de su casa y Jimi estaba en cuclillas junto a la puerta. En la mano derecha tenía un *sixpack* de cervezas y en la izquierda una bolsa de papel que parecía contener quesos.

—¡Eonnie! —dijo Yeongju.

Jimi se quejó al levantarse. Parecía cargadora de pesas con dos mancuernas. Yeongju se apresuró a ayudarla con una de las bolsas.

—Es mucha comida.

—¿Cómo va a ser mucha comida? De todas formas yo comeré la mayor parte.

—¿De verdad no te importa quedarte toda la noche?

—Claro. Ese hombre volverá hasta el amanecer. Ya no me importa.

Yeongju y Jimi acomodaron el queso en un plato y lo pusieron en el suelo antes de acostarse cómodamente una al lado de la otra. De vez en cuando se sentaban a tomar un trago de cerveza. Cuando Yeongju terminó de decorar los interiores, dedicó todos sus esfuerzos a la iluminación. Las lámparas emitían un cálido resplandor sobre las dos mujeres tumbadas plácidamente sobre el suelo.

—Lo único bueno de tu casa es la iluminación —dijo Jimi.

—Y los libros —replicó Yeongju.

—Solo a ti te gustan los libros.

—También la dueña es bastante increíble.

—Solo tú dirías eso de ti misma.

Yeongju se sentó de forma abrupta.

—Eonnie, yo sí lo creo.

—¿De qué hablas?

Jimi miró a Yeongju de reojo y su expresión parecía decir: «Muy bien, aquí vamos otra vez, poniéndote toda seria. Deja de ser tan seria».

—Lo he estado meditando últimamente. Mi existencia solo es buena para mí, pero no hace nada bueno por los otros. Tal vez ni siquiera es buena, solo es tolerable.

—Lo piensas demasiado. —Jimi también se enderezó—. No

hay nadie en el mundo que no se sienta así. ¿Te parece que yo soy una buena persona? Así como yo no tolero a ese hombre, ese hombre no me tolera a mí. Estamos en paz. Y creo que así es como he soportado todo hasta ahora.

Yeongju quitó el envoltorio de un queso del tamaño de un pulgar y preguntó:

—¿No crees que habrá alguien por ahí que sepa amarse a sí mismo y no lastimar a los demás a pesar de todo?

—¿Hay alguien así en las novelas que tanto amas? ¿Estás segura de que no esconden algo? —respondió Jimi con aspereza mientras se recostaba y miraba al techo—. Tú fuiste quien me dijo que los personajes de las novelas son un poco imperfectos y así es como prestan su voz a la persona promedio. Como somos imperfectos, nos golpeamos y nos lastimamos en el proceso. Eres simplemente otra persona común y corriente —Jimi continuó con su monólogo—. Todos somos iguales. Por supuesto, a veces hacemos el bien.

—Tienes razón. —Yeongju se recostó a su lado—. Pero... eonnie...

—¿Sí?

—¿Te acuerdas del cliente del que te hablé? El que lee durante sus tiempos de almuerzo.

—Ah, sí. ¿Qué con él?

—Dejó de venir por un tiempo. Pero hace unos pocos días volvió a aparecer y siguió leyendo desde donde lo había dejado.

—Todo un personaje.

—Ayer, cuando estaba por irse, me acerqué a él.

—¿Qué le dijiste?

—Le dije que, si iba a leer todo el libro y no solo unas cuantas páginas, era muy probable que el libro sufriera algún tipo de deterioro y yo no podría venderlo.

—¿Y qué te dijo?

—Se puso pálido y se fue sin decir palabra.

—¿Ves? Él también es una molestia para los demás.

—Hoy volvió a ir a la librería.

—¿Hizo un alboroto?

—No. Eligió más de diez libros, incluyendo el que había estado leyendo, y los compró todos. No me vio a la cara ni una sola vez.

—Probablemente reflexionó en casa y dijo: «Ah, estoy siendo una molestia».

Yeongju se rio.

—Ah, sí, eonnie. Te compré un estropajo de croché.

—¿Un estropajo?

—Es hecho a mano y tiene forma de hogaza de pan. Es lindísimo. Me gustaría que lo tuvieras.

—¿Quién te lo dio?

—Una clienta frecuente. Tuvimos un evento donde regalamos piezas de croché y pensé en ti; Minjun y yo nos quedamos con las piezas que sobraron.

—¿Él cocina en casa?

—No sé.

—Parece muy inteligente. Seguro cocina en casa.

—¿Qué tiene que ver una cosa con la otra?

—Parece ser de los que pueden cuidarse a sí mismos, no es alguien con quien tengas que hacer de niñera.

Después de cenar, Minjun lavó los trastes y eligió una película para la tarde. Prendió su teléfono y revisó los mensajes. No había nada. Cuando estaba por apagarlo de nuevo, el teléfono sonó. Era su madre, a quien había estado evitando. Puso pausa a la película e intentó acomodar su expresión antes de contestar.

—Hola, mamá.

—¿Por qué es tan difícil contactarte? ¿Por qué siempre tienes el teléfono apagado?

Ante el interrogatorio dejó escapar un suspiro.

—Te dije que es difícil responder llamadas cuando estoy en el trabajo y olvido prenderlo cuando vuelvo a casa.

—¿Ya cenaste?

—Sí.

—Bien. —Hubo una pausa—. ¿Cómo va el trabajo?

—Bien, todo está bien.

—¿Cuándo vas a dejar de hacer esos trabajos de medio tiempo? Tu papá sigue preguntando.

Minjun se levantó y luego se sentó en el suelo apoyando el peso de su espalda contra la pared. Respondió irritado:

—Yo no soy quien decide eso.

—¿Entonces quién?

Alzó la voz:

—¿El país? ¿La sociedad? ¿Las compañías?

—¿Vas a tomar ese tono conmigo? Si vas a trabajar a medio tiempo, ¡es mejor que vuelvas a casa! Te dije que volvieras y descansaras, ¿por qué no escuchas? ¡Descansa adecuadamente para que puedas esforzarte y conseguir trabajo!

Minjun echó la cabeza hacia atrás y guardó silencio.

—¿Por qué no me contestas?

—Mamá.

—¿Qué?

—¿De verdad tengo que esforzarme? —murmuró.

—¿Qué?

—Estoy bien con el modo en que sucede todo ahora.

—¿Qué es lo que está *bien* de todo esto? He estado tan molesta que no he tenido una sola noche de descanso desde... Cuando pienso en ti así me siento tan... ¿Sabes cuánto lamento no haber podido darte el ambiente que necesitabas para concentrarte en el estudio? ¡Seguías diciendo que estabas bien y yo pensé que de verdad estabas bien! —Su madre tenía la voz ahogada.

Minjun se retorció. Este era el motivo por el que no se atrevía a decirle que lo que él lamentaba no era la falta de un ambiente propicio para concentrarse en sus estudios, sino el no haber sido bastante inteligente como para pensar si estudiar realmente le iba a dar una buena vida o si era el camino correcto para él; lamentaba no haber sido tan inteligente como para considerar el resto de los caminos posibles.

—No te preocupes, estoy bien.

—¡*Aigoo!* Tengo fe en ti, pero me siento mal.

—Lo sé.

—¿Tienes suficiente dinero?

—Sí.

—Si te quedas sin dinero, llámanos, no tengas miedo.

—Estoy bien.

—Está bien, ya no te molestaré. Pero mantén prendido tu teléfono, ¿sí?

—Sí.

Siguió en la misma posición mucho después de terminada la llamada.

Ocasionalmente, una buena persona

Desde la conversación con Jimi sobre lastimar a quienes la rodeaban, Yeongju se sintió desanimada. Intentó estirarse, pero su cuerpo seguía aletargado. Había momentos, como ahora, en los que se sentía un poco mejor solo para que su pasado se desplomara sobre ella al segundo siguiente. En un intento por escapar de sus pensamientos, se daba un golpe en las mejillas, daba vueltas fuera de la librería o tarareaba una canción en voz baja, pero el respiro nunca duraba más que un momento.

Cerró los ojos con fuerza mientras las duras palabras de su madre gritaban en el vacío de su cabeza. Incluso hasta el final, su madre no estuvo nunca de su lado. Iba a su casa al amanecer para preparar el desayuno, no para su hija, sino para él. Él aceptaba la comida en silencio y miraba cómo su suegra amonestaba a su esposa. Solo le preguntaba si estaba bien cuando se había ido su madre. Yeongju no se molestaba en responder que no debería hacerle esa pregunta. Simplemente asentía.

—¿Sabes cuánto mal nos has hecho a todos? —gritaba su madre al mismo tiempo que la zarandeaba tomándola por los hombros.

Cuando le dijo a su madre que estaba en proceso de divorcio, su madre casi le da una bofetada. Desde ese día, Yeongju no había sido capaz de volver a verla.

—¿Qué le hice que pudiera ser tan terrible?

Cada vez que pensaba en el modo en que su madre le había gritado, Yeongju quería arremeter contra ella con todo su corazón y exigirle saber qué crimen había cometido. Pero no importaba qué tanto intentara expulsar su furia, la espina permanecía clavada en su corazón haciéndolo sensible al tacto como si estuviera lleno de moretones. Su madre siempre la había hecho sentir que no había nadie en el mundo que estuviera de su lado. Cuando los pensamientos la abrumaban, se obligó a detenerse, desesperada por asirse de cualquier cosa que la sacara del fango. No era fácil pero no tenía otra opción.

Por fortuna, Jungsuh estaba hoy en la librería. Una vez que se aseguró de que no había nada que requiriera de su atención inmediata, Yeongju se sentó frente a Jungsuh y la miró tejer. Después de donar sus piezas de croché, Jungsuh siguió apareciendo en la librería día tras día, en especial para mirar al vacío. Sin embargo, unos cuantos días después se embarcó en una actividad nueva: tejer. Cuando Yeongju le preguntó si estaba haciendo una bufanda, Jungsuh respondió que no le gustaban las cosas que eran demasiado largas y en su lugar quería hacer una «bufanda corta lo suficientemente larga para dar solo dos vueltas alrededor del cuello».

Yeongju acarició con los dedos la lana gris, un color que no era ni demasiado brillante ni demasiado oscuro.

—El patrón es…

—El más sencillo que hay. Cuando eres primeriza en algo siempre hay que empezar por lo más básico. Una vez que lo hayas dominado, los otros patrones serán mucho más fáciles de aprender.

Yeongju asintió. Siguió acariciando la bufanda.

—Es un color bonito, servirá para cualquier ocasión.

Las manos de Jungsuh se movieron con rapidez sobre la lana cuando respondió.

—También me gusta empezar con colores básicos. Algo que vaya bien con cualquier ropa.

Yeongju asintió de nuevo. Soltó la bufanda a medio hacer y apoyó la barbilla en su palma mientras miraba los dedos de Jungsuh. El flujo de la aguja al entrar, enrollar el hilo y volver a salir era tan regular como el latido del corazón. Hasta que alguien la llamara, Yeongju quería sentarse y ver a Jungsuh tejer. Si era posible, no quería perderse el momento en que terminara la bufanda, como si al compartir ese momento pudiera escapar del vacío de estar sola en el mundo.

Jueves, 10:23 p. m. | Blog

A veces siento desesperanza al pensar que no valgo nada, en especial cuando causo sensaciones de miseria a aquellos que me han colmado de cuidado, preocupación y amor. ¿El peso del sufrimiento que causas determina cuán innecesaria es tu existencia? ¿Soy una persona que solo lastimará a los demás? ¿Simplemente soy este tipo de persona? Mi corazón se paraliza ante estos pensamientos.

Soy solo un ser humano común y corriente. No importa cuánto me esfuerce, no soy más que una persona común y corriente. Como soy normal, termino lastimando a los demás o poniéndolos tristes. Nos sonreímos al mismo tiempo que nos lastimamos.

Leer *Guardiana de la luz*[2] me reconforta. Un pequeño acto de bondad ante los ojos de los demás podría escucharse como «Soy tu fan». Todos somos seres inadecuados, débiles y ordinarios. Pero porque somos capaces de ser amables, por un momento —por fugaz que sea— podemos ser extraordinarios.

En la novela, Kwoneun, una estudiante de primaria, tiene un solo amigo: una esfera de nieve que nieva durante exactamente un minuto con treinta segundos cuando la volteas. Kwoneun es huérfana, vive sola y siempre tiene hambre. Como les tiene miedo a los sueños, teme dormir.

[2] Cho Hae-jin, 빛의 호위 *Bichui Howi* (Changbi, 2017).

Durante un minuto y treinta segundos mira a la esfera de nieve, y cuando termina la melodía se mete bajo las cobijas rogando tener una noche sin sueños. Temblando de miedo, la joven niña pide su deseo.

«Ruego que se congele el reloj de esta habitación y que se me detenga el aliento».
(Cho Hae-jin, *Guardiana de la luz*, Changbi, 2017, 27).

En la novela, «Yo», la representante de la clase —y narradora del libro— me acerco a Kwoneun. «Yo» soy aprehensiva; la soledad y la pobreza de Kwoneun me son ajenas, pero «me» siento culpable si ignoro su existencia. Un día, robo una cámara de cine de casa y se la paso, diciéndole que la venda para comprar algo de comida. La cámara, que «yo» quería que ella vendiera, se convierte en una luz para la niña que había buscado la muerte.

«"¿Sabes qué es lo más asombroso que una persona puede hacer?", me escribió en una carta. Sacudí la cabeza mientras leía. "Alguien me dijo una vez", escribió, "que salvar a una persona es un acto extraordinario que nadie puede lograr". Entonces... Pase lo que pase, recuerda esto. La cámara que me diste me salvó la vida"».
(Cho Hae-jin, *Guardiana de la luz*, Changbi, 2017, 27-28).

«Yo» soy ordinaria. Como el resto de nosotros que miramos en el espejo preguntándonos «¿eres feliz ahora» pero a cambio solo recibe silencio. Mientras crezco, me olvido de Kwoneun. La próxima vez que me encuentre con ella, años después, no lograré reconocerla.

Me habré olvidado de que había una alumna pobre en la clase, que hablé con ella varias veces, o que «yo» le di la cámara. Pero lo que «yo» hice quedó fijo en su mente. Gracias a mí, ella tiene la fuerza para seguir viviendo, «yo» soy la salvadora de su vida, una persona extraordinaria.

Mientas cierro el libro pienso que debo dejar de pensar en mí como una persona inadecuada. Aún tengo oportunidades, ¿cierto? Oportunidades para actuar con amabilidad, para hablar con compasión. Incluso un humano decepcionante como yo aún puede ser, ocasionalmente, una buena persona. Esa idea me da fuerza. Y esperanza para los días venideros.

Todos los libros son iguales

Yeongju no había visto a su madre en varios años, pero tener que pelear con ella en su propia cabeza era bastante agotador. Era necesario hacer acopio de toda su fuerza para suprimir las oleadas de ira en su interior. Tenía los sentidos embotados y daba vueltas por la librería con indiferencia, sin percatarse de que también Minjun parecía estar de mal humor. Cuando se enfrascaba en sus propios problemas, no importaba qué tan empática pudiera ser, ella no tenía ojos para los problemas de nadie más, incluso si los tenía justo en frente.

Por el bien de la librería, tenía que controlarse y ponerse en orden. Había procrastinado en sus tareas creyendo que tendría tiempo, y ahora esas tareas se habían convertido en asuntos urgentes que debían ser completados hoy mismo. Llegó a las diez de la mañana y revisó el inventario, terminó las cuentas que había dejado de lado demasiado tiempo, empacó las órdenes de libros que debían ser enviados y escribió las notas de introducción para los libros recién llegados, todo esto en tanto lanzaba miradas nerviosas al libro del club de lectura de esta semana, que aún no había leído.

El día transcurrió en un revuelo de actividades, sin un solo momento de descanso. Puso a prueba sus habilidades de resolución de problemas conforme se enfrentaba a las tareas metódica y eficientemente. Si sus antiguos colegas la hubieran visto ahora, quizá se habrían burlado: «Sí, esa es Yeongju. Los leopardos no cambian sus manchas con facilidad». Pero no había nadie de su pasado ahora.

Mientras tanto, Jungsuh estaba sentada en la mesa tejiendo una bufanda morada. Mincheol, que estaba aquí para su sesión semanal con Yeongju, miraba tejer a Jungsuh. Jungsuh pensó que era lindo que el adolescente con uniforme escolar la mirara con mal humor mientras tejía una bufanda. «Incluso si no tiene nada que hacer, sería mejor que mirara YouTube o algo así», pensó.

—¿Te gusta este tipo de cosas?

Jungsuh fue quien rompió el silencio.

Mincheol, que había estado mirado como si el alma le fuera succionada, quitó con presteza los brazos de la mesa y repitió:

—¿Este tipo de cosas?

—Sé que yo fui quien hizo la pregunta, pero tampoco sé qué quiero decir. Solo lo pregunto porque estás sentado aquí.

—Tengo que venir una vez a la semana a conversar con la tía de la librería. Solo así mi mamá dejará de molestarme.

—Esa debe ser Yeongju eonnie. No haré preguntas sobre tu mamá. Está bien, si quieres ver, eres libre de hacerlo. Si quieres intentarlo, házmelo saber.

—¿Tejer?

—Sip, ¿quieres intentar? —Jungsuh detuvo sus manos.

Mincheol lo pensó un momento y negó con la cabeza.

—Estoy bien, solo quiero mirarte tejer.

—Está bien, como quieras.

Mincheol volvió a descansar sus brazos sobre la mesa y miró la bufanda morada balanceándose rítmicamente. Le pareció que la bufanda bailaba. Las manos de Jungsuh mantenían un tempo constante y sus ojos también se movían al compás. A Mincheol le sorprendió descubrir el efecto calmante que le producía. Recordó una vez en la que había visto un video de cocina de veinte minutos en YouTube donde el youtuber recolectaba ingredientes frescos de la naturaleza, los fermentaba durante un mes, y tras un complejo proceso de preparación, obtenía un platillo que parecía delicioso. Lo asombró tanto que lo volvió a ver varias veces. Verla tejer le producía la misma sensación.

Su tejido rítmico le producía un efecto hipnótico, como un péndulo que va y viene, arrastrando a su alma en el movimiento. Casi podía escuchar a la hipnotista susurrando: «Está bien, todo va a estar bien».

Poco después, sus párpados comenzaron a sentirse un poco pesados. Justo cuando la somnolencia estaba a punto de vencerlo, de repente comprendió:

—Es la primera vez que veo a alguien hacer esto.

—¿Qué?

—Tejer.

—Es muy común en estos días.

La miró en silencio un momento antes de hablar de nuevo.

—Imo.

—¿Yo también soy tu tía?

—Si no, ¿cómo te digo?

Jungsuh se detuvo un momento y meditó su respuesta.

—No tenemos lazos sanguíneos, así que técnicamente no deberías de llamarme *imo*. Tampoco me gusta que me llamen *noona. Ajumma* es peor. Ese es el problema con nuestro país, tenemos muchos pronombres de segunda persona pero ninguno es apropiado para nosotros dos.

—...

—Bueno... ya que te refieres a Yeongju eonnie como imo... pensándolo bien, a quién le importa si somos o no parientes. Los coreanos y la absurda importancia que les damos a los vínculos sanguíneos, actuando como si no hubiera nada que no haríamos por el bien de nuestras relaciones consanguíneas, ¡incluso si eso significa convertirnos en monstruos! ¡No hay sentido de la vergüenza! Mmm... está bien, llámame imo.

—Okey...

—Bueno, ¿y qué pasa?

—¿Puedo venir a verte tejer de nuevo?

La miró con solemnidad, como si se tratara de una pregunta muy importante. Porque fue lindo, Jungsuh le lanzó una mirada antes de asentir con la cabeza.

—Claro, pero tendrás que luchar por el asiento.

—¿Por qué?

—Porque ahora mismo estás tomando el lugar de Yeongju imo.

Mientras que Yeongju estaba hundida hasta el cuello resolviendo las tareas en las que había procrastinado, Minjun se sentía incansable y no se molestó en ocultarlo. Cuando no hubo clientes en el café, se acercó a Yeongju para ofrecerle su ayuda, y cuando terminó lo que pudo hacer, limpió cada rincón de la librería como si se tratara de una limpieza de primavera, luego volvió al café a limpiar la máquina de café, secó por segunda vez las tazas, movió de lugar las mesas del café y fue a las repisas para asegurarse de que los libros estaban ordenados. Yeongju se percató de todo lo que hizo, pero no pensó demasiado al respecto.

Terminó todas las tareas apremiantes y quedó finalmente con asuntos no tan urgentes. Le pasó un poco de fruta recién cortada a Minjun, Jungsuh y Mincheol antes de sentarse, al fin. Mientras mordía las rebanadas de manzana, pensó en cuántos ejemplares de *Glimpses of World History* de Jawaharlal Nehru debía pedir. Yeongju hacía todo lo que podía para no devolver libros a sus proveedores, por lo que era muy importante pensar con cuidado antes de enviar las órdenes de compra. Para libros como este, del que no tenía ningún registro previo de ventas, tenía que arriesgarse a adivinar durante cuánto tiempo se acercarían los clientes a buscar el libro.

Hoy había recibido una llamada justo en el momento en que abrió la librería. La persona al otro lado de la línea preguntó si tenían una copia de *Glimpses of History*. Cuando ella dijo que sí, el interlocutor dejó su nombre y un número de contacto, diciendo que pasaría después del trabajo para recogerla. Después de colgar el teléfono, tomó una copia del libro y la colocó en la repisa al lado del resto de títulos reservados. ¡Había vendido una copia por primera vez desde que adquirió el título dos años atrás!

Una vez concretada la venta podía comenzar a pensar en solicitar más ejemplares. En el caso de este libro no tuvo que pensarlo demasiado; era un libro que quería volver a pedir. Justo cuando estaba haciendo una nota mental para mandarlo a pedir una vez que el cliente lo recolectara, recibió otra llamada pidiendo el mismo libro. ¿Cómo era posible que no hubiera vendido una sola copia en dos años y de pronto estuviera vendiendo dos copias en un solo día? Un pensamiento cruzó por su mente. Se sentó de prisa y buscó el título en internet. Bingo. Uno de los resultados era un artículo reciente sobre un *show* donde se mencionaba el libro.

De vez en cuando un libro aparecía en los dramas o era referenciado por un personaje famoso o en un *show* de entretenimiento o aparecía en las redes sociales de alguna celebridad. Cuando un libro entraba a la mirada pública de esta manera, más clientes vendrían buscándolo, a veces, incluso, de la noche a la mañana esos títulos se convertían en *bestsellers*. Era cierto que los libros necesitaban ser «descubiertos» y Yeongju pensó que era algo positivo que los espectadores de televisión pudieran descubrir un libro nuevo de este modo y lo leyeran, sin importar de qué se tratara.

Sin embargo, esos libros presentaban una dificultad en cuanto a ventas. No podía traer a su librería cualquier libro al azar solo porque había aparecido en un drama o porque le gustaba a alguna persona famosa. Para ayudarse a decidir qué libros tener en inventario, utilizaba los siguientes criterios:

1. ¿Es un buen libro?
2. ¿Quiero venderlo aquí?
3. ¿El libro encaja en nuestra librería?

Estos criterios podrían parecer subjetivos e incluso podrían ser resumidos por algunas personas como «los caprichos de la dueña». Sin embargo, para ella eran importantes; tener estas pautas le permitía disfrutar su trabajo en la librería. Si seguía esos criterios, usualmente no tenía que pensar demasiado antes de decidir porque se trataba, como dicen, de «los caprichos de la dueña». Sin embargo, cuando se trataba de libros que apuntaban a la fama —como el de ahora— era distinto. Había considerado con algo de dudas (diciéndose a sí misma que lo haría solo por esta vez) añadir un cuarto criterio:

4. ¿Se venderá bien este libro?

Sin embargo, había veces en las que quería ordenar libros a pesar de que era poco posible que se vendieran bien. Dicho esto, la tentación de añadir el cuarto criterio era grande. Cuando abrió la librería cayó en la tentación. Hubo un periodo en que ordenaba libros basándose en las listas de *bestseller,* pero como una persona que es arrastrada por grandes olas, no sabía hacia dónde se estaban encaminando ella o su librería.

—¿Tiene este título?

—No, no lo tenemos.

Había veces en las que, cansada de repetir «no, no lo tenemos», ordenaba el libro como se esperaba que hiciera y se vendía bien. Cada vez que veía el libro se enojaba, como si estuviera siendo forzada a comer algo que no disfrutaba y, por lo tanto, terminara odiando el platillo y, del mismo modo, al libro. Decidió apegarse a sus principios. Incluso si tenía que repetir decenas, no, cientos de veces «no lo tenemos» se dijo a sí misma que nunca tomaría la salida fácil. En aquel momento trabajaba en traer buenos libros para ayudar a los clientes a «descubrir» buenas lecturas a las que nunca habían sido expuestos.

Incluso si un libro era el mayor *bestseller*, si no le gustaba, no lo vendería. Si es que lo vendía, se aseguraría de no ponerlo en el lugar más visible de las estanterías. Creía que había una persona correcta para cada libro y era su responsabilidad encontrarla. Era posible que fuera injusta al elegir los libros que llevaba, pero todos los libros en su librería eran iguales a sus ojos. Quería darles a todos la misma oportunidad de ser vistos y comprados. Había veces en que un libro que no se había vendido sorpresivamente incrementaba sus lectores cuando lo cambiaba de lugar en el librero. En una librería independiente, la curaduría lo era todo.

Necesitaba pensar con cuidado. ¿Cuántas copias de *Glimpses of World History* debía solicitar? Tal vez por ahora dos, para ser puestos en la misma repisa. Pensó que podía curar una selección. En vez de tomar una visión eurocentrista, *Glimpses of World History* examina la historia del mundo desde el punto de vista no occidental, y si podía conseguir otros libros que contemplaran la historia desde distintos puntos de vista, tal vez serían bien recibidos por otros clientes. Pensó que la tercera repisa en la segunda fila sería el lugar perfecto. Ahí era donde había acomodado libros igualmente densos al presentar colecciones en el pasado.

Armonía y disonancia

Tras la conversación con su mamá, Minjun perdió la pasión y el gusto por la vida. Se acostó en la cama con apatía. Su postura en yoga era mala. La única parte del día en que se sentía estable —y por poco— era cuando estaba frente a la máquina de café. Un sentimiento sobrecogedor de culpa lo abrumaba. Cuando pensaba que para sus padres no había sido nada más que una decepción, lo envolvía la miseria. A sus oídos, su madre sonaba llena de reproches, como si lo reprendiera por vivir mal su propia vida. No, no podía ser. «Mamá no es ese tipo de persona», intentó decirse Minjun.

Le sorprendía cómo había logrado aguantar durante tanto tiempo cuando era tan fácil derrumbarse en un instante. Hasta ahora no había sido difícil: ganaba modestamente y gastaba con la misma modestia. Estaba un poco solo, pero desde que comenzó a trabajar en la librería y tenía alguien con quien hablar, la soledad era tolerable y nunca lo sobrecogía. Pensó que podía entender el sueño de infancia de Yeongju de querer estar rodeada de libros día y noche. También él se sentía envuelto por la paz cada vez que entraba a su lugar de trabajo. Yeongju era una buena jefa, aunque a veces se sentía tanto como una *noona* que lo hacía olvidarse de que estaba trabajando.

Hacía bien su trabajo, incluso era creativo. Tal y como Jimi le había dicho, el cielo es el límite cuando de mezclas de café se trata. Granos cosechados en el mismo lugar y con el mismo método pueden variar en sabor, y el café que es preparado de la misma tanda también puede saber diferente. Una taza de café es al mismo tiempo trabajo de la naturaleza y del barista. Pensaba que preparar café era, de algún modo, parecido a leer: cualquiera puede hacerlo y entre más tiempo pasas realizando la tarea, más quieres pensar en ella. Una vez que entras por el agujero del conejo es difícil salir de él. Comienzas a prestar más atención a los detalles y en algún momento entras en consonancia con las minucias de las cosas. Al final amas cada parte, ya sea de la lectura o del café. Minjun amaba su trabajo, pero...

Habían pasado diez días desde su última visita a Goat Beans. Usó todas las excusas en las que pudo pensar y logró que en su lugar hicieran la entrega de granos directamente en la librería. Uno de los tostadores fue en persona a hacer la entrega y se quedó platicando un momento. Cuando estaba a punto de irse, el tostador dijo:

—Ya que tú no vas, nosotros somos quienes tenemos que escuchar a la jefa quejarse de su marido ahora. Parece que otra vez hizo algo para molestarla.

Minjun sonrió, pero permaneció en silencio.

—Ah, sí, la jefa hizo una mezcla de las que te gustan. Ven a probarla.

Hubo una pausa antes de que respondiera:

—Está bien.

Minjun pensó que estaba mejor cuando pensaba que todos sus esfuerzos se habían ido por el caño. Al menos en ese entonces podía rendirse sin arrepentimiento. Si había un punto crítico para el trabajo duro, él lo había superado. Solía pensar que si hubiera trabajado un poco más, tal vez si hubiera intentado solo una vez más... ¿Qué tal si ya estaba en la línea del noventa y nueve por ciento? Luego comenzó a pensar que lo que se necesitaba para ir del noventa y nueve al cien por ciento no era más esfuerzo, sino suerte. Sin suerte, siempre estaría atorado ahí, siempre a un pelo del éxito.

Tras ver una gran cantidad de películas se dio cuenta de algo muy sencillo: los personajes siempre estaban en una encrucijada. Lo que hacía moverse a la trama eran sus decisiones, sus elecciones. ¿No era igual en la vida? Lo que impulsa la vida hacia adelante son las decisiones. Y entonces se percató de que no necesitaba rendirse, sino tomar una decisión: alejarse del camino que había estado recorriendo.

Cuando vio el documental *Seymour: An Introduction*, hiló mejor su pensamiento. Seymour Bernstein no se rindió en su vida como pianista; simplemente eligió hacer algo diferente. Nadie a su alrededor podía comprender por qué el pianista afamado había decidido enseñar en vez de presentarse en público, pero él era imperturbable. Incluso a sus ochenta años dijo que nunca se arrepintió de su decisión. Mientras veía el documental, Minjun decidió ser como Seymour: no arrepentirse de sus decisiones. Pero lo que necesitaba no era la resolución sino el valor. El valor para no dudar frente a la decepción de los otros, el valor para apegarse a sus creencias y elecciones.

Desde el día en que le dijo a Yeongju que no tenía humor para ir a casa, comenzó a temer volver a casa. La inquietud era peor cuando estaba solo. También hoy arrastró los pies después de terminar y siguió quedándose después de las horas de trabajo. Yeongju, que había estado mirando su laptop con el ceño fruncido, no se había percatado de que Minjun aún estaba ahí. Hizo algunos estiramientos —rotó sus hombros, movió la cintura a la derecha y a la izquierda— mientras caminaba por la librería, mirándola por momentos. De vez en cuando daba golpecitos a las mesas de café e incluso abrió la puerta delantera sin ningún motivo. Finalmente, cuando entró el aire frío del otoño y Minjun cerró con rapidez la puerta, Yeongju levantó la mirada. Consultó el reloj.

—Minjun, ¿por qué sigues aquí?

Él caminó hacia ella.

—Ya terminé por este día. Concluí mi turno y ahora camino por la librería del vecindario.

Yeongju rio. «Parece que estos días Minjun dice menos "bueno" o "tal vez"», pensó.

—Pensé que la librería ya estaría cerrada a esta hora —dijo levantando los dedos del teclado—. No deberías de rondar en un negocio cerrado.

Dando golpecitos en el respaldo de una silla, Minjun parecía haber tomado una decisión y jaló la silla para llevarla hasta adonde estaba Yeongju.

—¿Te estoy molestando? —preguntó.

—¿Otra vez no tienes ganas de volver a casa? —Dio unas palmadas al asiento para que se sentara a su lado.

—Sí, últimamente me he sentido así.

Minjun se sentó y miró la pantalla.

—¿Tienes mucho trabajo?

—Estoy haciendo la lista de preguntas para la siguiente presentación de libro, pero estoy algo atorada.

—¿Cuál es el tema? —Se asomó para ver el documento abierto en la pantalla.

—He estado pensando en que ya no debo permitir que mis aficiones personales determinen la decisión de a quiénes invito a las pláticas sobre libros. Debo de ser más objetiva y hacer la evaluación basándome en el libro y su contenido.

Él volteó los ojos hacia ella.

—¿Qué quieres decir?

—Me acerqué a un editor para proponerle una presentación incluso antes de haber leído el libro. Comencé a leerlo solo después de que el autor accedió a dar la charla. Ahora me doy cuenta de que no sé nada sobre escritura. ¿Cómo puedo hacer preguntas sobre algo de lo que no sé nada? Hice lo mejor que pude pero solo he logrado pensar en doce preguntas.

Minjun miró el número 12 en la pantalla que Yeongju estaba señalando antes de dirigir la mirada hacia el libro abierto al lado de la computadora. El título, escrito en letras sencillas, decía: *Cómo escribir bien.*

—¿Por qué invitaste al autor de un libro que no has leído? —preguntó mientras hojeaba el libro.

—Mmm... ¿Porque el autor es carismático?

—¿Quieres decir que es atractivo? —dejó el libro y sacó su teléfono del bolsillo.

—Es que... su escritura es aguda y no tiene miedo de decir lo que dice. Por eso me gusta.

Minjun escribió *Hyun Seungwoo* en el buscador de internet.

—¿Es decir que te gusta porque es honesto? —preguntó mientras veía la fotografía del autor.

Yeongju asintió ligeramente mientras escribía el número 13.

Permanecieron en silencio, cada uno sumergido en sus propios pensamientos. Mientras ella volvía a mirar el número (y se reprendía a sí misma), él deambulaba por la librería, lidiando con la culpa que pesaba en su mente. Después de una larga pausa, Yeongju empezó a escribir. Por último, mientras presionaba repetidamente la tecla de retroceso, agregó una pregunta más a la lista.

13. ¿Qué tan honesto ha sido en la vida?

«Oh, Dios. ¡Qué estoy preguntando!». Mantuvo presionada la tecla de retroceso y vio desaparecer las letras. Reescribió.

13. Tengo curiosidad por saber si ha detectado algún error en mi escritura.

«¡No hay modo de que haya podido leer mi escritura!». Volvió a presionar la tecla de retroceso. Con frustración, tomó dos botellas de agua gasificada del refrigerador y le pasó una a Minjun. Él la tomó pero siguió viendo por la ventana con expresión vacía.

Lo miró y luego preguntó:

—¿Pasó algo?

Él abrió el agua y tardó algunos segundos en hablar.

—Me acerqué a ti porque quería hablar contigo, pero no sé qué decir.

Ella dio un sorbo.

—Eres muy callado.

—Tú y la jefa de Goat Beans son las únicas personas que dicen que soy callado.

—¡Oh! ¡Así que es verdad!

Minjun se desconcertó ante la exclamación repentina.

—Jimi eonnie y yo hemos discutido el hecho de que no hablas mucho con nosotras porque somos *ajummas*. Yo estaba segura de que eso no podía ser verdad, ¡pero resulta que es cierto! —Yeongju le lanzó una mirada malévola mientras daba otro sorbo a su botella de agua.

—¿Qué? No —dijo con nerviosismo—. ¿Y cómo es que eres una *ajumma*? No hay tanta diferencia de edad entre nosotros.

—Estás diciendo la verdad, ¿no?

—Claro…

—Bueno, te creo, por mi propio bien.

Al ver que Yeongju estaba bromeando, Minjun se relajó y se rio suavemente. Tomó un largo sorbo y la miró.

—¿Puedo hacerte una pregunta? ¿Una que sea personal?

—Claro.

—¿Dónde viven tus padres?

—¿Mis padres? En Seúl.

Los ojos de Minjun se abrieron como platos.

—¿De verdad?

—Es un poco extraño, ¿verdad? Su hija abre una librería, pero nunca la han visitado ni llamado. Tampoco parece que los encuentre durante mis días de descanso. Probablemente pensaste que estaban en el extranjero o en algún lugar lejano en el campo, pero resulta que viven en Seúl. Seguro estarás pensando «qué raro», ¿verdad?

Él asintió casi imperceptiblemente, como si no estuviera seguro de si era una reacción apropiada.

—Mis padres me dijeron que no querían volver a verme, en especial mi madre.

Minjun miró a Yeongju con expresión inquisidora.

—Cuando era niña nunca causé ningún problema, pero solo me tomó un momento causar los problemas de toda una vida. Si hubiera sabido que las circunstancias llegarían a este punto, habría hecho caso omiso del complejo de hija obediente hace mucho tiempo. He estado pensando que es mi culpa no haberla ayudado a desarrollar inmunidad. —Yeongju trató de relajar su expresión, que siempre se endurecía cuando hablaba de su madre—. ¿Por qué preguntas sobre mis padres?

Minjun dudó durante un momento.

—Mi mamá me llamó hace unos días. Como siempre tengo el teléfono apagado, fue la primera vez en mucho tiempo sin hablar.

—¿Por qué apagas el teléfono?

—Porque es muy pesado saber que estoy solo a una llamada o mensaje de texto de los demás.

—Ah, ya veo. ¿De qué hablaste con tu mamá?

—No mucho. Estaba haciendo alboroto sobre mi vida y le dije que no se preocupara. Luego me dijo que encontrara un trabajo adecuado pronto, así que le dije que yo me haría cargo de mi propia vida.

—Ah, ya veo.

Cuando Minjun la vio mirándolo, él se apresuró a decir:

—Es solo su forma de hablar. No intenta decir que el trabajo de aquí no sea adecuado.

—Lo sé.

—Ni siquiera sabe qué es lo que hago ahora.

—No tienes que dar explicaciones.

Como Yeongju sonreía, Minjun siguió hablando.

—En los últimos días he aprendido algo de mí mismo.

—¿Qué?

—He estado fingiendo ser un adulto cuando no lo soy. Me siento por completo desconcertado por lo que dijo mi madre. Es como si hubiera tropezado y caído con un obstáculo invisible. El problema es que puedo simplemente sacudirme y levantarme. Pero me pregunto si está bien hacerlo. Tengo miedo de que mis padres se sientan decepcionados de mí y de que nunca más los haga felices. La culpa me está carcomiendo. No sé si está bien levantarse con calma y tan solo seguir adelante.

—Piensas que la vida que tienes ahora no es lo que tus padres querrían para ti, ¿cierto? —preguntó Yeongju con suavidad. Podía identificarse con eso.

—Sí… mi voluntad es demasiado frágil como para vivir de manera independiente. Y eso me hace sentir decepcionado de mí mismo.

—¿Quieres ser una persona independiente?

—Es algo así como mi sueño de infancia. No sé por qué, pero nunca me interesó una profesión en específico. No me interesaba ser doctor, abogado ni ninguna otra. Tampoco quería ser exitoso ni famoso. Solo quería una vida estable. Quiero decir, si podía ser reconocido por mis habilidades o algo así, estaba bien, pero eso es todo. Yo solo quería ser una persona independiente.

—Es un sueño interesante.

—No lo es. Es como si no supiera ni siquiera cómo tener sueños adecuados.

Yeongju dio golpecitos a la botella sin prestar atención y se acomodó en su silla.

—Mi sueño es ser dueña de una librería.

—Bueno, lo conseguiste.

—Tengo una librería, pero no se siente como si hubiera alcanzado mis sueños.

—¿Por qué?

Yeongju respiró hondo y miró por la ventana.

—Estoy satisfecha, pero... simplemente me parece que los sueños no lo son todo. No digo que los sueños carezcan de importancia o que haya algo más por encima de ellos, pero la vida es demasiado complicada. El hecho de que hayas alcanzado tus sueños no significa que siempre serás feliz. Bueno, eso creo.

Minjun se quedó mirando las puntas afiladas de sus zapatos y asintió. Reflexionó sobre sus palabras. Quizá se sentía miserable precisamente porque intentaba simplificar una vida que debía seguir siendo compleja.

Mientras conversaban, con Minjun haciéndole preguntas de vez en cuando, Yeongju llegó a la decimoquinta pregunta de su lista.

—Jefa, ¿de casualidad conoces el documental *Seymour: An Introduction*? No es muy famoso, así que es posible que no hayas escuchado hablar de él.

Quitando los ojos de la lista (que ahora iba en el 16), Yeongju levantó la mirada, pensativa.

—Ah, ¿sobre Seymour Bernstein? —Yeongju lo pronunciaba como *Si-mour.*

—Oh, ¿Se-yi-mour es la misma persona que Si-mour?

Ella asintió.

—Hay un libro sobre Seymour. En el título traducido al coreano, su nombre en Hangeul está escrito como *Si-mour*. ¡Ah! Es verdad, escuché que el libro es continuación de la historia del documental. Creo que tú hablas del documental. No, no lo he visto aún, pero quiero hacerlo. ¿Por qué?

—Ese abuelo…

—¿Quieres decir Seymour?

—Sí. En el documental dijo…

Minjun bajó la mirada, aparentemente perdido en pensamientos, antes de alzar los ojos hacia Yeongju.

—La disonancia antes de los momentos de armonía hace que la armonía suene hermosa. Justo como la armonía y la disonancia existen una al lado de la otra en música, la vida es igual. Es porque la armonía es precedida por la disonancia que pensamos que es hermosa.

—Es un modo hermoso de decirlo.

Minjun volvió a bajar la mirada.

—Hoy he estado pensando en algo.

—¿En qué?

—¿Hay modo de que podamos decirnos con certeza si el momento que estamos viviendo es de armonía o disonancia? ¿Cómo sé en qué estado estoy ahora mismo?

—Mmm… no lo sabrás cuando estás en el momento. Es solo cuando miras hacia atrás que obtienes una respuesta clara.

—Sí, entiendo lo que quieres decir, pero me da curiosidad. Quisiera entender mi vida en el momento presente.

—¿Cómo se siente para ti?

Minjun parecía conflictuado.

—Creo que es armonía, pero el resto del mundo parece pensar que vivo en disonancia.

Yeongju, que había estado mirando su expresión, sonrió con suavidad.

—¿Estoy viendo el lado armonioso de la vida de Minjun ahora mismo?

Él sonrió.

—Eso es si tengo razón.

—La tienes, estoy segura, te lo aseguro.

Minjun rio suavemente.

Los dos miraron por la ventana. Las luces de la librería proyectaban un suave resplandor sobre el callejón y sobre la gente que pasaba por la calle estrecha. Algunos tenían prisa, pero aun así miraban con curiosidad la librería al pasar. Yeongju rompió el silencio.

—Cuando se trata de los padres... creo que es más cómodo vivir la vida que tú quieres en vez de vivir una vida que no los decepcionaría. Por supuesto, es una pena que la persona más cercana a ti sea la que se decepcione, pero no es justo vivir tu vida de acuerdo con los deseos de tus padres. Yo solía estar llena de arrepentimientos, pensando en cómo no debería de haber actuado del modo en el que lo hice, que debería de haber escuchado lo que me decían. Pero no hay nada que uno pueda hacer con el arrepentimiento porque incluso si pudiera regresar el tiempo, habría vuelto a hacer las mismas cosas una y otra vez.

Yeongju mantuvo la mirada dirigida a la calle.

—Vivo del modo en que vivo porque así es como soy. Debería aceptarlo. Dejar de culparme. No estés triste, ten confianza. Me lo he repetido durante los últimos años a modo de entrenamiento mental.

Las comisuras de la boca de Minjun se levantaron levemente mientras la escuchaba hablar.

—Yo debería hacer eso del entrenamiento mental.

—Hazlo. Deberíamos aprender a pensar bien de nosotros mismos.

—Está bien, ya no te molestaré —dijo Minjun. Se levantó y devolvió la silla a su lugar. Cuando caminaba hacia la puerta, le dijo a Yeongju con tono dubitativo que no se quedara hasta demasiado tarde. Ella dibujó una O grande en el aire, agradeciéndole por su preocupación. Mientras caminaba, Minjun le dio vueltas a lo que Yeongju le había dicho. «Aprender a pensar bien de nosotros mismos». Se dio la vuelta. El suave brillo de las luces parecía envolver a la librería como una presencia protectora. Yeongju alguna vez le había compartido los cinco motivos por los que cada barrio debería de tener una librería independiente. En aquel momento pensó que él estaba contemplando el sexto motivo. Ver la librería desde fuera lo hacía feliz.

¿Qué tanto te pareces a tu escritura?

Yeongju llegó a la librería media hora más temprano de lo usual. No había terminado ni la mitad de las preguntas para la presentación del libro. No importaba si se trataba de una frase o un ensayo largo, escribir no le resultaba fácil. Ella solo sabía redactar planes de negocios. Desde que abrió la librería, tenía que escribir varias publicaciones breves al día para las redes sociales y cada dos días necesitaba escribir un artículo más largo, como la sinopsis de un libro o la reseña de un libro. Era difícil cada vez.

Se quedaba en blanco de pronto, como si todas las palabras se le escaparan. A veces empezaba a escribir, pero al momento siguiente se daba cuenta de que sabía muy poco sobre el tema. O podía tener una idea en mente, pero de alguna manera los pensamientos no se cristalizarían en palabras.

Mirando el número 18 de su lista, se preguntó qué sería esta vez. ¿Se trataba de que no sabía nada sobre el autor y su libro? ¿O era que le resultaba difícil organizar sus pensamientos? Apoyó los dedos sobre el teclado, escribió una frase, insertó un signo de interrogación y volvió a leer lo que había escrito. «¿Cómo responderá el autor a esto?», se preguntó. «¿Era una buena pregunta?».

18. ¿En qué te centras cuando estás leyendo o escribiendo? ¿En las oraciones?

Supo del autor Hyun Seungwoo a través del jefe de una casa editorial de una sola persona. El jefe le contó sobre un incidente que se había expandido como pólvora en la industria editorial y le envió enlaces a algunas publicaciones en blogs. Después de la primera publicación, el resto se leía como una serie de refutaciones y refutaciones en contra de las refutaciones. El principio de todo parecía ser un bloguero que, a pesar de tratar temas bastante áridos, tenía más de diez mil seguidores. Su primera entrada, publicada hacía cuatro años se titulaba: «Fonología coreana 1». Había cuatro categorías: «Todo sobre la gramática coreana», «Esta es una mala oración», «Esta es una buena oración», «Déjame editar tus oraciones». Lo que había detonado el incidente fue la publicación bajo la categoría «Esta es una mala oración».

El bloguero ya había acumulado cientos de publicaciones citando ejemplos de malas frases de periódicos y libros, cuando encontró un libro traducido. Al redactar una publicación que citaba más de diez malas frases del trabajo, explicó debajo de cada oración qué era lo que tenía de malo. La controversia surgió cuando la publicación llamó la atención del director ejecutivo de la editorial que publicó el libro. En su blog oficial, el CEO escribió una publicación para desmentir las afirmaciones del bloguero, lo que desató una cadena de refutaciones. En la primera publicación del CEO, criticó al bloguero por su «falta de modales derivada de la ignorancia», añadiendo inocentemente que la «ignorancia» en cuestión era cómo funcionaba la industria editorial, no su comprensión de la gramática coreana.

En su refutación de la refutación, el bloguero escribió: «Aunque es desafortunado que la industria editorial esté enfrentándose a fuertes vientos, no es excusa para que los lectores tengan que soportar oraciones escritas con mediocridad».

Luego el CEO respondió: «¿Existe siquiera un libro perfecto

sin una sola oración cuestionable? Si existe semejante libro, por favor, ilumíneme al respecto».

El lenguaje mordaz exacerbó aún más la tensión. Poco después de la publicación del CEO, el bloguero subió una nueva publicación a la categoría «Esta es una mala frase», como si hubiera estado esperando para atacar.

En esta nueva publicación, eligió más de veinte oraciones pobremente escritas del mismo libro, categorizándolas del siguiente modo: pequeños errores que la gente comete al escribir, grandes errores de sujeto y predicado, es gramaticalmente correcta, pero no sé qué dice la oración. Según la publicación, había recopilado de forma metódica estas veinte frases y otras tantas más abriendo una página al azar y revisando las primeras cinco páginas que le seguían. No se detuvo ahí. Tomó un libro que ya no se editaba y usó el mismo método: se encontró con solo seis oraciones, todas correspondientes a la categoría de «pequeños errores que la gente comete al escribir». Añadió la siguiente explicación:

> Aunque soy un bloguero apasionado de la palabra escrita, con frecuencia me encuentro preguntándome en qué consiste una oración perfecta. Dicho esto, cuando un libro está lleno de oraciones extrañas o pobremente escritas, amarga la experiencia lectora. En cuanto a la pregunta de si existe un libro con oraciones perfectas, me rehúso a responder. Primero que nada, esta no es una pregunta que debería de hacerse. Solo porque resulte imposible que un libro estuviera configurado solo de oraciones perfectas, no creo que sea correcto que un editor deje de trabajar rumbo a la perfección y menos hacerlo de un modo tan altanero.

El acalorado intercambio se extendió como la pólvora en las redes sociales entre los miembros de la industria, así como entre cualquiera que estuviera interesado en los libros. La mayoría se puso del lado del bloguero. Las publicaciones del director ejecutivo estuvieron plagadas de burlas y comentarios sarcásticos que aumentaron con el paso del tiempo. Como si estuviera enojado por la reacción del público, comenzó a pedirle al bloguero que eliminara sus publicaciones o esperara una demanda, lanzando con descuido palabras como «demanda por difamación» y «daño a la moral».

El bloguero respondió con calma que, de estar equivocado, aceptaría con gusto la responsabilidad. Justo cuando parecía que la situación iba a empeorar aún más, el director ejecutivo de repente dio marcha atrás. «Lamento ser emocional y no haber reflexionado sobre mi comportamiento», escribió en una publicación de blog. «Trabajaré más duro para hacer mejores libros en el futuro». Quienes siguieron la saga desde fuera se sintieron decepcionados porque terminó tan abruptamente, pero a su manera encontraron el cierre dándole virtualmente una palmadita en el hombro al CEO y levantando la mano del bloguero en señal de su clara victoria.

Si las cosas hubieran terminado ahí, tan solo habría pasado a ser un incidente memorable. Pero el director ejecutivo no era una persona común y corriente. Dado que había admitido abiertamente la derrota, parecía que quería llegar al extremo al admitir la derrota por completo. También se podría decir que tenía visión para los negocios. Subió una publicación al blog oficial de la editorial —su anterior campo de batalla— con una invitación formal y respetuosa al bloguero. «Por favor, edite nuestro libro». Cuatro meses después, publicaron la nueva edición de la traducción, que agotó de inmediato su primera impresión. Menos de un mes después, ya estaban en su tercera reimpresión.

«Intenso truco de marketing, si es que lo fue», así era como la industria editorial había visto el episodio. El editor le mandó a Yeongju una fotografía del nuevo libro y le dijo:

—Mi cerebro sabe que el bloguero tiene la razón, pero mi corazón espera que gane el editor.

Desde entonces, Yeongju ocasionalmente buscaba el nombre del bloguero: Hyun Seungwoo. Solo había actualizaciones escasas e infrecuentes en torno a él, la mayoría con detalles vagos y demasiada importancia. Contrario a lo que se esperaba, era un empleado ordinario de una compañía, aunque a sus seguidores les parecía interesante que su título fuese de ingeniero. Les impresionaba que la riqueza de conocimiento que había acumulado sobre la escritura fuera producto del estudio autodidacta. Seis meses antes había empezado una columna quincenal en un periódico titulada: «Lo que no sabemos sobre la escritura». Desde entonces, Yeongju se encontraba con él, a través de las palabras, cada dos semanas.

Su prosa era calmada, pero aguda. A Yeongju le gustaba cuando los autores eran agudos, por eso disfrutaba leer ensayos escritos por autores fuera de Corea. Los autores coreanos que habían comenzado con un cierto filo en sus escritos por lo general se suavizaban con el tiempo, pero a los escritores extranjeros parecía importarles poco cómo eran vistos. La mayoría de las veces, los autores que (metafóricamente) señalan con el dedo a la humanidad y gritan: «¡Gente tonta!» no son de Corea.

Lo que separa a ambos grupos es el hecho de que los coreanos fueron criados en una cultura donde se te enseña a ser consciente de la mirada del otro, lo que los hace, Yeongju incluida, más conscientes de la forma en que son percibidos. Tal vez esto era lo que la atraía de la escritura de los autores extranjeros, esos otros que crecieron en una cultura diferente y quienes eran diferentes en los modos en que pensaban, sentían y se expresaban. Sin embargo, como lectora, no juzgaba. En lo que se refería a personajes de libros, ella lo aceptaba todo: sus contradicciones, su insuficiencia, malicia, locura e incluso su violencia.

Le gustaba el estilo de escritura de Hyun Seungwoo: no era ni exagerado ni extravagante. Escribía en un lenguaje deliberadamente sencillo, aunque un atisbo de emoción se colaba entre sus palabras sin adornos. En una época en la que la gente se muestra por completo en internet, él revelaba muy poco de su vida privada, lo que aumentaba el aura misteriosa. Solo se centraba en crear buen contenido y parecía del tipo que prefería ser juzgado por sus habilidades —en su caso, la escritura—. Tal vez ni siquiera estaba obsesionado con ganar. Por supuesto, todo esto se basaba en la imaginación de Yeongju.

Cuando Yeongju era presentadora de pláticas sobre libros, no era ya una vendedora; era una lectora que quería hablar con los autores y escucharlos de cerca. Cuando el libro de Seungwoo se publicó, ella sabía que tenía que actuar de inmediato. Se había enterado de la noticia de antemano, por lo que el día de su lanzamiento se comunicó inmediatamente con la editorial para invitarlo a hacer una presentación. Recibió una respuesta afirmativa a las pocas horas, junto con una nota del editor informándole que sería la primera presentación del libro del autor.

Yeongju miró a Minjun, que acababa de llegar, antes de escribir el número 19. Con las manos sobre el teclado, escribió con rapidez —sus dedos danzaban sobre las teclas como un piano— la pregunta que predominaba en su mente.

19. ¿Qué tanto te pareces a tu escritura?

Una oración pobre debilita una buena voz

Minjun pensó que el hombre de cara cansada y cabello ondulado que acababa de entrar a la librería le resultaba familiar. ¿Quién era? El hombre estaba en la puerta, sus ojos inspeccionaban el lugar antes de entrar. Dejó su mochila en una silla en el café y se tomó su tiempo para observar la librería desde la mesa.

Varios pedidos de café después, Minjun levantó la vista y vio al hombre examinando el menú frente al mostrador. Ahora que podía ver al hombre de cerca, Minjun se dio cuenta de quién era: el autor del que la jefa era fanática. La estrella de la presentación del libro de aquel día.

Seungwoo levantó la mirada, listo para ordenar.

—Un americano caliente, por favor.

Cuando Seungwoo hizo ademán de darle su tarjeta de crédito, Minjun movió la mano para rechazarla.

—Usted es el autor Hyun Seungwoo, ¿cierto?

—¿Qué? Ah, quiero decir, sí.

Seungwoo parecía nervioso de que alguien lo reconociera.

—Ofrecemos una bebida de cortesía al autor de la presentación del día. Espere un momento, por favor, prepararé su café.

—Ah, ya veo. Gracias. —Seungwoo hizo una reverencia incómoda como agradecimiento y se apartó para esperar su bebida.

Seungwoo se veía exactamente igual a su fotografía. Los autores que asistían a presentaciones de libros solían estar emocionados o nerviosos. Seungwoo, sin embargo, se mostraba estoico, como en su foto de perfil. Minjun había pensado que la expresión que tenía en la foto era parte de la pose, pero parecía que así era en realidad. Seungwoo tenía una mirada permanentemente cansada. Minjun pensó que podía aventurar una buena suposición sobre el tipo de vida que llevaba el autor. Él había tenido ese aspecto cuando padecía una falta grave de sueño porque había estado haciendo malabarismos con sus estudios y trabajos temporales en la universidad. Quizá sería adecuado nombrarla mirada-falta-de-sueño.

—Su café está listo.

Seungwoo miró a Minjun mientras tomaba el café. Cuando Minjun desvió los ojos, Seungwoo también volteó la cabeza. Yeongju caminaba en dirección a ellos y cargaba dos sillas.

Con los ojos sobre ella, Seungwoo preguntó:

—¿Es la dueña de la librería?

—Sí, así es.

Minjun la siguió mientras ella daba la vuelta.

—¿Necesita algo más?

Cuando Seungwoo dijo que no, Minjun se acercó a ayudar a Yeongju con las sillas. Seungwoo siguió mirando mientras Minjun hablaba con Yeongju. Seungwoo la vio darse la vuelta de pronto y caminar directo hacia él. Se acercaba con una sonrisa brillante. Sus ojos se encontraron. Seungwoo hizo una reverencia a modo de saludo.

—Hola. Soy Hyun…

—El autor Hyun Seungwoo, ¿cierto? —Sus ojos brillaban gentiles. Seungwoo no podía actuar con el mismo entusiasmo, así que simplemente asintió.

—Hola, soy Lee Yeongju, fundadora de la librería. Me alegra mucho conocerlo, muchas gracias por aceptar hacer la presentación del libro.

Seungwoo de pronto se sentía consciente del calor que irradiaba el café que sostenía en las manos.

—Mucho gusto. Soy yo quien debería agradecerle por la invitación —respondió.

El rostro de Yeongju se iluminó, como si el autor hubiera dicho algo extremadamente conmovedor.

—Gracias por decir eso.

Seungwoo estaba tan nervioso por las maneras de Yeongju que ni siquiera pudo asentir en respuesta. Yeongju pensó que estaba un poco rígido, pero lo atribuyó a los nervios antes de una presentación y continuó.

—La presentación está programada a las 7:30 p. m., sin embargo, por lo general esperamos unos diez minutos antes de comenzar. Usted estará conversando conmigo durante una hora antes de responder las preguntas del público durante unos veinte o treinta minutos. Siéntase libre de esperar en el café hasta que comience el evento.

—Está bien —respondió Seungwoo. Siguió mirando a Yeongju. Se preguntó si estaría siendo grosero, pero puesto que ella también lo miraba como si fuera lo más natural del mundo, él no pudo quitarle los ojos de encima. Sin estar al tanto de sus pensamientos internos, Yeongju le sostuvo la mirada por un momento antes de decir:

—Necesito hacer algunas cosas. Hasta luego.

Solo cuando ella se fue, él se giró para mirar por la ventana. Su editor se dirigía hacia la librería. Seungwoo le lanzó otra mirada antes de ir a la puerta para saludarlo.

*

—Está bien, iniciemos con la presentación. Señor Hyun, ¿sería tan amable de presentarse?

—Hola. Soy Hyun Seungwoo, autor de *Cómo escribir bien.* Es un gusto estar aquí.

Había más de cincuenta personas en el público, incluidas algunas que no se habían registrado antes. Todos aplaudieron con entusiasmo. Yeongju había reunido todas las sillas con las que contaban, incluso su propia silla de trabajo y el sofá de dos plazas que por lo común estaba al lado de las estanterías. Seungwoo y Yeongju se sentaron uno frente al otro, aproximadamente a un metro de distancia de la audiencia. Como las sillas estaban dispuestas en ángulo, no era necesario que voltearan la cabeza para hablar entre ellos.

Al principio, Seungwoo parecía un poco nervioso, pero recuperó la compostura en poco tiempo. Hacía una pausa antes de responder cada pregunta, dando la impresión de que siempre estaba tratando de encontrar la palabra más adecuada y comprobando si se había expresado con claridad. Hablaba despacio, pero no era aburrido. Yeongju miró con interés la forma en que hablaba. Parecía ser muy semejante a lo que ella había imaginado basándose en sus escritos, como si su personalidad de la vida real se mezclara perfectamente con su personalidad de escritor. Ese semblante tranquilo, la expresión estoica, la ligera elevación de las comisuras de su boca cuando sonreía, sus labios que lo hacían parecer considerado (aunque no hasta el punto de llegar a hacer algo que no le gustara). ¿Era por la forma de su boca?

Yeongju se sintió cómoda durante toda la charla, ya fuera haciendo las preguntas o escuchando sus respuestas. Incluso cuando se enfrentó a sus preguntas desafiantes, él permaneció tranquilo y ordenó sus pensamientos con calma antes de responder despacio, tal como lo estaba haciendo ahora.

Más de la mitad de la audiencia eran seguidores de su blog. A uno de ellos le había corregido las frases (Seungwoo y sus seguidores lo llamaron «podar las frases») y, según él, la experiencia había sido como una epifanía.

La audiencia rio. Yeongju agregó que ella también era lectora del blog, y que había seguido el «incidente» desde la banca, lo que incitó a otra ronda de risas. Después eligió sus palabras con cuidado e intentó hacer en voz alta la siguiente pregunta de manera que no se sintiera demasiado abrumadora:

—¿Puedo preguntarle cómo se sintió entonces? Creo que muchos de nosotros aquí tenemos curiosidad.

Seungwoo asintió.

—Aunque intentaba sonar tranquilo en mi escritura, en realidad me sentía abrumado. Incluso consideré cerrar mi blog. Me incomoda escribir pensando en cuánto daño pueden provocarles mis palabras a los demás.

—Ahora que lo menciona, creo que tras el incidente apenas ha actualizado la categoría «Esta es una mala oración».

—Sí, hice menos publicaciones de ese tipo.

—¿Fue porque se sentía incómodo?

—Sí, también. Pero además no tenía tiempo, estaba escribiendo este libro.

—Cuando el CEO de esa casa editorial se le acercó para ofrecerle editar la traducción, ¿usted accedió de inmediato?

—No. —Inclinó la cabeza hacia un lado como si intentara recordar el orden de los eventos—. No soy un editor profesional.

—¿Usted? ¿El autor que escribió un libro sobre la escritura?

Yeongju rio y Seungwoo se corrigió de inmediato.

—Quiero decir, no es mi profesión. Tampoco había pensado nunca en editar todo un libro. Lo medité durante un largo tiempo y me dije que sí, que lo intentaría una vez. También porque sentía pena por el CEO.

—¿Por criticar despiadadamente el libro?

—No. Ese libro fue publicado sin esfuerzo suficiente, no me arrepiento de señalarlo. —La lengua afilada de Seungwoo era más evidente al hablar que al escribir. ¿Era por su tono, como si estuviera diciendo lo obvio, o por su aura?—. Sentía que el modo en que llevaba a cabo las cosas estaba encerrando a alguien en un rincón y eso sí lo lamento. Es un error que cometo. —Miraba a Yeongju mientras hablaba—. Es una falla de la que me ha costado trabajo sobreponerme. Siempre soy lógico, y cuando la otra persona es emocional, yo intento compensar elevando la lógica, lo que puede dar a entender que soy rígido e inflexible. Estoy consciente de este error mío e intento tenerlo en cuenta, pero a veces es difícil.

Yeongju miró con interés a Seungwoo mientras hablaba de sus debilidades durante la charla. Quizá esta honestidad era lo que hacía que no fuera aburrido, a pesar de que hablaba en serio. Miró la hora antes de continuar con sus preguntas.

—¿En qué se enfoca cuando está leyendo o escribiendo? ¿En las oraciones?

—No, aunque muchos podrían pensarlo.

—¿Entonces?

—La voz. La voz del autor. Si el autor tiene una voz fuerte, entonces incluso cuando las oraciones sean un poco torpes, la escritura parecerá poderosa. Las oraciones bien hechas también pueden mejorar a una voz fuerte, hacerla brillar.

—¿Puede abundar más?

—Las oraciones escritas con mediocridad pueden distraer a los lectores de lo que puede ser una voz tanto débil como anodina, haciendo que se sienta más tolerable porque su atención estará centrada en las oraciones. De alguna forma, las oraciones mal pulidas oscurecen la debilidad de la voz, haciéndola parecer más digerible.

—Y lo contrario también es cierto.

—Sí, las oraciones mal escritas a menudo oscurecen a una voz fuerte. Cuando eso ocurre, solo necesitas pulir esas oraciones para que la voz pueda brillar.

—Entiendo lo que dice. —Yeongju asintió mientras miraba a Seungwoo, quien le devolvió la mirada. Cuando sus ojos se encontraron, dijo—: Lo siguiente es algo que de verdad quiero preguntarle. Señor Hyun, ¿qué tanto se parece a su escritura?

Los ojos de Yeongju brillaban del mismo modo en que lo habían hecho cuando se saludaron. «Está mirándome con el mismo destello en los ojos justo ahora, ¿qué significa?», pensó él. Sentía curiosidad, pero intentó devolver su atención a responder la pregunta.

—Es la pregunta más difícil de esta noche.

—¿De verdad?

—Me gustaría cuestionar esta pregunta. ¿Hay alguien que pueda saberlo con seguridad? Incluso si soy la persona que lo escribió, ¿puedo yo, o cualquiera, estar seguro de si una persona es similar a su escritura o no?

Yeongju se dio cuenta de que la forma en que ella hacía una conexión entre la escritura y el autor cuando estaba leyendo podría ser algo ajeno a los demás. Ahora que lo pensaba, se trataba simplemente de algo que la entretenía un poco, ni más ni menos. Incluso podría interpretarse como una pregunta grosera o incómoda, como si estuviera diciendo: «No transmites la misma vibra que tu escritura». Pero esa no era su intención en absoluto. No quería avergonzar al autor.

—Mmm… yo creo que es posible.

Seungwoo miró a Yeongju, lleno de curiosidad.

—¿Cómo?

—Cuando leo algo de Nikos Kazantzakis me formo una imagen de él. Por ejemplo, él sentado junto a la ventanilla de un tren y mirando solemnemente por la ventanilla.

—¿Por qué esa imagen?

—Le encantaba viajar. Y es un escritor que profundiza en la vida.

Seungwoo sostuvo su mirada pero no respondió.

—Creo que él no era del tipo hablador que chismorreaba sobre la gente a sus espaldas.

—¿Qué te hace pensar eso?

—Su escritura me lo dice.

Su escritura... Seungwoo hizo una pausa, parpadeando repetidamente.

—Mmm... Después de escuchar lo que usted dijo, creo que puedo decirle esto: no me gusta mentir, así que me abstengo de decir demasiado y hago lo mejor que puedo para escribir lo que creo que es la verdad.

—¿Podría decirnos más respecto a eso?

—Al escribir, es posible incluir falsedades sin querer. Por ejemplo, digamos que no he visto ni una sola película durante el último año. Un día podría llegar a la conclusión de que si no he visto ninguna película, es que no debo disfrutarlas. Más adelante podría olvidar lo que en realidad pasó y tan solo creer que no me gustan las películas. En mis escritos, podría incluir inconscientemente la frase «No me gustan las películas». No es mentira ni un error, porque eso es lo que creo. La verdad podría ser que disfruto las películas, solo que he estado demasiado ocupado. Si lo reflexiono un poco más, tal vez pueda desentrañar la verdad; si no, podría escribir una mentira sin querer.

—En ese caso, la oración correcta debería ser...

—No vi ninguna película durante el último año, tal vez porque no pude hacerlo.

La conversación fluyó sin problemas, animada por su química y por una audiencia comprometida. El público participó mucho durante la sesión de preguntas y respuestas, y las preguntas abarcaron desde «¿Es su inteligencia un resultado de la naturaleza o de la crianza?» hasta «¿Está satisfecho con su propia escritura?», y la persona que preguntó esto último siguió señalando un error en la página cincuenta y seis de la frase veinticinco. Seungwoo parecía particularmente interesado en el último comentario y tuvo una larga discusión con el interlocutor, concluyendo que tenían diferentes estilos de escritura.

La audiencia fue la primera en irse después de que terminó el evento, seguida por Seungwoo y su editor poco después. Minjun, que había vuelto a quedarse después de sus horas de trabajo, ayudó a Yeongju a ordenar. Con todo prácticamente en su lugar, tomó dos cervezas del refrigerador. Sentados uno al lado del otro en la librería vacía, bebieron en silencio. Minjun bebió de un trago la cerveza.

—¿Cómo se siente conocer a tu autor favorito?

—Genial, por supuesto.

—Tal vez debería buscar un autor que me guste también.

—Buena idea.

Mientras bebía su cerveza, Yeongju trató de recordar si había cometido algún error durante la charla. Disfrutaría mucho transcribiéndola. Tenía que preparar la transcripción para las redes sociales dentro de una semana y luego pasar directamente a los preparativos para la siguiente presentación de libro. Al menos por hoy, no parecía una tarea ardua.

—Ese autor parece perpetuamente cansado.

Yeongju se rio a carcajadas. Riéndose para sí misma, recordó su cara cansada. Grave. Honesto. Atento a cada pregunta. Sus respuestas sinceras. «Se parece mucho a su escritura», pensó.

Una tarde de domingo para descansar

En más de una ocasión le habían aconsejado a Yeongju que se tomara libres los lunes en vez de los domingos. Vender libros es un trabajo principalmente de fines de semana, según le habían dicho los otros libreros. Ella había considerado seguir sus consejos porque tenía sentido desde un punto de vista de negocios. No obstante, pensaba también que era importante disfrutar una parte del fin de semana. Esperaba algún día poder tener una semana de cinco días de trabajo cuando la librería hubiese «encontrado su lugar» en la comunidad, luego podría cerrar los lunes.

Sin embargo, ¿qué significaba que la librería «encontrara su lugar»? ¿Se trataba de que pudiera proporcionar un salario justo a su personal y al mismo tiempo ganar lo suficiente para sostenerse? ¿O era cuestión de obtener grandes beneficios, como cualquier otro negocio? Sin importar de cuál se tratara, la atormentaba un pensamiento terrible: que la librería nunca podría establecerse en la comunidad. En ese caso, ¿qué debería hacer ella? ¿Debería cerrar la librería, como pretendía, o buscar otra manera de salvar el negocio?

A pesar de preocuparse por el futuro, los domingos seguían siendo maravillosos. Tenía todo el día para ella sola, desde que se levantaba hasta que se acostaba. Era a la vez extrovertida e introvertida; si bien disfrutaba de sus clientes, el trato directo la agotaba. Había momentos en el trabajo en los que de pronto la invadía el deseo de refugiarse sola en algún lugar. Cuando tenía que pasar todo el día interactuando y socializando con la gente, a veces tenía insomnio por la noche. Necesitaba su tiempo a solas, aunque fuera para sentarse en silencio durante una hora. Por eso los domingos eran preciosos para ella. Al menos, por un día, podía escapar de la ansiedad de socializar.

Los domingos se levantaba a las nueve. Después de lavarse la cara se preparaba una taza de café. Mientras tomaba café pensaba en cómo pasar el día, aunque sabía que no haría mucho. Cuando tenía hambre agarraba lo primero que veía en el refrigerador y se sentaba en la mesa del salón a desayunar. Después del desayuno, todavía en la mesa, descargaba un programa de variedades y se reía durante un par de episodios durante las siguientes horas, sin moverse de la sala hasta que llegaba la hora de acostarse.

El departamento de Yeongju estaba escasamente amueblado. En su habitación había una cama y un armario; el otro dormitorio estaba lleno de libros. En la cocina había un refrigerador miniatura para una persona, y en la sala había un escritorio enorme, una silla, una mesa auxiliar y una estantería baja y estrecha. Había considerado brevemente la sugerencia de Jimi de añadir al menos un sofá de dos plazas, pero decidió que la habitación estaba bien así.

No veía la necesidad de llenar el espacio. El vacío también era un estilo. Dicho esto, había algo que le sobraba a su casa: iluminación. Solo en el salón había tres lámparas de pie: una junto a los grandes ventanales que daban al balcón, otra junto al escritorio y otra junto a la puerta de su dormitorio. Le gustaba cómo las luces proyectaban un suave brillo sobre todo lo que tocaban.

Sobre el escritorio había una computadora portátil del mismo modelo que la que usaba en la librería. Cuando estaba en casa pasaba la mayor parte del tiempo en la mesa. Hoy, como cualquier otro domingo, se quedó sentada ahí después del desayuno buscando algún *show* que ver. No le gustaban los programas que duraban muchos años, en su lugar prefería los de historias más cortas que estaban al aire solo durante unos meses. Cuando terminaba algo que estaba viendo, sentía como si se reiniciaran las emociones.

En días como aquel, donde no podía encontrar nuevos programas para ver, Yeongju volvía a sus viejos favoritos. Le encantaban en especial los programas producidos por Na Yeongseok. Todos se trataban de buenas personas que mantenían excelentes conversaciones frente a un hermoso paisaje. Ver un contenido tan sincero y afectuoso le producía un efecto calmante. Su favorito entre los programas de Na PD era *Youth Over Flowers*, en particular los episodios en los que el elenco había ido a África y Australia. No estaba familiarizada con las celebridades, pero ver sus sonrisas juveniles y brillantes la hacía sentir cálida y en confianza.

Ver el programa la hacía extrañar sus días de juventud, una época en la que debía haber estado viva, pero carecía del vigor de la juventud. Pensaba en la juventud como un momento fugaz, una utopía inalcanzable, como los cielos despejados de Australia, las sonrisas encantadoras de ídolos jóvenes y guapos cuando se reunían en un viaje inolvidable. La juventud no era algo a lo que pudieras aferrarte. Le divertía pensar que añoraba una época que nunca había experimentado del todo.

Puso el primer episodio del viaje a África. Aunque era la tercera vez que lo miraba, estaba hipnotizada por el paisaje majestuoso y sonreía con los jóvenes ídolos que se lo pasaban muy bien mientras reían y se vinculaban a través de las actividades. Si estuviera allí, también querría escalar las dunas de arena y sentarse en la cima. ¿Cómo sería ver el amanecer o el atardecer desde ahí? ¿Festejaría en voz alta? ¿O la soledad se apoderaría de ella? Tal vez lloraría.

Después del cuarto episodio, miró por la ventana. El sol estaba poniéndose. Esto era algo que extrañaba más que a su juventud, esta hora precisa del día en la que los últimos rayos se proyectaban en el crepúsculo. Quería dar un paseo bajo el cielo cada vez más oscuro. Como la juventud, era un momento fugaz, pero no había necesidad de lamentarse, pues volvería mañana y al día siguiente. Queriendo acercársele más, movió su silla al lado de la ventana, envolviendo sus rodillas con los brazos mientras contemplaba el atardecer de una noche de invierno.

Se había acostumbrado a pasar un día entero sin hablar. Cuando vivió sola por primera vez, al anochecer intentaba deliberadamente emitir algunos sonidos como «ah», antes de estallar en carcajadas por su propio comportamiento ridículo.

Pero ahora trataba el silencio como un día de descanso para su voz y se sentía perfectamente tranquila. Cuando no hablaba, su voz interior se hacía más fuerte. No hablaba, pero pasaba todo el día pensando y sintiendo. En lugar de sonidos, se expresaba a través de la palabra escrita. A veces incluso escribía tres ensayos en un solo domingo. Pero estos le pertenecían solo a ella y nunca los compartía con nadie más.

La sala ahora estaba completamente a oscuras. Se levantó, encendió las tres luces y volvió a sentarse. Un rato después se levantó, caminó hacia la estantería frente a su mesa auxiliar y sacó dos libros. Hacía unos días había comenzado a leer todas las noches un cuento de cada una de las dos colecciones de cuentos cortos: *Too Bright Outside for Love*[3*] y *Shoko's Smile*.

[3] Kim Keum-hee, 너무 한낮의 연애 *Neomu Hannajui Yeonae* (Munhakdongne, 2016).

Por lo regular alternaba entre ambos libros y hoy era el turno de *Too Bright Outside for Love*.

El sexto cuento del libro se titula «Waiting for the Dog». La historia comienza con una madre que pierde a la familia de un perro durante una caminata y su hija vuelve del extranjero para poder buscarla juntas. Un trauma pasado no resuelto —violencia doméstica y violación— obliga a los personajes a enfrentar sus problemas mientras luchan con las sospechas y, finalmente, una confesión. A pesar de la dureza de la historia, el final es esperanzador. Cuando Yeongju terminó la última oración, volvió a la página anterior y, por primera vez ese día, habló en voz alta para leer algunas oraciones.

«Todas las posibilidades comienzan con algo pequeño —como el jugo de manzana que bebes todas las mañanas—, pero es algo que puede cambiarlo todo».[4]

A Yeongju le encantaban esas historias. Historias de personas que atraviesan tiempos difíciles, que dan un paso a la vez mientras buscan consuelo en el parpadeo de luz que cruza el horizonte; historias de personas decididas a seguir viviendo a pesar de sus sufrimientos. Historias de esperanza, no del tipo imprudente o inocente, sino del último rayo de esperanza en la vida.

Leyó la frase en voz alta una vez y la repasó unas cuantas veces más antes de dirigirse a la cocina. Encendió la luz, sacó dos huevos del refrigerador y los partió en una sartén rociada con aceite de oliva. Mientras los huevos chisporroteaban, sacó un poco de arroz para llenar medio plato de sopa. Colocó los dos huevos estrellados encima del arroz y les roció media cucharada de salsa de soya. Su comida favorita era el arroz con huevo y salsa de soya. Dos huevos eran perfectos; la cantidad exacta para cubrir cada grano de arroz con la yema cremosa.

[4] Kim, *Neomu*, 177.

Yeongju apagó las luces de la cocina y mezcló el arroz con una cuchara mientras caminaba de vuelta a la ventana y se sentaba en la misma posición en la que había estado hacía cinco minutos. Comenzó su cena mientras miraba por la ventana. Luego levantó *Shoko's Smile*. Con la boca llena de arroz con huevo, recorrió el índice con los ojos y eligió la sexta historia: «Michaela». Parecía que también esta era la historia de una madre y su hija. Cuando comenzó a leer la primera línea no imaginaba que estaría llorando hacia el final de la historia.

Como cualquier otro día, se quedó dormida leyendo. Pasar un domingo de descanso como este la hizo desear poder hacer lo mismo un día más a la semana, pero la reconfortaba la idea de que no se vería atrapada en la hora pico de la mañana del lunes y podría ir a trabajar sintiéndose feliz. Si la vida continuaba a este ritmo o, con suerte, un poco más relajada —si disfrutaba de un poco más de libertad—, Yeongju pensó que podría vivir el resto de sus días del mismo modo.

Te ves terrible, ¿qué pasa?

Minjun platicaba intermitentemente con los tostadores en Goat Beans mientras sus manos estaban ocupadas seleccionando los granos buenos de los malos. Le dijeron que tomara asiento para trabajar con más comodidad, pero él rechazó la invitación y seguía de pie con la espalda arqueada hacia delante.

—Jimi viene tarde —dijo Minjun a nadie en particular.

—Pasa una vez cada varios meses —respondió uno de los otros.

—¿Pasa algo? —preguntó Minjun.

—Bueno, pues… no sabemos. Ella solo llama para decir que llegará tarde —dijo el tostador mientras llevaba una silla para Minjun.

—Oh, gracias.

—¿No eres tú al que le pasa algo?

—¿Qué quieres decir?

El tostador señaló al espejo.

—¿No te has visto últimamente?

Minjun rio, seguido por el tostador.

Se sentó y continuó tamizando los granos arrugados y descoloridos, luego los arrojó al cubo de la basura. Los granos que ya no se pueden utilizar deben desecharse sin dudarlo. Una vez que un grano malo se mezclaba con el resto, aunque fuera solo uno, el sabor del café era algo decepcionante. Un grano era suficiente para marcar la diferencia. Al igual que los granos podridos, también había pensamientos que debería desechar. Un mal pensamiento era suficiente para hacer que su salud mental empeorara. Agarró un grano arrugado que parecía un ovillo humano y se quedó mirando. Deseó poder estirarlo. Lo intentó, pero el grano no se movió. Volvió a presionar con fuerza. Cuando estaba a punto de intentarlo por tercera vez, entró Jimi.

—¡Oh! Al fin. Pensé que no te volvería a ver aquí nunca más.

Minjun se sobresaltó cuando Jimi se acercó. Intentó no mostrar su sorpresa, pero probablemente eso hizo que se pusiera rígido de forma aún más antinatural. Era obvio que había estado llorando. Cuando sonreía, sus ojos se convertían en medias lunas hinchadas.

—Tú fuiste quien me dijo que viniera a recoger los granos. —Minjun trató de mantener una voz tranquila.

Jimi pasó junto a él para ver cómo iba el trabajo de su personal. Revisó con cuidado cada una de las órdenes, agarró un puñado de granos recién tostados y se los acercó a la nariz. Cuando caminó hacia la tostadora junto a la máquina para moler, él asintió y dijo:

—Sí, es este.

—¿Cuánto le falta?

—Otros diez minutos.

Jimi le dijo al tostador que la llamara cuando el café estuviera listo; él encogió los hombros como respuesta y señaló a la puerta para indicar que él se los llevaría. Jimi hizo una señal de «OK» y luego le hizo señas a Minjun para que entrara a la oficina. Cuando salieron del área de tostado, Jimi se dio la vuelta y le vio el rostro con preocupación.

—Te ves terrible, ¿qué pasa?

—Ah. —Minjun se frotó las mejillas con las palmas de las manos.

—No tienes luz en los ojos, ¿por qué te ves tan derrotado?

Él la miró a ella con aprehensión.

—Esa es mi pregunta, ¿sabes lo hinchados que tienes los ojos?

—¡Ah, cierto! —dijo ella mientras presionaba las palmas contra sus ojos—. He estado haciendo eso toda la mañana, ¡qué tonta! Olvidé mirarme al espejo antes de venir, ¿es muy obvio?

Él asintió.

—¿Crees que los demás también lo vieron?

Asintió de nuevo.

—Ah, como sea, ya no me importa. Vamos.

En Goat Beans había varias máquinas de café —los modelos más populares de las cafeterías— para que los clientes pudieran probar los granos antes de hacer su compra. Las máquinas también se utilizaban para demostraciones prácticas que pudieran guiar a los propietarios primerizos de cafeterías como Yeongju, que llegaban sin ningún conocimiento sobre cómo preparar café ni los distintos tipos que existían. Con este esfuerzo adicional, Jimi formaba una relación cercana con sus clientes que, una vez establecida, no se rompería fácilmente. Por eso Goat Beans contaba con muchos clientes de tiempo atrás. Separado por una barra, Minjun se sentó afuera mientras Jimi estaba del otro lado. Mirándose mutuamente las caras, rieron entre dientes, lo que los hizo sentir mucho mejor.

—¿Ya no te gusta el trabajo? —preguntó Jimi.

Él sonrió con languidez.

—No es eso. Me siento perdido.

—¿Perdido? —repitió Jimi.

—De acuerdo con la jefa, los seres humanos deambulamos mientras seguimos intentándolo.

—¿Y de dónde sacó eso ahora?

—Del *Fausto* de Goethe.

—¡*Aigoo!* ¿Cuándo va a deshacerse de ese aire sabelotodo? De no ser porque sale conmigo todo el tiempo, me encantaría sacarle esas ideas a golpes.

Ambos estallaron en carcajadas al mismo tiempo.

—Entonces, ¿qué pasa? ¿Estás esforzándote y por eso te sientes perdido?

—Estaba intentando cambiar el tema, pero te rehúsas a soltarlo.

Jimi asintió.

—Sí, hay veces en las que solo queremos seguir adelante.

—¿Tú también te sientes así?

—¿Cómo?

—El motivo por el que llorabas. ¿También tú quieres seguir adelante?

Justo cuando Jimi iba a comenzar a hablar, el tostador apareció cargando dos bolsas de café en grano al vacío: una bolsa de dos kilos y una de 250 gramos Jimi señaló la bolsa pequeña.

—¿Qué es esta bolsa? ¿Se la vas a dar a Minjun?

El tostador asintió y le guiñó un ojo a Minjun antes de salir.

—¿Tiene algo en la boca? ¿Por qué no habla?

—Tú tampoco hablas. —Minjun imitó el gesto con el que Jimi llama a sus empleados.

—Como sea, nada me sale bien. Ese es su modo de tomar represalias, ¿eh?

Jimi se levantó y se dirigió al armario, sacó un filtro de papel, una cafetera Chemex, una jarra de cristal y una tetera con cuello de cisne. Llenó la tetera eléctrica con agua filtrada y la encendió, levantando la tapa una vez que el agua hirvió. Mientras esperaba que el agua se enfriara un poco, colocó un filtro de papel en la Chemex y lo colocó encima de la barra.

—Hoy haremos un café por goteo.

Sirvió el agua caliente en la tetera con cuello de cisne y preguntó:

—¿Recuerdas cómo hacerlo?

—Sí.

—¿Lo has intentado en casa?

—A menudo.

—Bien. Será como la última vez. Yo lo haré al tanteo, pero deberías usar una báscula para ser más preciso. Si tienes preguntas, solo hazlas.

Jimi vertió agua caliente a través del filtro antes de agregar el café finamente molido al filtro humedecido. Sosteniendo con firmeza la tetera con cuello de cisne, vertió despacio un poco de agua para saturar los posos secos al mismo tiempo que murmuraba como para sí misma.

—Sí, se obtiene un sabor más rico con un goteo manual. Es extraño... una máquina es más precisa.

Minjun observó con cuidado mientras vertía despacio el agua en el sentido de las agujas del reloj, comenzando desde el centro de los granos empapados y moviéndose hacia afuera en círculos. Al terminar una ronda, hizo una pausa y dijo:

—Mira, mira la flor —dijo antes de continuar con un segundo vertido desde el centro hasta el borde. Minjun escuchaba el café goteando poco a poco en el servidor.

—Siempre tengo problemas para decidir cuándo detener los vertidos —dijo.

—Cuando el ritmo disminuye es hora de parar. Si te gusta un sabor más ácido, continúa un poco más.

—Conozco la teoría. Pero a veces me pregunto si alguien sabe en realidad cuál es exactamente el momento para extraer el mejor café.

—Todos nos lo preguntamos. Solo confía en tus instintos. La única forma es hacerlo con frecuencia y beberlo con frecuencia. Y beber el café que preparan otras personas.

—Está bien.

—Cree en tus instintos, son muy buenos.

—A veces me pregunto si puedo creerte.

Jimi rio mientras tomaba dos tazas del estante.

—¿Qué tienes que pensar al respecto? Cree lo que quieras creer.

Sirvió el café y le pasó una taza antes de servir un poco para sí misma.

—Bebe esto y vas a querer creerme.

Inhalando el aroma del café, tomaron un sorbo y se miraron asombrados.

—En verdad es delicioso —exclamó mientras dejaba la taza.

—Por supuesto —dijo ella, como anticipando su reacción.

Conversaron mientras tomaban pequeños sorbos de café; fueron pequeñas conversaciones en el aquí y ahora, con palabras que no es necesario recordar durante mucho tiempo. Durante un momento antes de que Jimi hablara, se hizo el silencio. Luego, con la mirada fija sobre su taza, dijo:

—Quiero seguir adelante.

Minjun levantó la vista y esperó a que continuara.

—Si tan solo dejar de hablar del tema pudiera hacerlo parecer trivial. Pero no funciona como quiero. Mientras se trate de ese hombre, siempre duele demasiado.

—¿Pasó algo?

—Lo mismo de siempre. Pero esta vez mi reacción fue demasiado explosiva. Incluso yo misma lo pienso. Casi le doy una bofetada.

Jimi intentó sonreír, pero su expresión se desmoronó.

—¿Qué es exactamente la familia? ¿Qué tiene la familia que me hace perder el control por completo? Minjun, ¿tienes planes de casarte?

A pesar de tener unos treinta años, nunca había considerado seriamente el matrimonio. «¿En verdad puedo casarme?». A veces el pensamiento pasaba por su mente, pero nunca se había detenido en él más profundamente.

—No sé.

—Tienes que pensarlo con cuidado.

—Por supuesto.

—Yo no debería haberme casado. No debería haberme atado a ese hombre y convertirlo en familia. Era bueno como amante. O podríamos haber sido tan solo conocidos. No es alguien con quien quisiera vivir, aunque no podía haber sabido eso sino hasta que nos casamos.

—Eso es cierto.

—Este café es delicioso, incluso tibio.

—Sí, totalmente.

Hubo un momento de silencio antes de que Minjun hablara.

—Mis padres tienen una buena relación. Nunca han peleado, o al menos nunca frente a mí.

—Guau, eso es algo.

—No pensaba mucho al respecto cuando era joven, pero al crecer entendí lo increíble que es eso. Vivíamos como un equipo, como tres compañeros de equipo que están unidos en el vínculo por ganar una competencia.

—Suena a que tu familia es armónica.

—Sí, pero...

—Pero, ¿qué?

Minjun dio un par de golpecitos al asa de la taza y miró hacia arriba.

—He estado pensando que no es bueno para una familia ser tan unida, que es necesario que haya cierta distancia. Por ahora no sé si es la forma correcta de pensar, pero me voy a aferrar a ese pensamiento y veré a dónde me lleva.

—¿Vas a aferrarte a un pensamiento?

—Es algo que la jefa me dijo. Cuando tengas pensamientos,

aférrate a ellos, mira adónde te llevan y, a medida que pase el tiempo, descubrirás si tenías razón. Nunca decidas desde el principio si algo está bien o mal. Yo creo que tiene razón. Así que voy a aferrarme a ello y actuar en consecuencia. No es mucho, pero planeo mantenerme a distancia y no pensar en mis padres por un tiempo.

Como Yeongju le había dicho, Minjun decidió pensar lo mejor de sí mismo por el momento.

Terminaron de beber. «¿Cómo es posible que el café tibio sepa tan bien?», se preguntó Minjun. Solo había dos respuestas posibles: buenos granos y buenas habilidades. Jimi puso las tazas de lado y se levantó.

—Es hora de que te vayas.

Minjun se levantó y guardó el café en su mochila. Le hizo una señal de despedida a Jimi, pero justo cuando estaba a punto de irse se dio la vuelta. Jimi, que estaba limpiando la mesa, levantó la mirada y arqueó las cejas.

—No sé si me corresponde decir esto, pero tal vez también tú deberías pensar con más cuidado.

—¿Sobre qué?

—Sobre la familia. Convertirte en familia de alguien no significa que tengas que seguir siendo una familia para siempre. Si no eres feliz, no son las personas que necesitas mantener a tu lado.

Jimi permaneció en silencio. Le gustaba lo que Minjun acababa de decir. Él había reunido el valor para decirle algo que ella no se atrevía a decir en voz alta. Sonrió e hizo un gesto de «Okey». No le correspondía decir semejante cosa, pero cuando Minjun se fue de Goat Beans no tenía remordimientos. Había querido decírselo por un largo tiempo.

Cómo veíamos el trabajo

Los miembros del club de lectura comenzaron a entrar a la librería, algunos solos y otros en pareja. Los nueve, incluida Yeongju, formaron un círculo. Comenzando por el líder, Wooshik, y yendo en el sentido contrario a las agujas del reloj, a todos se les dio algo de tiempo para hablar de cualquier cosa que quisieran. Uno por uno, compartieron algo sobre su vida: me corté el pelo. Empecé una dieta. Peleé con un amigo y no me siento muy bien. Estoy un poco deprimido, creo que por mi edad. Los demás responderían con palabras alentadoras: el nuevo peinado te sienta bien, estás muy guapa ahora mismo. No es necesario hacer dieta. Parece que tu amigo está equivocado. Nosotros, los más jóvenes, también estamos deprimidos, así que no es por tu edad.

Ese día, una vez más, Minjun no quería volver a casa todavía. Cuando se aseguró de que no había clientes que pudieran pedir un café, acercó una silla y se sentó tranquilamente en el borde del círculo. Todos se movieron en automático un poco para hacerle espacio. Minjun agitó las manos para indicar que se sentía cómodo donde estaba, pero cuando el resto de ellos le hizo señas aún más insistentes, acercó su silla y se les unió. El libro que estaban discutiendo aquella tarde era *El rechazo del trabajo: teoría y práctica de la resistencia al trabajo.*

—Comencemos. Si quieren hablar, levanten la mano y entonces podrán hacerlo. Como siempre, todo mundo es bienvenido a intervenir con sus propios comentarios, pero, por favor, eviten interrumpir a alguien que está a media oración.

Nadie habló, todos estaban esperando. En el club de lectura no había presión para hablar. Hablaban si querían, si no, estaba bien que solo escucharan. Un momento después, una mujer que rondaba los veinte años —la que había tenido una pelea con su amigo— levantó la mano.

—Se predice que habrá menos empleos en el futuro por culpa de la inteligencia artificial y la automatización, y eso me preocupa mucho. No puedo pasar toda mi vida teniendo trabajos informales. Tenía puestas mis esperanzas en que el gobierno hiciera todo lo posible para crear más empleos. En cuanto a cómo lograrlo, deberían ser ellos quienes elaboren una estrategia. Pero aquí, en la página trece, hay un pasaje que dice así.

Al ver que todos abrían sus libros como si fuera una señal, Minjun se deslizó en silencio hacia las estanterías y regresó con una copia. La chica leyó el pasaje en voz alta.

—«¿Qué tiene de bueno el trabajo cuando la sociedad intenta constantemente crear más? ¿Por qué, en la cúspide del desarrollo productivo de la sociedad, todavía se piensa que es necesario que todos trabajen la mayor parte del tiempo?».[5]

»Precisamente el otro día alguien aquí, en el club de lectura, dijo que los libros son hachas. Cuando leí esta frase sentí como si me hubieran golpeado en la cabeza con un hacha. Sí, ¿qué tiene de sorprendente el trabajo que todos estamos obsesionados con conseguir uno? Lo que debería preocuparnos no es el trabajo, sino poder alimentarnos. He estado pensando que lo que el gobierno debería de hacer no es crear más empleos, sino encontrar el modo de que los ciudadanos puedan subsistir.

[5] David Frayne, *The Refusal of Work: The Theory and Practice of Resistance to Work* (Zed Books, 2015, 13).

Nadie dijo nada. Minjun ya estaba acostumbrado a los momentos de silencio que solía haber. Después de un momento, un hombre de unos cuarenta años (el que estaba a dieta) habló.

—Necesitas trabajar para ganarte la vida. Esto es lo que la sociedad nos ha inculcado, por lo que no puedo separar de inmediato los dos conceptos. Leer el libro me hace sentir que ganarme la vida sin trabajo es teóricamente posible, pero todavía me resulta difícil aceptarlo: es demasiado idealista. No obstante, el libro me ayuda a comprender mejor por qué pienso en el trabajo de cierta manera: por qué creo que es beneficioso para los humanos, por qué creo que los esquiadores son personas perezosas e inútiles, y por qué dediqué tanto esfuerzo a encontrar un buen trabajo. ¿Soy el único que se siente vacío después de leer esto? Es como si el libro nos dijera que nuestros puntos de vista y perspectivas de trabajo actuales fueron moldeados arbitrariamente por personas en el pasado, y aquí estamos, aceptándolos como si fueran verdades universales.

—También yo me siento vacía —dijo la mujer que parecía estar en sus treintas y que acababa de hacerse un nuevo corte de cabello—. La ética laboral puritana también ha influido en la forma en que pensamos sobre el trabajo: lo colocamos en un pedestal moral. Quienes trabajan son miembros contribuyentes de la sociedad, los que no trabajan son unos inútiles. Es ridículo que la idea del trabajo duro como forma de obtener la salvación haya sobrevivido tantos siglos, atravesando el tiempo y el espacio para ser transmitida a personas como yo, una persona no religiosa que vive en la Corea del siglo XXI y que se aferra precariamente a su trabajo. Incluso cuando era niña, estaba decidida a trabajar cuando fuera mayor. Me dije a mí misma: voy a ser una mujer con una carrera increíble. Me divorciaré de cualquier hombre que se atreva a interponerse entre yo y mi objetivo.

La mujer no religiosa hizo una pausa y luego continuó.

—El problema es que incluso los ateos se han vuelto apasionados extremos del trabajo y nos han grabado todas las maravillas del trabajo en la mente: el trabajo es bueno para mí. Necesito trabajar duro. Soy afortunada de tener trabajo. Una vida sin trabajo es lo peor que puede pasarte.

—Pero eso no es malo, ¿no? —comentó Wooshik.

—Bueno, leer este libro me hizo sentir que no puedo decir ni siquiera eso.

—¿Qué parte del libro es? No puedo recordar dónde lo leí —dijo la mujer de cincuenta años, quien se había lamentado de su edad.

Sonó el susurro de las páginas. Minjun recordó lo que había aprendido sobre el trabajo con Max Weber y la Ética Protestante en un módulo optativo en la universidad. La Ética Protestante ha sobrevivido a través del tiempo, extendiendo su alcance no solo a la mujer no religiosa, sino también a él. Al igual que los protestantes, estaba dispuesto a trabajar con diligencia. Si bien no pensaba en el trabajo como una vocación, Minjun, al igual que el hombre que rondaba los cuarenta años, pensaba que todo el mundo había nacido para trabajar.

—Aquí está. Página cincuenta y dos. Lo leeré en voz alta —dijo la mujer no religiosa—. «El problema aquí no son las oportunidades para la expresión e identificación, sino que el empleador espera que los trabajadores se involucren plenamente en el trabajo».[6]

—También encontré algo relacionado al final de la página cincuenta y seis —añadió la estudiante universitaria de primer año—. «Los trabajadores son, en otras palabras, transformados en "gente de la compañía". En Hefesto, la identificación con el trabajo se promovía a través de una retórica organizacional en

[6] Frayne, *Refusal*, 52.

torno a ideas como el "equipo" o la "familia", diseñadas para que los trabajadores tengan el sentimiento de devoción y obligación personal. Las ideas de la "familia" o el "equipo" sirven para replantear el lugar de trabajo como un campo ético y ya no como una obligación económica, vinculando así a los trabajadores aún más estrechamente a los objetivos de la organización».[7]

La chica universitaria se detuvo entonces.

—Eonnie, creo que eres lo que llaman una «persona de empresa». Toda tu identidad y valor están ligados a la empresa y trabajas como si fueras dueña. Aquí dice que se utilizan palabras como «equipo» y «familia» para convertir a un empleado en una persona de la empresa. Me recuerda cómo mi cuñado fue ascendido recientemente a líder del equipo y lo felicité de todo corazón. Pero ahora tengo miedo de la palabra «equipo». Me pregunto si también lo convertirán en una «persona de la empresa».

—Pero yo no creo que cualquier persona que trabaje duro o a quien le guste su trabajo sea una persona de la empresa. El libro tampoco toma del todo una postura negativa en contra del trabajo. Creo que es la alegría de trabajar y el desarrollo personal que implica lo que puede enriquecer nuestra vida.

Minjun miró a Yeongju, que había hablado por primera vez.

—Dicho esto, el problema es que nuestra sociedad está demasiado obsesionada con el trabajo y trabajar nos roba demasiadas cosas. Es como si resurgiéramos de las profundidades del trabajo para tomar un respiro, solo para terminar sintiéndonos terriblemente desgastados. Y cuando volvemos a casa después de una jornada larga de trabajo, ya no tenemos energía para un rato de ocio ni para disfrutar de nuestros *hobbies*. Creo que muchos de nosotros estamos de acuerdo con lo que dice la

[7] Frayne, *Refusal*, 56-57.

página noventa y tres: «Cuando pasamos proporciones significativas de nuestro tiempo trabajando, recuperándonos del trabajo, compensando por el trabajo o haciendo las tantas cosas que son necesarias para prepararnos para el trabajo y luego para mantenerlo, se vuelve cada vez más difícil decir cuánto de nuestro tiempo es verdaderamente nuestro».[8]

Yeongju continuó:

—Lo que esto significa es que trabajamos demasiado. Y cuando eclipsa nuestra vida, el trabajo se convierte en un problema.

Minjun pensó en la primera vez que se reunió con ella, cuando Yeongju enfatizó cuántas eran sus horas de trabajo. Tal vez no se refería a este libro, se trataba simplemente de lo que ella pensaba que debía de ser el trabajo. No debería de sobrecoger a una persona, nadie puede vivir una vida feliz si está sobrepasado de trabajo.

—Estoy de acuerdo —intervino Wooshik—. Me gusta mi trabajo. Después de un día de trabajo duro, me hace feliz disfrutar una lata de cerveza con algún videojuego o leer algunas páginas de un libro. Pero, como dijo Yeongju, si el trabajo es demasiado, terminarás agotado sin importar qué tan interesante sea. Si tuviera que vivir así, moviéndome solo entre la oficina y la casa, incluso si es solo por una semana, probablemente me moriría.

—Y es peor si tienes hijos en casa —dijo el hombre al lado de Minjun.

»Lamento traer los hijos a la mesa cuando estamos hablando de trabajo, pero precisamente a causa del trabajo, ni siquiera puedo cuidar a mi propio hijo. Mi esposa ha estado hablando de mudarnos al norte de Europa. No recuerdo si era en Suecia o

[8] Frayne, *Refusal*, 93.

Dinamarca, pero aparentemente hay algo a lo que llaman *papás latte*: un padre que termina de trabajar tan temprano como para poder disfrutar de un *latte* al mismo tiempo que disfruta tiempo con sus hijos. Tanto mi esposa como yo salimos de trabajar después de las nueve. Mi suegra está quedándose con nosotros, pero para cuando llegamos a casa está tan cansada que solo puede irse a la cama. Este club de libros es el único *hobby* que se me permite tener. Mi actividad de recreación mensual. La vida es difícil.

—¿No podría resolverse todo trabajando menos? —preguntó una mujer de unos veinte años con la intención de aligerar el humor.

Sonaron murmullos, algunos del círculo sonreían, otros parecían solemnes.

—Me encantaría trabajar menos. El problema es cómo hacerlo recibiendo la misma paga.

—Podría ser posible en las grandes corporaciones, pero no en las pequeñas empresas.

—Y menos en las compañías lideradas por una sola persona que dependen de trabajadores casuales.

—Básicamente, en ningún lugar es posible.

—De cualquier manera, ganar menos a cambio de trabajar menos es un no rotundo.

—En definitiva es un no. No en un mundo donde cada pequeño costo está al alza y donde lo único que permanece estancado es nuestro salario. Y la idea de ganar aún menos…

—Me enfurece que a los viejos en la torre de marfil se les paguen sumas astronómicas, y aquí estamos nosotros, ganando una miseria. Honestamente, ¿no son las hormigas obreras como nosotros las que mantienen la empresa funcionando como un reloj?

—Es hora de hacer una revolución.

Sintiendo que la conversación estaba a punto de perder el rumbo, Wooshik levantó la mano.

—Para resumir, la realidad es que el trabajo es el principal factor que suma a nuestros ingresos. Entonces, para ganarnos la vida tenemos que trabajar.

El hombre de cuarenta años comenzó a decir que era mejor ganarse la vida con ganancias de propiedades inmobiliarias, pero al ver que la conversación podía desviarse, dirigió de nuevo el enfoque al libro.

—Por eso el autor escribió el libro. Porque nuestra sociedad está construida de manera que solo hay un modo posible para ganarse la vida en nuestro mundo. Sin embargo, hay muchas personas alrededor del mundo que, por alguna razón, no pueden encontrar trabajo. Quienes trabajan no pueden vivir una vida digna porque están agotados todo el tiempo; quienes no trabajan tampoco pueden vivir una vida digna porque no tienen dinero. El libro plantea que si la gente trabaja menos entonces podemos redistribuir parte de ese trabajo entre aquellos que no tienen trabajo, y eso es posible en la teoría.

—Bueno, también es posible en la vida real. El problema son quienes no están dispuestos a renunciar a parte de su pastel —señaló la mujer no religiosa mientras hablaba.

—Y nos encontramos otro problema.

Todos se rieron entre dientes.

La discusión duró más de una hora. Los miembros, como si estuvieran un poco cansados, comenzaron a charlar informalmente. Wooshik no intentaba intervenir e incluso se unía a la charla, esto era claramente parte del flujo habitual. La mujer de unos cincuenta años habló.

—Cuando era joven, pensaba que sacrificarme y complacer a los demás era parte de mi deber. Es bueno ver que los más jóvenes hoy en día piensan de manera diferente.

—Bueno, no es que veamos las cosas de manera diferente, pero al menos necesitamos ver un rayo de esperanza al final de nuestros sacrificios. Pero hoy en día no hay ni una pizca de esperanza. Así que ya no vemos la necesidad de sacrificarnos —intervinieron los más jóvenes.

La señora mayor se sorprendió.

—¿Está tan mal la cosa? —preguntó mirándolos uno por uno, y ellos asintieron—. Qué triste que no haya ni un atisbo de esperanza. —Suspiró.

Minjun se desconectó de la conversación y centró su atención en el capítulo introductorio. En resumen, se trataba de cómo el crecimiento del PIB per cápita es una mala medida para la propia felicidad, de cómo la expansión de la producción y el consumo no conduce en automático a una vida satisfactoria, del surgimiento de los «reductores» que derrocan el modelo de trabajo tradicional para perseguir la satisfacción en lugar del éxito. *Downshifters*... el libro los definía como personas que renuncian a un trabajo bien remunerado o que dejan de trabajar por completo. Justo cuando Minjun se preguntaba si les sería posible ganarse la vida, habló un hombre que decía ser *downshifter*.

—Soy un *downshifter* en este momento, así que me identifico absolutamente con el libro.

El hombre se aclaró la garganta y continuó.

—Ha pasado alrededor de un año desde que dejé el trabajo en el que llevaba tres años para ayudar en el negocio de mi amigo y ganar algo de dinero. Estuve deprimido durante los tres años que trabajé. Era un trabajo que deseaba pero, a pesar de conseguirlo, me sentía perpetuamente frustrado. Yo también trabajaba horas extra todo el tiempo y al final lo dejé. Porque si no lo hacía, pensé que me volvería loco. Después de dejarlo acepté un trabajo de medio tiempo que pedía unas cuatro horas al día y estuve ahí cuatro meses. Solo fui feliz la primera semana. Cuando mis amigos me preguntaron: «Oye, ¿qué has estado haciendo?», tartamudeé y no pude dar una respuesta adecuada. Me gusta cómo este libro no solo habla de los beneficios de ser *downshifter*, sino también del dolor que hay detrás de la elección. Me reconforta saber que no soy el único que se siente como un idiota. Y me recuerda mi lema en la vida.

—¿Tienes un lema? —preguntó divertida la mujer no religiosa.

—Mi lema es «Hay algo bueno y algo malo en todos». No importa de qué se trate, todo tiene dos lados opuestos, así que me digo que no debo subirme a una montaña rusa de emociones.

—Bueno, en ese caso, tu lema debería ser «No seas demasiado emocional» —bromeó la mujer.

—¡Ajá! Tienes razón. —El hombre actuó como si le hubieran hecho una gran revelación—. De cualquier modo, lo que quiero decir es que ser un *downshifter* también tiene sus pros y sus contras. Es genial tener más tiempo para ti mismo, pero, por otro lado, no ganas mucho y eso lleva a mucha frustración. No puedes permitirte ir a ningún lugar lindo. Sin mencionar que no recibes ningún reconocimiento por parte de la sociedad.

—Es verdad que algunas personas se sienten así... pero a la mayoría de personas que eligen la vida de *downshifters* no les importa demasiado tomar vacaciones o ser reconocidas por la sociedad. El libro también lo menciona —dijo el hombre que estaba al lado de Minjun.

Todos asintieron.

—Pero ser *downshifter* puede no ser una elección personal —dijo Yeongju levantando la mano para hablar—. Muchas personas no renuncian porque quieran. Tal vez no se encuentren bien o sufran emocionalmente. Hay muchas personas que tienen problemas de depresión o ansiedad. El libro habla de lo terrible que es que la sociedad critique y juzgue a quienes no pueden trabajar porque no se encuentran bien, física o mentalmente. Como dice el libro, hay padres que siguen acosando a sus hijos, preguntándoles cuándo piensan conseguir un trabajo.

—Simplemente tenemos una fe ciega en lo que respecta a cómo vemos el trabajo —dijo el hombre que estaba al lado de Minjun—. Desde que somos jóvenes siempre se nos pide que soportemos y aguantemos todo tipo cosas. No tengo ni idea de por qué. Tuve un compañero de clase que fue atropellado por una motocicleta camino a la escuela, e incluso cuando estaba magullado y sangrando se negó a regresar a casa y continuó caminando hasta la escuela, solo para obtener un premio por asistencia perfecta. Esa obsesión por soportarlo todo nos persigue hasta la vida laboral. Vas a trabajar incluso cuando estás enfermo, y en los días en que tan solo no puedes levantarte de la cama, el miedo a faltar a un día de trabajo te devora más que la enfermedad. Honestamente, es sentido común el deber descansar cuando no te sientes bien. Entonces, ¿por qué somos así? Es por eso que odio la idea de mantener alto el espíritu incluso cuando te sientes mal o estás internado en un hospital; se ha convertido en algo tan relevante que incluso se volvió una frase cliché.

—Tienes razón, estamos permitiendo que nos exploten —aceptó el hombre que aspiraba a ser un *papá latte*.

Minjun siguió la discusión leyendo las páginas a las que hacían referencia los miembros. Estaba la historia de Lucy, que era feliz sin trabajar pero se sentía culpable de haber decepcionado a sus padres. Confesó, suspirando varias veces, que «simplemente siento que debería conseguir un trabajo para no sentir que estoy decepcionando a los demás».[9] Pero añadió que no estaba segura de poder hacerlo.

[9] Frayne, *Refusal*, 196.

Luego estaba Samantha, que dejó su trabajo como abogada de patentes para trabajar como mesera temporal en un bar. Minjun leyó sus palabras dos veces, despacio. Fue la última frase en particular la que le llamó la atención.

«Me sentía como si estuviera creciendo porque estaba haciendo cosas que había elegido conscientemente hacer por primera vez».[10]

Se sentía como si estuviera creciendo. «De eso se trata el trabajo, ¿no es así?», pensó Minjun.

La discusión terminó de manera armoniosa. En sus comentarios finales, Wooshik expresó su esperanza de que la sociedad progrese hasta un punto en el que las personas que obtienen felicidad del trabajo remunerado puedan hacerlo, y aquellos que no lo hagan, puedan encontrar un camino alternativo. Todos aplaudieron. Eran casi las diez y media. Como todos ayudaron, lograron limpiar en menos de diez minutos. Los diez, incluido Minjun, salieron juntos de la librería. Al menos por hoy, se irían a la cama unidos por el mismo sentido de camaradería y solidaridad.

Yeongju y Minjun se despidieron en la esquina. Su mirada la siguió mientras ella caminaba hacia la carretera principal antes de girar hacia el callejón. Por ahora, decidió que buscaría respuestas en los libros. Planeaba terminar el libro de David Frayne antes de pasar a *¿Tener o ser?* de Erich Fromm que Frayne mencionaba.

Más tarde, tras enamorarse de los escritos de Fromm, Minjun leyó todas sus obras en orden cronológico. Aunque todavía se sentía en conflicto, tenía un sentido de dirección más claro. Ahora pensaba en cómo debía vivir el momento presente. Y este era un pensamiento que no le había pasado por la cabeza hasta entonces.

[10] Frayne, *Refusal*, 198.

Encontrar su lugar

Como cualquier otro día, Jungsuh estaba ocupada tejiendo una bufanda. Mincheol contemplaba sus manos ocupadas desde el otro lado de la mesa como si contemplara la vastedad del océano con la barbilla recargada sobre una mano. A su lado, Yeongju seguía distraída la conversación mientras leía lo que había escrito en su libreta.

—Imo, ¿tejer es interesante?

—Claro. Pero lo hago por la sensación de satisfacción.

—¿Sensación de satisfacción?

—El orgullo de terminar algo. Si buscara divertirme jugaría videojuegos. Amaba los videojuegos cuando era más joven. ¿Eres bueno jugando?

—Más o menos.

Ante la indiferencia de Mincheol, Jungsuh se detuvo y levantó la vista.

—¡Ah! ¡Tú! Tal es el desconocimiento de lo que es la tortura de una vida carente de satisfacción. El vacío de trabajar hasta los huesos. No queda nada: ¡una vida de agotamiento!

Ante su tono teatral, Mincheol se echó a reír. Ella se rio entre dientes, antes de volver a su yo habitual.

—Trabajé tan duro, tan intensamente… pero al final del día el tiempo solo pasa sobre mí. Odiaba ese sentimiento. Espero que nunca lo experimentes. En su lugar, busca la satisfacción.

—Está bien…

Yeongju todavía escuchaba a medias sus bromas mientras organizaba las reflexiones que había puesto por escrito durante los últimos días. Había estado pensando qué significa que la librería encuentre su lugar. Cuando su mente se quedaba en blanco, hacía lo que siempre hacía al escribir: buscar la definición. Surgió lo siguiente: establecerse en un lugar; encontrar estabilidad en la vida. Estabilidad en la vida. «Sí. Para tener estabilidad es necesario que la librería sea capaz de proveer el pan», pensó. Pero odiaba la idea de equiparar la estabilidad con el dinero contante y sonante. ¿Qué pasaría si cambiara un poco su forma de pensar? Para encontrar estabilidad, primero necesitaba llegar a más clientes.

Sus pensamientos se dirigieron a los residentes del vecindario. Si bien tenía varios clientes habituales, la mayoría solo habían ido por curiosidad cuando la librería abrió por primera vez. También había escuchado muchas quejas sobre lo difícil que era ser un lector constante. Solo tras dirigir su librería se dio cuenta de lo difícil que era para la gente recuperar el hábito de la lectura, especialmente para aquellos que no habían leído durante mucho tiempo. Decirles «los libros son fantásticos, deberías leerlos» no era de ninguna ayuda. En cambio, quería acercarles la librería como espacio. Quería poner más espacio a disposición de más personas.

Después de haber alcanzado una decisión, la tarea inmediata que se le presentaba era limpiar el área contigua al café, misma que habían estado utilizando como espacio de almacenaje. En medio de sus tareas rutinarias, Minjun y Yeongju acomodaron poco a poco; los artículos que aún tenían algún uso buscaron un nuevo propósito en otras áreas de la librería. La nueva área fue nombrada como «La habitación del club de lectura». Planeaba reclutar activamente más miembros para formar tres clubes de lectura, llamados por ahora solo Clubes de lectura 1, 2 y 3. El nombramiento podría dejarse en manos de los miembros más adelante. Al día siguiente publicaría el anuncio online a través del blog e Instagram, así como en los carteles de la librería. Ya había nombrado a los líderes de los clubes de lectura: Wooshik, la madre de Mincheol, y Sangsu, un cliente habitual que con facilidad superaba en lectura a Yeongju.

Cuando dio los últimos toques a la publicación de reclutamiento, Yeongju por fin miró a los otros dos. Como había pasado todo el día enterrada en su libreta, el movimiento repentino hizo que le devolvieran la mirada.

—¿Puedo robarles un poco de su tiempo? —preguntó Yeongju.

Los condujo hasta la mitad de la habitación del club de lectura y explicó sus planes para amueblar el espacio.

—Aquí celebramos reuniones del club de lectura y los fines de semana también organizamos charlas sobre libros. Donde están parados habrá una mesa grande. Diez sillas deberían ser suficientes... Y supongo que necesitaremos una unidad de aire acondicionado. Aunque no puedo decidirme sobre el color de las paredes. ¿Qué opinan?

Siguiendo las instrucciones de Yeongju, los dos caminaron por la habitación para tener una idea del espacio. Era pequeño, pero acogedor. Ella tenía razón. La gran mesa y las sillas solas llenarían la habitación. Sin embargo, el espacio no parecía estrecho. Pequeño, pero no claustrofóbico. La cantidad justa de espacio para que las personas se presten atención unas a otras.

—No hay ventanas, pero con la puerta que da al patio trasero no debería volverse sofocante. Supongo que unos cuantos marcos bonitos en la pared estarían bien... Espero que la gente esté ansiosa por unirse a los clubes de lectura, aunque sea porque quieren disfrutar de este espacio... ¿Creen que será posible? —murmuró Yeongju mientras daba vueltas por la habitación.

—Yo creo que sí —dijo Jungsuh dando un suave golpe a la pared—. Yo estaba emocionada la primera vez que vine a la librería.

Yeongju se volteó para mirarla.

—Buscando el mejor lugar, he ido a casi todas partes en este vecindario, desde las grandes franquicias hasta los cafés microscópicos. Este es el lugar que más me gusta, así que lo volví mi hogar. La música me encanta, no es demasiado fuerte. También amo la iluminación. Y el hecho de que nadie me haya prestado demasiada atención. La energía confortable me hizo volver una y otra vez. Cada vez que me tomo un respiro de mi tejido y levanto la vista me siento tranquila. Después me doy cuenta de que hay un sentimiento de seguridad al estar rodeada de libros.

Con el rabillo del ojo, Yeongju vio a Mincheol salir al traspatio.

—¿Sentimiento de seguridad?

—Yo tampoco esperaba sentirme de este modo. Es la comodidad de saber que mientras cuide mis modales nadie va a pasar sobre mí. Eso era justo lo que necesitaba en aquel momento y es por eso que seguí viniendo, incluso cuando no vengo a leer. Me he vuelto parte del mobiliario.

Yeongju recordó cómo Jungsuh le había preguntado con qué frecuencia necesitaba pedir un café para no ser una molestia en la librería. Ahora entendía que había hecho todo lo posible por cuidar sus modales. ¿Era porque pensaba que los buenos modales eran la forma óptima de obtener la mayor libertad sin molestar a los demás? La mirada de Yeongju siguió a Jungsuh mientras caminaba por la habitación. Justo cuando estaba a punto de decir algo, Mincheol regresó.

—Creo que está bien dejar este muro gris —opinó.

Jungsuh murmuró que estaba de acuerdo.

—Sí. ¿Quizá simplemente retocar la pintura donde hay marcas de desgaste?

—¿Es eso suficiente para que el espacio parezca atractivo?

—Pon mayor esfuerzo en la iluminación, como la del área principal —dijo Jungsuh resolviendo el problema de una vez.

Cuando volvió a su asiento, Yeongju añadió «paredes grises» a sus notas. La preparación para los clubes de lectura iba por buen camino y, a partir del próximo mes, planeaba proyectar películas un jueves cada quince días junto con venta de libros de media noche. Hacer malabares con el aumento de eventos nocturnos no sería fácil, pero decidió intentarlo. La pregunta de cuánto tiempo podría mantener el ritmo surgiría más adelante. Mantener el equilibrio entre el trabajo y la vida personal ya era difícil, pero ahora también tenía que agregar ganancias a la ecuación. En los últimos dos años Yeongju había visto cerrar librerías independientes una por una. Algunas se desvanecían tras una carrera tranquila, mientras que otras se cerraban bruscamente. Entre ellas se encontraban librerías que colapsaron cuando se les agotaron los fondos, mientras que otras lograban ganarse la vida a duras penas, pero carecieron de la resistencia para operar con la misma intensidad a largo plazo. Dado que también había varios nombres reconocidos entre dichas librerías, parecía que administrar solo con adrenalina y la organización de muchos eventos no era suficiente para traer los ingresos.

Administrar una librería independiente era como vagar por una extensión de tierra sin caminos marcados. No había un modelo de negocio infalible. Los dueños de librerías vivían al día, con dudas de planear demasiado a futuro. Por esto era que Yeongju le había dicho a Minjun que su trabajo podría expirar en un plazo de dos años. En aquel momento, tal como ahora, no tenía idea de hacia dónde se dirigía la librería.

A pesar del sombrío panorama, siguieron surgiendo librerías independientes en los vecindarios. Un pensamiento cruzó por su mente. Quizá el modelo de negocio de una librería independiente estaba basado en sueños, sin importar si se trataba de sueños del pasado o del futuro. Quienes abren una librería probablemente soñaron con hacerlo en algún momento de su vida. Y cuando despertaran del sueño uno o dos años después, cerrarían ese capítulo de su vida. A medida que surgían más y más librerías, también crecía el número de soñadores. Las librerías que tenían diez o veinte años eran raras. Pero diez, veinte años después, todavía existirían librerías independientes.

«Tal vez es casi imposible que una librería independiente encuentre su lugar en nuestro país», pensó Yeongju. Si era así, cualquier idea que tuviera estaba destinada a fallar. «No», se corrigió a sí misma. Las excepciones existían en todo. Y hay sentido en el acto de intentar (¡es importante darles sentido a las cosas!). Si se disfruta el proceso (¡aunque sea difícil!); los resultados no deberían de ser el centro de atención. Aún más importante, ahora mismo Yeongju disfrutaba dar lo mejor de sí para la librería. Eso tenía que ser suficiente, ¿no es así?

Poniendo un alto a sus pensamientos, Yeongju volvió a las tareas que la esperaban. Lo siguiente era enviar invitaciones para asegurar a los oradores para la serie de seminarios que tenía planeado ofrecer los sábados. Al ver que había un interés creciente en la escritura, pensaba que las dos series podrían cubrir distintos aspectos de la escritura. Ya había decidido acercarse a los autores Lee Ahreum y Hyun Seungwoo para llevar a cabo un seminario cada uno. Los correos fueron escritos y enviados.

—Eso es todo —murmuró.

Como si hubiera estado esperando por ese momento, Mincheol la miró. Ella cerró la computadora y dijo:

—Perdón por estar tan ocupada.

Mincheol negó con la cabeza. Ella sonrió.

—Son vacaciones, ¿tienes planes?

—Lo normal. Ir a clases extra, volver a casa. Bañarme. Y repetir: comida, baño, sueño.

—¿No hay nada particular que te interese? —Yeongju pensaba que ya sabía la respuesta. No era como que ella misma hubiera tenido algo interesante ocurriendo cuando estaba en la preparatoria. Recordaba aquellos días con un sentimiento similar a la indigestión.

—Nada.

—Ah, ya veo.

—Pero… ¿en serio todos necesitan algo interesante? ¿Por qué no puedo vivir una vida mundana?

—Bueno, es cierto que obligarte a encontrar algo sería duro —musitó Yeongju.

—Mi mamá es igual… no entiendo por qué ven una vida mundana como algo malo. A veces preferiría que me obligara a estudiar en vez de intentar buscarme algo *interesante*. ¿La vida no se trata de ir a través de los movimientos de la vida misma? Vivimos porque nacemos.

Yeongju no respondió de inmediato. En lugar de esto, miró primero alrededor de la librería para intentar asegurarse de que no había más clientes que necesitaran ayuda, antes de devolverle la mirada al niño que acababa de llegar a la conclusión de que la vida no era nada por lo cual emocionarse.

—Tienes un punto. Pero tener algo que te interese te ayuda a respirar.

Jungsuh, que estaba al lado de Mincheol, asintió en señal de aprobación. Una arruga atravesó la frente de Mincheol.

—¿Ayuda a respirar?

—Sí, despeja las vías respiratorias, y cuando eso pasa, la vida parece mucho más tolerable.

Mincheol parecía estar sumido en un pensamiento profundo. A Yeongju se le ocurrió pensar que nunca había hecho una expresión así a la edad de Mincheol. Ella había sido una niña simple. Como él, pasaba todo su tiempo entre su casa y la escuela, pero siempre estaba preocupándose por los estudios —no, por la competencia— y por su futuro. Como odiaba preocuparse por los estudios, trabajaba aún más duro; como odiaba la competencia, se obsesionó con volverse la mejor; como odiaba estresarse por su futuro, pasó la mayor parte del tiempo viviendo para su futuro. Viendo ahora al niño frente a ella, Yeongju sintió celos, pero al mismo tiempo se sentía feliz por él. Mincheol no lo entendía aún, pero ella pensaba que estaba viviendo bien su vida.

—Fatiga. Monotonía. Vacío. Desesperanza. Una vez que caes en cualquiera de ellos es difícil salir. Es como caer en un pozo y acurrucarte en el fondo. Te sientes como si fueras la persona más innecesaria en la existencia del mundo, la única que sufre.

Con los ojos fijos sobre el ovillo de lana, Jungsuh exhaló un suspiro profundo por la nariz. Durante un momento Yeongju solo miró las manos de Jungsuh.

—Por eso leo —dijo, suavizando su expresión—. Lo siento, ¿es aburrido cuando hablo de libros?

—Para nada —respondió Mincheol.

—Si hay algo que he aprendido de la lectura es que todos los escritores alguna vez estuvieron ahí. En el fondo de un pozo. Solo algunos lograron salir. Pero todos dicen lo mismo: terminaré adentro de nuevo.

—¿Entonces por qué tenemos que escuchar sus historias? Si cayeron y caerán de nuevo. —Mincheol parecía perturbado—. Mmm... es fácil. Saber que no estamos solos en nuestra miseria nos da fuerza. Es como si pensara que soy la única alma miserable, pero de pronto pienso, oh, todos son iguales. El dolor sigue, pero de algún modo se siente más ligero. ¿Ha existido alguna vez una sola persona que no haya caído en el pozo al menos una vez en su vida? Lo he pensado y mi respuesta es que no.

Mincheol tenía una expresión solemne mientras la escuchaba. Ella sonrió.

—Luego me digo que es hora de salir de este letargo. En vez de acurrucarme al fondo de mi pozo, estiro los brazos y las piernas y me levanto. ¡Oye! Este pozo no es tan profundo como pensé. Me río porque he vivido en la oscuridad todo este tiempo. Luego, treinta y cinco grados a mi derecha, una brisa me acaricia el rostro. En ese momento me siento agradecida de estar viva. El viento se siente bien.

—No estoy seguro de entenderte, lo siento. —La arruga de su frente se volvía más profunda mientras parpadeaba confundido.

—Oh, es culpa mía. Estaba hablando para mí misma.

—Yeongju imo.

—¿Sí?

—¿Todo esto está relacionado con lo que decías de poder respirar?

—Sip.

—¿Cómo?

—El viento.

—¿El viento?

Ella asintió, sonriendo.

—A veces pienso en la suerte que tengo de poder disfrutar del viento. Cuando sopla la brisa de la tarde le agradezco que me aclare la congestión y me permita respirar mejor. Dicen que el infierno no tiene viento, así que me siento bendecida porque donde estoy ahora no debe ser un infierno. Si pudiera capturar un momento como este todos los días, sería lo suficientemente fuerte para seguir adelante. Los humanos somos complejos, pero a veces podemos ser muy simples. Podemos contentarnos con tener algo de tiempo, ya sea diez minutos o una hora, en el que podamos sentir: ah, estoy tan feliz de estar viva, tan feliz de poder aprovechar y disfrutar este momento.

—Claro, claro —murmuró Jungsuh.

Mincheol la miró antes de devolver el rostro solemne hacia Yeongju.

—Ya veo... ¿mi mamá también piensa que necesito tener un momento como ese?

—Yo no sé qué es lo que piensa tu mamá.

—Entonces, imo, ¿tú qué piensas?

—¿Yo?

—Sí.

—Bueno...

Yeongju le dedicó una brillante sonrisa.

—Creo que es bueno intentar salir de ese pozo oscuro. Nadie sabe qué es lo que va a pasar después, ¿por qué no intentarlo una vez? ¿No te da curiosidad? ¿No quieres saber qué puede pasar una vez que salgas?

Quería decir que no

Estos días llegaba a casa alrededor de las seis de la tarde. Para cuando Seungwoo terminaba de ducharse, preparar la cena, comer, descansar y lavar los platos, el reloj ya había dado las ocho. Era entonces cuando se convertía en una persona completamente diferente. Mientras se quitaba el manto de empleado corriente de empresa, era como si también dejara de lado las responsabilidades de su título, borrara los pensamientos y acciones preprogramados y se quitara la fachada de indiferencia. A partir de ese momento, cada segundo le pertenecía por completo. El tiempo era real.

Durante los últimos años, las horas antes de acostarse eran cuando de verdad podía ser él mismo, sumergiéndose de manera profunda en algo que cautivaba su interés: la lengua coreana. Había pasado los últimos diez años inmerso en los lenguajes de programación, pero ya no era programador. En este momento, tan solo era otro empleado común y corriente de la empresa, que entraba y salía obediente de la oficina todos los días.

Sumergirse en el idioma coreano fue agotador, pero divertido. Disfrutaba tener algo en qué concentrarse de todo corazón, dedicándose a estudiar algo que le gustaba. La energía gastada en el trabajo la recargaba en casa. Incluso había iniciado un blog para compartir lo que había aprendido. Una vez que tuvo más confianza, comenzó a aplicar sus conocimientos para examinar los escritos de otras personas. Poco a poco ganó más seguidores y empezó a verse a sí mismo como un bloguero. Empleado de día, bloguero de noche. Habían pasado cinco años desde que adoptó esta doble identidad.

Nunca dejó de sorprenderse de cómo sus seguidores, que ni siquiera conocían su rostro, lo apoyaban incondicionalmente dejando comentarios en su blog, promocionando su libro y compartiendo sus publicaciones. Estaban dedicando tiempo con generosidad a alguien a quien nunca habían conocido. Parecía que la gente tenía una impresión favorable de él porque estaba aprendiendo por sí mismo sobre la lengua coreana, escribiendo por iniciativa propia y compartiendo sus conocimientos en el blog sin esperar nada a cambio. Algunos le decían que se sentían motivados por su actitud ante la vida. Se sorprendió, dado que nunca había mencionado nada sobre su vida privada. ¿Es la palabra escrita un reflejo de la vida del escritor? Recordó la pregunta de Yeongju.

«¿Qué tanto te pareces a tu escritura?».

El rostro de Yeongju nadó frente a él de nuevo, pero ahora simplemente la dejó en paz. Varias veces se había sentido nervioso por el modo en que había permanecido clara en su mente mucho después de la presentación del libro. No tenía idea de qué había en ella que no podía dejar de recordarla. ¿Era el brillo en sus ojos al mirarlo? ¿La tranquilidad en sus palabras? ¿O era la melancolía de sus escritos lo que contrastaba con su actitud brillante y alegre? (Había leído el blog de la librería antes de conocerla). ¿Era la forma en que brillaba su inteligencia cuando hablaba? ¿Su humor e ingenio? Quizá era todo.

Si tan solo la dejaba ahí cada vez que su rostro apareciera en su mente, con seguridad en algún momento dejaría de pensar en ella. Después de todo no había ninguna razón para que volvieran a cruzarse. Pero hace unos días había recibido un correo electrónico de su parte. Su reacción inmediata fue enviar un rechazo cortés, pero hasta ese momento aún no había hecho clic en el botón de responder. Desde la perspectiva del remitente, con probabilidad era inaceptable no haber recibido respuesta después de una semana entera. Parecía que ya no podía posponer la respuesta. Abrió el correo electrónico y lo volvió a leer.

Querido señor Hyun Seungwoo,

Soy Lee Yeongju de la librería Hyunam-dong. ¿No me ha olvidado, cierto? :) Tenemos a muchos clientes buscando su libro. Una vez más, gracias por escribir un libro tan bueno.

Me gustaría preguntarle si está interesado en conducir una serie de seminarios sobre la escritura. Planeamos una serie de seminarios de dos horas cada sábado con duración de ocho semanas. Si le parece bien, pienso que la serie puede llamarse «Cómo editar oraciones».

Estos seminarios no están pensados para enseñar a escribir sino a editar. Estaba pensando que podría utilizar su libro como parte de los materiales. ¿Qué le parece?

Ya que *Cómo escribir bien* está escrito en dieciséis capítulos, tal vez podría revisar dos capítulos por sesión. De este modo, no tendría que hacer demasiado trabajo extra.

Me encantaría saber qué piensa de todo esto. ¿Está disponible los sábados?

Sería más educado de mi parte hacerle una llamada, pero pienso que eso solo sería presionarlo más, así que decidí escribirle.

Le haré una llamada cuando reciba su respuesta. Espero escuchar pronto de usted.

Sinceramente,

Lee Yeongju

Era un correo sencillo, pero lo leyó una y otra vez. Cada una de las veces era fácil escribir en su cabeza la respuesta más adecuada: «Lo siento. No creo que tenga la experiencia suficiente para dirigir seminarios. Gracias por la invitación, pero tendría que decir que no. Que tenga un buen día». El problema era que no se atrevía a escribirlo. Levantó las manos como si se preparara mentalmente para una tarea desafiante y colocó los dedos sobre el teclado. El siguiente paso fue escribir algunas frases: «Lo siento...». Quería decir que no. O mejor dicho, debería decir que no. Desde el lanzamiento de su libro había estado haciendo presentaciones casi todas las semanas. Su editor le dijo, en un tono que claramente significaba «¡Oye! ¡Deberías estar feliz por esto!», que era raro que un nuevo escritor recibiera tantas invitaciones a presentar libros, en especial para una primera obra. Pero no podía levantar el ánimo. Parecía que cada charla consumía todo su día, después de lo cual pasaba aún más tiempo tratando de recordar si había dicho algo fuera de lugar. Para entonces, ya era hora de preocuparse por la próxima presentación, sin mencionar las horas que pasaba respondiendo a las frecuentes llamadas de su editor y las solicitudes de entrevistas para periódicos. En otras palabras, publicar un libro le había costado a Seungwoo mucho de su tiempo personal. Con todo sumado, ya no tenía tiempo para las cosas que realmente quería hacer. Estaba desesperado por volver a la vida antes del libro, simple como aritmética de primer grado.

Por eso no podía ni debía aceptar realizar los seminarios. ¿Cómo podría dirigir seminarios? Es más, no se trataba de un evento único, sino un compromiso de ocho semanas. Lo único correcto era rechazar. Se aferró con determinación, listo para presionar la tecla «Y» de «yo» con su dedo índice, cuando se detuvo de pronto. Lo atravesó una oleada de curiosidad. El nerviosismo que se había apoderado de él durante las últimas semanas disminuyó, solo le quedó la curiosidad. En verdad, ¿qué había en Yeongju que rompió el equilibrio de su vida? No se había sentido así durante un largo tiempo, con una punzada en el pecho cada vez que pensaba en ella. Era un sentimiento que había olvidado hacía mucho tiempo. Un sentimiento que pensaba nunca volvería a experimentar.

¿Debía seguir a su corazón? No solía ser alguien que huyera de sus sentimientos. Además, era curioso. Del tipo de curioso que busca respuestas. ¿Qué pasaría después de que respondiera? Lo pensaría cuando ocurriera.

Una vez que tomó la decisión, dejó que su corazón lo guiara y escribió siete líneas.

> Querida señorita Lee Yeongju,
> Gracias por su propuesta.
> Dirigiré los seminarios.
> Sin embargo, solo tengo tiempo los sábados por la tarde.
> Que tenga un buen día.
>
> Sinceramente,
> Hyun Seungwoo

Sin revisar lo que había escrito, dio clic en el botón de enviar.

El sentimiento de ser aceptada

Una noche, Jungsuh se encontró entrando al departamento de Yeongju después de Jimi. Al inicio, su plan era regresar a casa una vez que hubiera terminado de tejer, pero antes de que se diera cuenta, ya casi era hora de cerrar la librería. Terminó saliendo junto con Yeongju, cuando se toparon con Jimi afuera de la puerta. Como si fuera lo más natural, Jimi la tomó del brazo y medio la arrastró, diciéndole que le había encantado el croché y que quería hacer algo lindo por ella a cambio.

A Jungsuh le gustó de inmediato el departamento de Yeongju. Con solo un escritorio en el centro, la sala parecía algo vacía, pero la tranquilidad que emanaba del minimalismo lo compensaba con creces. La casa de Yeongju se sentía como una extensión de ella: algo solitaria, pero era una presencia tranquilizadora. En lugar de las luces del techo, Yeongju encendió una de sus lámparas de piso mientras Jimi, sacudiendo la cabeza, gruñía:

—Qué oscuro, ¡es demasiado oscuro!

—Me encanta tu casa —dijo Jungsuh mientras salía del baño, después de lavarse las manos.

—Deja de ser tan educada. No puedo creer que exista una casa como esta. —Jimi levantó la voz por sobre el sonido del agua mientras se lavaba las manos.

—No es por educación. De verdad creo que es perfecta para meditar y tejer. Justo aquí, frente a la pared.

Las dos *eonnies* se dieron la vuelta hacia donde señalaba. Era la pared al otro lado del escritorio, donde usualmente se recostaban.

—Está bien, ese lugar es tuyo.

Jungsuh adoptó una postura meditativa sobre el cojín que Yeongju le había pasado. En lugar de concentrarse en su respiración, observó a las dos *eonnies*. Estaban completamente en sintonía, como mejores amigas que a menudo salen juntas después de la escuela. Mientras Yeongju sacaba los cubiertos del gabinete superior, Jimi rebuscaba en el refrigerador bocadillos que combinaran bien con el alcohol y que llenaran lo suficiente. Terminó con tres latas de cerveza de 350 mililitros, una variedad de quesos, frituras de frutas secas, salmón ahumado, brotes de rábano y una botella de salsa que tenía un aspecto delicioso y parecía ir excelente con el salmón y los brotes. Acomodó una colcha sobre el suelo. Al principio, Jungsuh pensó que Yeongju no tenía una mesa baja, pero rápidamente vio la mesa doblada junto al fregadero. «Ah, supongo que a estas *eonnies* les gustan los picnics».

—¡Salud!

La cerveza se bebía fácil. Yeongju tomó una pieza de queso, Jimi sumergió una rebanada de salmón en la salsa y Jungsuh comió frituras de mandarina para acompañar la cerveza. «Delicioso», pensó Jungsuh. Fue su primer trago de alcohol desde que había renunciado a su trabajo. Relajó los hombros, estiró las piernas y se recargó contra la pared mientras bebía y escuchaba las conversaciones. Yeongju y Jimi estaban acostadas en el suelo como dos lados de un triángulo equilátero. Jungsuh imaginó que a veces se quedaban dormidas en esa posición. De vez en cuando se sentaban de pronto para comer algo o dar un trago a su cerveza. La mayor parte del tiempo volvían a acostarse, pero a veces volteaban hacia ella para hacer un brindis. Jungsuh pensó que la cerveza sabía especialmente deliciosa aquel día y bebía con ganas.

A pesar de que ella casi no participaba de las conversaciones, las dos *eonnies* volteaban hacia ella de vez en cuando, dedicándole miradas que decían: «Tú también lo crees, ¿verdad?», o pidiéndole su opinión. No importaba lo que dijera, ellas asentirían satisfechas ante sus reacciones. Jungsuh se estaba divirtiendo tanto que después de las diez y media dejó de mirar el reloj.

—Minjun me dijo esto —dijo Jimi en voz baja—. Entonces, creo que me controlaré por ahora.

—¿Qué quieres decir?

—Necesito algo de tiempo para pensar. Mientras tanto, dejaré de gritarle. Yo también dejaré de regañar. No te decepciones demasiado si no me oyes quejarme de que tuve que gritarle.

—¿Por qué habría de decepcionarme?

—Y no te preocupes tampoco.

—¿De qué hay que preocuparse?

—Estaré bien.

—Eonnie, definitivamente no estoy preocupada.

Jungsuh se levantó y echó un vistazo a los dos *eonnies* que estaban boca arriba, ahora mirando en silencio al techo. Caminó hasta el ventanal que daba al barrio y se maravilló por el hermoso paisaje. El farol junto a la carretera se alzaba con aplomo, añadiendo un toque agradable al paisaje. Detrás había una hilera de casas bajas, salpicadas de luz que entraba por las ventanas. Ver apagarse las luces, que parecían estar al alcance de la mano, la hizo feliz, de alguna manera. Absorta en el momento, no se dio cuenta de que Yeongju se había deslizado hacia ella en silencio.

—Es bonito, ¿verdad? —su tono era amistoso como siempre.

—Sí, lo es —respondió Jungsuh con suavidad.

La envolvió un sentimiento muy curioso. El sentimiento de ser aceptada. Recordó con fuerza el momento en que había entrado por primera vez a la librería Hyunam-dong. ¿Por qué? Que el mismo sentimiento, ese sentimiento hermoso, hubiera vuelto a ella aquí en el departamento de Yeongju era al mismo tiempo triste e inesperado. Una melancolía hermosa. Al fin se dio cuenta del quid de la cuestión.

—¿Cuándo comenzaste a meditar? ¿Fue hace mucho?

Las dos removieron sus recuerdos y se dieron la vuelta. Jimi estaba reacomodando las sobras en un solo plato y llevándose los platos sobrantes vacíos. Cuando Jungsuh no respondió, Jimi la miró con la pila de platos en las manos.

—Me da curiosidad por qué medita la gente. —Hizo una pausa—. Si ayuda, yo también quisiera intentarlo.

La habilidad de calmar la rabia

Para empezar a explicar por qué comenzó a meditar, Jungsuh necesitaba iniciar con los motivos que la llevaron a renunciar a su trabajo.

—Dejé mi trabajo porque estaba enojada.

Apoyada contra la pared, tragó saliva y contó su historia. Había renunciado a principios de aquel año, durante su octava primavera en el mercado laboral. Estaba frustrada por la ira sin dirección que la consumía todos los días. La ira la abrumaba de pronto, ya fuera de camino al trabajo, mientras comía o frente al televisor, alimentando un deseo ardiente de destruir todo lo que estaba en su línea de visión. Se hizo revisar en el hospital; el médico solo le dijo que tuviera cuidado con el estrés.

Jungsuh había comenzado como trabajadora por contrato temporal, y al final de sus ocho años de carrera todavía no era permanente. Había creído de todo corazón en la garantía del líder de su equipo de que, si trabajaba lo suficiente, la convertirían en una empleada definitiva. Y de ese modo hizo lo mejor que pudo. Trabajó tan duro como los empleados permanentes. Al igual que ellos, ella ponía su alma en la empresa, trabajando hasta altas horas de la noche y llevando a casa el trabajo no terminado. Los empleados definitivos veían sus esfuerzos y la animaban.

—No te costará trabajo ser promovida.

Sin embargo nunca ocurrió. El líder de equipo le decía que lo lamentaba y que sería permanente la próxima vez.

—Aquella vez me dijo algo sobre ser una fuerza laboral flexible y todo eso. No le presté mucha atención. Pero dos años más tarde, cuando no pude convertirme en definitiva por segunda vez, recordé lo que había dicho. Busqué en línea y encontré muchos artículos. Lo que ellos llaman «fuerza laboral flexible» es básicamente que las empresas tengan la libertad para despedir trabajadores cuando quieran. Según esos artículos, las empresas solo pueden sobrevivir a la competencia feroz que hay en el mercado si despiden trabajadores para reducir la nómina. Al principio pensé que era solo una parte integral de la vida. Después de todo, recuerdo que cuando era niña mi padre solía decir: «Las empresas deben sobrevivir para que la gente viva. Solo cuando a las empresas les vaya bien la gente podrá vivir bien». Según esta lógica, para que las empresas sobrevivan, debo seguir siendo una trabajadora sin contrato definitivo. ¿Y cómo me atrevo a quejarme, incluso si me despiden y me echan de la empresa? En ese momento pensé: ¿qué diablos? ¿Es así como se supone que debe ser la vida?

Jungsuh hizo una pausa para mirar a las dos *eonnies* que escuchaban con gran atención. Por un momento pensó que había compartido demasiado, pero el alcohol la empujaba a continuar. Por suerte, no había ni una pizca de aburrimiento en sus ojos. Jungsuh se estiró hacia adelante para tomar la cerveza y miró a las dos *eonnies*, una por una. Levantaron sus latas y brindaron. Bebió un poco de cerveza antes de continuar.

—Se sintió como una bofetada, pero en ese momento no sabía muy bien qué era lo correcto. Así que lo dejé pasar. Luego, hace dos años, una amiga mía que era enfermera se fue a Australia a pasar unas vacaciones de trabajo. La enfermería es una ocupación profesional, ¿verdad? Pero ella me dijo que decidió irse a

Australia porque odiaba su trabajo. Le pregunté por qué y me confesó que era miembro no definitivo del *staff*. El trabajo era difícil, pero con la decepción añadida de no ser permanente, se acabó la pasión. No hubo una sola noche en la que pudiera dormir bien durante los últimos años. Si la vida iba a ser dura de todos modos, su lógica era ir a algún lugar con al menos un rayo de esperanza. De hecho, me dijo que hay muchos no permanentes en el hospital. Las *ajumma* que limpian, los *ajusshis* en el departamento de instalaciones, los jóvenes guardias de seguridad. ¡Incluso los médicos! Me di cuenta en ese momento. Toda esa tontería sobre la flexibilidad laboral era mentira. No tiene sentido afirmar que las empresas contratan trabajadores subcontratados para puestos que podrían quedar obsoletos con el fin de facilitar su despido en el futuro. ¿Significa esto que ya no necesitaremos personal de limpieza, administradores de instalaciones, guardias de seguridad, enfermeras y médicos? ¿Qué es esa tontería de contratarlos por tiempo limitado porque sus empleos son inestables? Eonnies, este es mi octavo año trabajando en desarrollo de contenido. Durante los ocho años fui no permanente. ¿Tiene sentido que, debido a esta fuerza laboral flexible, una empresa de creación de contenido contrate desarrolladores de contenido por tiempo limitado? Eso es simplemente intimidación y una forma de menospreciar de nuestro valor.

Las dos *eonnies* asintieron.

—Entonces me mudé a otra empresa de la industria. Me negué a quedarme en un lugar donde no me iban a ascender. Dicho esto, todavía me contrataron como no permanente en la nueva empresa. Según ellos, se trataba de un puesto de contrato indefinido. Eh. Si es un trabajo por contrato, llámalo así. ¿Por qué etiquetar la palabra «permanente»? Eso es solo un juego de palabras. En la nueva empresa continuaron ofreciéndome la permanencia como un cebo. Me hacían trabajar horas extras, realizar tareas adicionales y me ponían a hacer el trabajo de los demás. Todo el tiempo diciéndome que, si trabajaba lo suficiente, podría convertirme en permanente. Tenía que ganarme la vida, así que fingí aceptar la perorata y trabajé hasta tarde, trabajé extra y trabajé en casa. Llegó un punto en el que comencé a odiar todo. Pero aun así tuve que esforzarme para hacerlo y eso me hacía estar enojada constantemente.

Ser permanentes no les otorgaba el derecho a delegar las tareas menores. Aunque tenían un pase de empleado personalizado colgado del cuello, mientras que Jungsuh solo tenía un pase de acceso general, los permanentes, como ella, también registraban la entrada todas las mañanas y caminaban con cautela alrededor de los jefes cuando salían de la oficina. Sin embargo había una clara diferencia entre ellos. Jungsuh estaba familiarizada con el dicho citado con frecuencia de que los trabajadores son como piezas de repuesto de una máquina —por lo regular engranajes— atrapados en una rutina que nunca cambia. Son fácilmente reemplazables. No obstante, los trabajadores subcontratados ni siquiera tenían el derecho a ser piezas de la máquina. En el mejor de los casos, eran como el aceite que ayudaba a girar los engranajes. Una parte de las partes. La empresa también los trataba como entidades separadas. Eran como el agua y el aceite.

—Tras aquel incidente lo odié todo. El trabajo. A los humanos. ¿Saben lo que pasó? Un día el director me llamó para charlar. Había un nuevo proyecto y me dijo que lo presentara lo mejor que pudiera. Dijo que era el proyecto perfecto para mostrar mis habilidades y de qué estaba hecha. En mi mente, en realidad no estaba pensando «Si esto va bien, tal vez…». Dicho esto, trabajé muy duro porque me encantaba tener control total sobre el proyecto. Durante dos meses derramé sudor y sangre. Hacía mucho tiempo que no disfrutaba tanto del trabajo. Al final de los dos meses entregué mi trabajo al director. ¿Saben lo que hizo ese maldito? Sacó mi nombre y lo reemplazó con el de un imbécil subgerente. ¡El tipo era famoso por su falta de cerebro! ¿Y saben lo que me dijo el director? Ofreció una disculpa poco sincera y me dijo que fuera comprensiva. Me dijo: «Jungsuh, no te pueden ascender de todos modos, así que tómalo como si estuvieras haciendo una buena acción».

Era una sociedad incivilizada, y el comportamiento tóxico se filtraba en todos los niveles. Muchos colegas se muestran amables mientras pisan a otros para ascender. Aquellos que no pisoteaban, miraban con indiferencia desde el margen. Detrás de su indiferencia había miedo. ¿Qué pasa si algún día doy un paso en falso y termino como esa persona? Y para los permanentes, Jungsuh era «esa persona».

Lo más difícil para ella era haber desarrollado un odio intenso hacia la gente. Su sangre hervía al escuchar la voz del director mezclada con una amabilidad burlona y no sentía nada más que desprecio al ver a ese subgerente idiota. Cada vez que los veía riendo y charlando en el pasillo no podía evitar pensar: «Estos bastardos no son mejores que yo. Están donde están solo por pura suerte, y ahora están haciendo toda esta mierda porque tienen miedo de perder su trabajo». Estar tan llena de desprecio y rechazo por la gente la hacía sentir miserable, y esto se convirtió en lo que alimentaba su ira. No podía concentrarse en su trabajo. El trabajo era un mandato. Lo odiaba todo.

—Dejé de reconocerme a mí misma. La ira destruyó mi cuerpo. No podía dormir a pesar de estar exhausta. Muchas noches me acostaba en la cama con los ojos abiertos a pesar de que tenía que ir directo a la oficina por las mañanas. Así que renuncié. Bueno, si es un trabajo no definitivo estaba segura de que podía encontrar algo de nuevo. Cuando le dije a mis amigos que iba a renunciar, me dijeron que mejor tomara unas vacaciones. Me rehusé. Si se hubiera tratado de una ira que pudiera apagarse pasando unos días en el extranjero, no se habría materializado en primer lugar. En algún momento tendré que volver a trabajar. Y la ira volverá. No puedo seguir yendo de vacaciones en verano e invierno. Lo que necesitaba era paz en mi vida, la capacidad de controlar mi ira. Pensé en lo que podía hacer y se me ocurrió una respuesta: la meditación.

Yeongju pensó que sabía hacia dónde se dirigía la historia. El intento de Jungsuh por meditar era sentarse en la cafetería con una taza de café, pero como no podía hacerlo, terminó haciendo croché. Habiendo descubierto el placer de hacer cosas, pasó a tejer. Los momentos intermedios en los que cerraba los ojos eran un intento de vaciar su mente.

—El enredo de mi cabeza no desapareció con la meditación. Y la ira permaneció. Incluso cuando intentaba cerrar los ojos y concentrarme en mi respiración, la cara de ese director bastardo y el idiota perezoso de subgerente imbécil (ahora el gerente imbécil) seguían nadando frente a mí. Leí en alguna parte que mantener las manos ocupadas haría que esas distracciones desaparecieran. Lo intenté. Los pensamientos no desaparecieron, pero daban la sensación de haber desaparecido porque mi atención estaba en otra parte. Hay dos grandes ventajas de volver a la realidad después de un par de horas de tejer. Primero, haber hecho algo. En segundo lugar, me siento renovada. Al menos no me enojaba mientras tejía.

Las dos *eonnies* la escucharon hasta el final. Luego se acostaron de nuevo y la instaron a hacer lo mismo. Jungsuh se estiró paralela a la pared. Sentía que las nubes oscuras que había dentro de ella se dispersaban de la misma manera que lo hacían cuando estaba tejiendo. Todo se volvió un poco borroso por los bordes, como si hubiera cruzado a otro reino. El sueño la llamó y sus párpados se cerraron. Pensó adormilada: «Si puedo quedarme dormida así, probablemente me despertaré de buen humor».

Comienzan los seminarios de escritura

Seungwoo se dirigió a la librería vistiendo un suéter grueso y cargando una mochila al hombro. Podría haber conducido, pero quería vivir, al menos una vez, el camino desde la estación del metro hasta la librería. Lo había notado durante su visita anterior, pero recorrer la ruta a pie esta vez le dio la certeza de que la librería Hyunam-dong no era un lugar con el que podrías tropezar en el camino a otro lugar. A menos que vivieras cerca, tenías que llegar a ella de manera deliberada. «¿En qué estaba pensando Yeongju (y por qué) cuando decidió abrir una librería en ese lugar?», se preguntó.

Era un barrio tranquilo. Hacía apenas diez minutos había caminado por una calle bulliciosa, pero ahora se sentía como un actor que se retira detrás del escenario al final de un espectáculo. Imaginó a los residentes de aquel lugar andando con cestas de compras en lugar de bolsas de plástico, y sentía como si las personas que se cruzaban por las calles intercambiaran gestos silenciosos de saludo, o al menos se reconocieran. Quizá el encanto de la librería, y lo que atraía a los clientes, fuera su ubicación en este pintoresco barrio en el cruce entre el pasado y el presente.

Luego de una caminata de veinticinco minutos, Seungwoo por fin llegó a la librería. Se detuvo frente al letrero colocado en el exterior.

*¡Al fin! La librería Hyunam-dong presenta una serie de seminarios de escritura. Cada sábado, ven con nosotros y aprende el arte de la escritura con Lee Ahreum, autor de I READ EVERYDAY y Hyun Seungwoo, autor de CÓMO ESCRIBIR BIEN. ^^*

Aún sin acostumbrarse a su nueva identidad como autor —autor publicado, además—, Seungwoo sintió sus mejillas enrojecerse frente a las palabras del letrero. Hacía apenas unos años, no habría imaginado que algún día escribiría y publicaría un libro. En efecto, nadie puede predecir el futuro.

Al entrar, una vez más escuchó melodiosos acordes de guitarra mientras sus ojos captaban el brillo cálido y amigable de la elegante iluminación. Aunque era su segunda visita, examinó la tienda como si fuera nuevo en el lugar. En silencio, contó el número de personas que revisaban los estantes con aire tranquilo, hojeaban un libro o simplemente pasaban los dedos por las tapas. Despacio giró la cabeza y su mirada se fijó en un punto. En su línea de visión apareció la espalda de un cliente que estaba haciendo una compra en el mostrador. Seungwoo permaneció en silencio, esperando que el cliente se moviera. La música melodiosa y el brillo amistoso de las luces se desvanecieron poco a poco de sus sentidos. El lugar que estaba mirando era donde estaba Yeongju.

La dueña de la librería llevaba una camiseta de cuello redondo de color verde, que había colocado debajo de un cárdigan de color caqui que le llegaba hasta la cadera. Combinó todo esto con jeans cortos y completó el look con un cómodo par de zapatillas blancas. Sus ojos siguieron al cliente mientras salía, antes de posarse sobre Seungwoo. Una sonrisa iluminó su rostro. Con calma, Seungwoo caminó hacia ella, pero por dentro estaba desesperado por encontrar un saludo apropiado. Cuando comenzó a preguntarse si alguna vez había existido tal cosa como el saludo apropiado, su cerebro pareció calmarse de nuevo. Por supuesto, su expresión permaneció inescrutable como siempre.

Yeongju salió de detrás de la caja registradora.

—Llegaste temprano, ¿había poco tráfico?

Seungwoo tenía una respuesta apropiada para esa pregunta.

—Oh, tomé el metro para llegar, así que estuvo bien.

—¿No viniste manejando la última vez?

—Sí, así es.

Una respuesta sencilla para una pregunta sencilla.

Al mirarla a los ojos se preguntó si estos eran el motivo por el que estaba tan nervioso. Por supuesto, también estaba la posibilidad (no tan insignificante) de que simplemente estuviera inquieto por el seminario. Como ingeniero de profesión, Seungwoo rara vez tenía la necesidad de hablar frente a una multitud. Había participado en seminarios técnicos, pero lo único que los oradores tenían que hacer era hablar mientras el público escuchaba impasiblemente. No era necesario hacer que las conversaciones fueran interesantes, siempre que fueran objetivas y lúcidas. ¿Sería eso suficiente para el seminario de hoy? No estaba muy seguro de qué lado de sí mismo mostraría.

«Tal vez solo estoy haciendo el ridículo».

La idea lo puso menos nervioso. Durante las siguientes horas, seguramente estaría ansioso, ya fuera por ella o por la conversación. Estaba seguro de que sonaría incómodo, parecería incómodo. Ni siquiera podía ser su yo común y corriente, y mucho menos rendir al máximo. En ese caso, bien podría acabar con la ambición de querer hacerlo bien. Mientras no le preocupara cómo lo veían los demás, ya había evitado con éxito el peor de los casos.

La habitación a la que lo guio Yeongju era pequeña y acogedora. Podía escuchar débilmente la música que se filtraba desde el área principal, lo cual invitaba mucho más que un silencio opresivo. Yeongju encendió la computadora y un proyector con control remoto. Al mismo tiempo, la pantalla que estaba al lado de la puerta descendió desenvolviéndose con lentitud. Él se sentó a la mesa mientras ella abría los materiales que Seungwoo le había enviado con antelación. Encorvada hacia adelante, Yeongju presionó el teclado y le dijo que ella imprimiría los materiales, mientras que él era libre de dirigir los seminarios de la forma que quisiera. Si necesitaba una bebida, podía pedirla en el mostrador de la cafetería.

Una vez que terminó con los preparativos, se sentó frente a Seungwoo, sonriendo.

—¿Estás nervioso?

¿Se le notaba en el rostro?

—Sí, un poco.

—El seminarista de los cursos del medio día me dijo que la atmósfera fue mejor de lo que había esperado —dijo ella mirándolo desde el otro lado de la mesa—. La audiencia llegó con una mente abierta y absorbieron todo lo que él les dijo —concluyó con tono positivo.

«Evidentemente dice todo eso para calmar mis nervios», pensó él.

—Ah, ya veo.

—Los participantes tenían que llenar una encuesta cuando se anotaron para los seminarios. De los ocho participantes, seis tenían una copia de tu libro, dos son seguidores de tu blog y tres han leído tu columna. Desde mi experiencia como anfitriona en charlas y presentaciones de libros, siempre hay un mejor ambiente cuando los participantes están familiarizados con la escritura del autor. Estoy segura de que hoy no será la excepción.

Si bien su ansiedad no desaparecería solo con las palabras de Yeongju, la escuchó en silencio. Quizá se trataba del contraste entre la Yeongju tal como la conocía ahora y la que había vislumbrado en sus escritos. Su escritura era como un río tranquilo con aguas profundas, y él pensó que la persona que la escribía debía ser serena y digna. Cuando la conoció en persona, pensó en ella más como una hoja que como un río. Una hoja verde y sana, danzando en el viento y yendo hacia donde la llevara la corriente. Donde aterrizaba, murmuraba suavemente, sus ojos brillaban con modales refinados y completa atención. Era este contraste lo que despertaba su curiosidad.

Al terminar los preparativos, Seungwoo levantó la vista y sus miradas se cruzaron. También había sentido anteriormente que Yeongju parecía no tener reparos en mirar a la gente a los ojos. Si había alguna incomodidad, era por parte de Seungwoo y le correspondía a él romper el silencio. Intentó pensar en algo, pero pronto se rindió. Casi se rio de sí mismo. ¿Por qué estaba tan nervioso y rígido? Ella tan solo estaba sentada ahí, con los ojos brillando de emoción.

Mientras se sostenían la mirada, sus nervios parecieron desvanecerse. Este momento en que estaban sentados frente a frente pareció adquirir un ritmo natural, y todo lo demás —su ansiedad durante las últimas semanas, su vacilación a la hora de enviar una respuesta, el nerviosismo de sus pensamientos que constantemente se desviaban hacia ella— era irrelevante. Su corazón se calmó y recuperó su compostura habitual. Rompiendo el contacto visual, dijo:

—Para ser honesto, dudé mucho antes de aceptar. Me refiero a los seminarios.

Yeongju sonrió, como si ya lo hubiera adivinado.

—Ya me lo imaginaba. No recibí respuesta durante algún tiempo, así que me preocupé un poco pensando que había presentado una solicitud irrazonable. Cuando pensé en organizar los seminarios, me vino a la mente tu cara.

Seungwoo se reclinó contra la silla.

—¿Por qué pensaste en mí?

—¿No te lo dije? Soy fan de tu trabajo. Amo tu escritura. Por eso el día del lanzamiento de tu libro actué con rapidez y dije: «¡Oye!, fui la primera persona en invitarlo a presentar el libro». —Yeongju dijo todo esto con mucha rapidez, como si estuviera recordando un incidente maravilloso—. Pensé que los seminarios debían de ser impartidos por un escritor fuerte, estaba en la luna cuando aceptaste la invitación. Me alegra ser dueña de una librería. No sabes lo feliz que me hace poder invitar a mis escritores favoritos a mi propio espacio. Desde que era joven siempre fui tan... —Yeongju sonrió tímidamente ante su propio exceso de entusiasmo—. Estoy hablando demasiado de mí misma.

—En absoluto. —Seungwoo negó con la cabeza—. Simplemente es que no estoy acostumbrado a estar cara a cara con alguien que dice ser mi fan.

La boca de Yeongju estaba un poco abierta.

—Me contendré.

Él sonrió con suavidad.

—Disfruté el camino desde la estación.

—Es una distancia considerable. ¿Caminaste?

—Sí. Me sorprendí bastante cuando vine por primera vez. Me preguntaba por qué elegiste abrir una librería en lo más profundo de un barrio y por qué la gente viene hasta aquí. Creo que encontré la respuesta en el camino hacia aquí.

—¿Y cuál crees que sea el motivo?

Él la miró un momento.

—Es como dar un paseo por las calles cuando estás en el extranjero. Miras con curiosidad a izquierda y derecha, te asomas antes de dar la vuelta en cada esquina. La emoción de lo que no es familiar, de lo desconocido. Es lo que hace que viajar sea tan atractivo. Mientras caminaba hasta aquí, se me ocurrió que tal vez la librería Hyunam-dong sea ese tipo de destino para muchos.

Yeongju dejó escapar un suave suspiro, como si la hubieran conmovido esas palabras.

—Siempre agradezco que la gente viaje hasta aquí cuando no es un lugar fácil de alcanzar. Si en verdad sienten lo que tú describiste, estaría absolutamente encantada.

—Así es como me sentí.

Con una sonrisa brillante y un brillo juguetón en los ojos, Yeongju se inclinó ligeramente hacia adelante.

—¿Puedo preguntarte algo?

—¿Qué?

—¿Qué hizo que aceptaras venir?

¿Cómo debía de responder? Aún tenía que encontrar las palabras adecuadas para describir sus sentimientos, pero, al mismo tiempo, odiaba mentir. Primero hizo una pausa y luego respondió:

—Porque tenía curiosidad.

—¿Sobre qué?

—Sobre la librería.

—¿La librería?

—Algo de este lugar te hace querer entrar, me da curiosidad saber qué es.

Por un momento, Yeongju reflexionó sobre sus palabras. Entonces, una expresión de comprensión apareció en su rostro. ¿Era lo que Jungsuh había dicho sobre cómo la energía de la librería la había convertido en una cliente frecuente? ¿Significaba eso que la librería tenía buenas posibilidades de sobrevivir? ¿Estaba en el camino correcto? Se sintió bien. Comprobando la hora, se puso de pie.

—Mantendré tus palabras cerca de mi corazón. Es lo que siempre he deseado, que la librería se acerque a la gente. Gracias por el aliento.

Yeongju notó que era hora de que llegara el mensajero, salió y cerró la puerta detrás de ella. Seungwoo finalmente tuvo la oportunidad de mirar el pequeño y acogedor espacio. Había tratado de ocultar la verdad con cuidado, sin recurrir a mentiras, pero recordando su respuesta, lo que había dicho también era la verdad. Algo en la librería lo había cautivado. Le gustaba estar aquí. No importa cómo resultara el seminario más tarde, Seungwoo pensó que hoy ya había evitado el peor escenario.

Estaré deseándote lo mejor

Seungwoo no fue partícipe en conseguirle a Yeongju su propia columna en el periódico, sin embargo fue a través de él que la periodista la había conocido. A pesar de haber trabajado juntos durante bastante tiempo, solo había visto a la periodista una vez, nada más porque seguía rechazando cortésmente sus invitaciones. No es que tuviera muchas ganas de conocerlo, pero como persona a cargo de su columna tenía la responsabilidad de ponerse en contacto con él de vez en cuando. Sin embargo, a Seungwoo no le gustaba reunirse por formalidades, ni tampoco le gustaba el inconveniente (para ambas partes) de tener que fingir que les interesaba compartir una pequeña charla.

Ella había entendido la personalidad de Seungwoo durante los primeros días de su relación laboral y eso le gustaba. Tenía menos quehacer; sabía muy bien que si no se acercaba a él no había manera de que él iniciara una reunión. Sus ensayos siempre llegaban a tiempo cada quince días y los borradores estaban limpios. Tampoco había necesidad de verificar los hechos, ni de temas controvertidos que atrajeran a un grupo de desagradables guerreros del teclado. Seungwoo tenía un gran dominio de la lengua coreana, por lo que apenas necesitaba retocar las oraciones. Su columna era como un barco navegando pacíficamente con el viento a favor.

Dicho esto, no podía cortar por completo el contacto, por lo que de vez en cuando buscaba su nombre en internet para ver si había actualizaciones, y así fue como descubrió, en el blog de una librería, que estaba impartiendo seminarios de escritura. Además, se había programado una segunda edición de los seminarios. El Seungwoo que ella conocía no era alguien que aceptara tales trabajos. Pensaría que es terriblemente problemático. ¿Por qué lo hacía ahora? ¿Librería Hyunam-dong? ¿Era famosa? Llena de curiosidad, siguió el blog y lo consultaba de vez en cuando. Así fue como conoció los escritos de Yeongju. También hubo una sincronicidad perfecta. Había estado buscando a alguien que se hiciera cargo de una columna de libros, y al ver que un número cada vez mayor de libreros escribían, pensó que ella también se uniría a la tendencia. Si bien sus escritos tendían a ser más subjetivos y personales, con un poco de ayuda en la edición, pensó que podría descubrir una buena columnista.

Así fue como la periodista y Yeongju terminaron conociéndose un domingo por la mañana. Fueron necesarias varias llamadas para que Yeongju cambiara de opinión, por lo que, para disipar sus preocupaciones y para poner cara a los nombres, decidieron reunirse. Sorprendentemente, Seungwoo se les unió también. Cuando hablaron por teléfono hacía un par de días, la periodista le mencionó a Seungwoo que era probable que Yeongju escribiera una columna para el periódico. Al contarle la historia de fondo, ella le dijo que gracias a él había descubierto a Yeongju y sus escritos. No pareció sorprendido. Cuando ella le habló de su próxima reunión el domingo, él murmuró una afirmación protocolaria. Sin embargo, justo antes de colgar, Seungwoo, en su forma habitual de serenidad, preguntó si podía acompañarla y agregó que podrían aprovechar la oportunidad para discutir una extensión de contrato. En ese momento la periodista pensó que sabía por qué Seungwoo había aceptado impartir los seminarios.

—Tenía la impresión de que no extendería su contrato. ¿Qué lo hizo cambiar de parecer?

La periodista estaba a punto de salir de la reunión del domingo por la mañana cuando de repente volteó hacia él. Quería poner nervioso a Seungwoo, quien siempre parecía imperturbable, y ahora parecía una oportunidad única. Le dedicó una sonrisa de complicidad mientras mantenía la mirada fija. Sintiendo el peculiar estado de ánimo, Yeongju lo miró con curiosidad desde un lado. Seungwoo se dio cuenta de que la periodista se había percatado, pero no dejó que se notara en su rostro. Manteniendo su expresión neutral y su tono uniforme, Seungwoo respondió:

—Creo que escribir será más placentero a partir de ahora.

La periodista soltó una breve risa y se puso de pie. Esa respuesta fue suficiente para no revelar sus sentimientos y al mismo tiempo decirle claramente: «Sé que lo sabes». Era una respuesta tan bien equilibrada que decidió no molestarlo más. Haciendo una broma sobre las madres trabajadoras que están más ocupadas los fines de semana, la periodista se despidió de ellos y les agradeció su tiempo.

Al quedarse solos, Yeongju y Seungwoo guardaron silencio. Un rato después, Seungwoo preguntó:

—¿Quieres almorzar?

En el centro de la mesa apareció un guiso de abadejo bien caliente, rodeado de una variedad de guarniciones. Profesando su amor por el pescado, Yeongju lo había llevado a un restaurante especializado en estofado de abadejo. Seungwoo no se sentía en especial atraído por el abadejo. Lo comía ocasionalmente con amigos cuando se les antojaba, y esto le parecía suficiente como para recordar que existía semejante pescado en el mundo.

Mientras miraba la variedad de guarniciones que venían con el estofado, pensó que el restaurante no parecía un lugar de aquellos donde la gente simplemente desmenuzaba el pescado y se lo comía. Observar la forma en que Yeongju comía fortaleció su convicción. En su mano izquierda sostenía un trozo de alga sazonada, sobre la cual colocó un poco de arroz. Con los palillos pellizcó un trozo de carne de abadejo del tamaño de un bocado, lo sumergió en la salsa y lo puso sobre el arroz junto con unas cuantas hebras de brotes de soya. Procedió a enrollar las algas secas antes de llevárselas a la boca, masticando felizmente con la boca llena. Riendo en silencio, Seungwoo tomó un poco de arroz con sus palillos.

—¿Es común comer de esta manera? ¿Poner el pescado encima del alga?

Ella tragó el último bocado antes de responder.

—Mmm. Esta también es la primera vez que lo como de esta manera.

Esta vez Seungwoo tomó los brotes de soya.

—Pero pareces natural. Pensé que así era como solías comer el estofado de abadejo.

Al ver cómo Seungwoo comía arroz y los platillos de acompañamiento pero no el abadejo, ella le puso un trozo de alga en la mano.

—¿Qué tan difícil puede ser comer esto para que le parezca que hay un modo poco natural de hacerlo? —Rio Yeongju mientras tomaba un trozo de alga para sí misma.

—Intenta hacer un envuelto. Es delicioso.

Replicando los movimientos de Yeongju, añadió primero arroz, luego carne de abadejo y brotes de soya al alga antes de enrollarla y metérsela a la boca. Entre más masticaba, más fuerte era el sabor del umami y era, en efecto y como ella había anunciado, delicioso. Yeongju hizo otro rollo para ella y esperó a que Seungwoo tragara.

—¿Qué te parece?

—Es delicioso. —Seungwoo sirvió un vaso de agua y se lo ofreció a Yeongju—. Pero es un poco picante.

—Sí, yo también lo creo.

Ni siquiera era mediodía cuando salieron del restaurante. Desde donde estaban, solo les tomaría cinco minutos caminar hasta la estación de metro Sangsu de la Línea 6. Sin decir nada, en automático fueron en esa dirección.

—Debes tener miedo del frío —dijo Seungwoo mientras miraba a Yeongju abrazándose con fuerza.

—No precisamente. Para ser sincera, no lo sé. A veces soy buena para soportar el frío, pero otros días se me mete hasta los huesos. Supongo que todo depende de mi estado de ánimo.

—Entonces, ¿cómo te sientes ahora?

—¿Ahora?

—Sí. Ahora que estás de camino a casa después de una deliciosa comida de estofado de abadejo. ¿Hace más frío de lo que esperabas o no tanto?

—Mmm… ¿Ves a esa persona de ahí? —Yeongju señaló a un hombre que caminaba delante de ellos. Un hombre de unos treinta años avanzaba apresuradamente con los brazos cruzados, como si no pudiera soportar más el frío—. Mira el grosor de su bufanda. ¿No crees que parece como si la bufanda se estuviera tragando su cabeza? No creo sentir tanto frío como él. ¿Quizá siento el tipo de frío que se puede aliviar con una taza de té caliente? ¿Es esta una respuesta suficientemente buena?

Seungwoo se detuvo.

—En ese caso, ¿tomaremos un poco de té caliente?

La casa de té tradicional que Seungwoo encontró en internet estaba a diez minutos caminando. Charlaron de cómo había pasado bastante tiempo desde su última visita a una casa de té y pronto llegaron al lugar. Yeogju consultó la carta y pidió un mogwacha; Seungwoo dijo que bebería lo mismo. Desde el primer sorbo ambos reconocieron el sabor, un sabor largamente olvidado.

Seungwoo tomó otro sorbo antes de hablar.

—Una vez fui a un viaje de negocios.

—¿A dónde?

—Estados Unidos. Atlanta.

—Oh. Siento curiosidad por tu trabajo, pero no me había atrevido a preguntar.

—¿Por qué?

—¿Para no arruinar tu aura de misterio?

Ante su broma, Seungwoo se rio suavemente. Los seguidores de su blog también le habían contado que parecía estar envuelto en un velo de misterio.

—Hoy en día, no hablar de ti mismo te hace parecer misterioso. Solo soy un empleado normal de una empresa, que va del trabajo a casa. Vivimos en un mundo donde todo el mundo revela demasiado de sí mismo.

Yeongju asintió.

—Tienes razón. Pero pensé que tal vez no responderías si te preguntara algo con lo que no te sientes cómodo. Yo también soy así. Si hay algo de lo que no quiero hablar y alguien me pregunta al respecto, me enfado.

—No me enojaré. Te lo prometo. —Seungwoo miró a Yeongju, su expresión más relajada de lo habitual—. Antes era programador.

—¡Ah! ¡Un ingeniero de formación! ¿Y ahora?

—Cambié de departamento. Ahora hago control de calidad.

—¿Por qué el cambio?

—Me cansé.

—¿Te cansaste?

—Sí. Estaba exhausto. Pero, mmm… no es esto de lo que quería hablar.

—Oh, cierto.

—Iba a decir que ese viaje de negocios me llevó a Estados Unidos por dos meses. Había tanto por hacer que apenas pude descansar. Un día estaba fuera haciendo trabajo de campo cuando me encontré con un restaurante coreano. En vez de agua servían té de jazmín. Lo bebo ocasionalmente en Corea, así que en ese momento no pensé mucho al respecto. Pero cuando regresé a casa del viaje, el aroma del té permaneció en mi mente. A partir de entonces comencé a tomar té de jazmín en casa.

—¿Recreaste el sabor exacto del que bebiste en Estados Unidos?

—No.

—Oh.

—No pude recrear el sabor, pero beber té de jazmín me traía recuerdos del viaje.

—¿Qué tipo de recuerdos?

Seungwoo tocó ligeramente su taza con las puntas de los dedos mientras miraba los ojos redondos de Yeongju.

—En ese entonces estaba pasando por un momento difícil. Casi todos los días pensaba en dejarlo todo y volver a casa. El restaurante con el que me topé me daba consuelo. No estoy seguro por qué, tal vez la energía o la amabilidad del dueño, pero el lugar me dio fuerzas y gracias a eso logré salir adelante.

—En efecto suena a un lugar por el que estar agradecido.

—Así es. El motivo por el que lo menciono es que…

—…

—Recordaré esta casa de té durante un largo, largo tiempo. Probablemente recordaré este lugar muchas veces en el futuro.

—¿Estás pasando por un momento difícil ahora mismo?

Seungwoo se echó a reír. Yeongju miró fascinada al hombre que se reía tan de buena gana. Cualquiera podría reírse así, pero de alguna manera Yeongju estaba paralizada, quizá porque era un lado de él que resultaba difícil de imaginar, o tal vez reír a carcajadas le sentaba mejor de lo que había pensado. El Seungwoo que estaba ahora frente a ella era como una persona diferente.

Viéndolo sonreír, Yeongju dijo:

—También yo he pensado en algo.

—¿En qué?

—Fue hace mucho tiempo que trabajé para una compañía.

—¿Trabajaste para una compañía durante mucho tiempo?

—Más de diez años.

—¿Cuándo renunciaste?

—Hace tres años.

—¿Y abriste la librería justo después de renunciar?

—Sí, de inmediato.

—¿Fue algo que hubieras planeado antes de renunciar?

—Nop.

—Entonces, ¿cuándo comenzaste a pensar en abrir una librería?

—Seungwoo.

—¿Sí?

—Me voy a molestar —dijo ella, interrumpiéndolo con una sonrisa.

Él guardó silencio de inmediato.

—Está bien, lo entiendo.

—Una noche terminé de trabajar a las once.

—¿Trabajabas tarde a menudo?

—Sí, muy a menudo.

—No es sorpresa entonces que quisieras renunciar.

—Cierto… Esa noche tenía muchas ganas de una cerveza después del trabajo.

—Una cerveza.

—No cualquier cerveza, una cerveza en un bar de pie.

—¿Un bar de pie?

—Sí. La fatiga se iría si me sentaba, y odiaba eso. Quería tomarme la cerveza al borde de mi cansancio. Me daba curiosidad saber si tendría un sabor distinto.

Seungwoo la miró divertido.

—¿Y cómo supo esa cerveza?

—Como la miel.

—¿Significa eso que lograste encontrar un bar de pie?

—Sí, lo hice. Y estaba abarrotado además, de manera que yo me quedé con el último lugar disponible. Fue una bendición beber cerveza estando de pie.

—La felicidad nunca está demasiado lejos.

—Eso es lo que quería decir.

—¿Sobre la felicidad?

—Sí, quería decir que la felicidad nunca está fuera de nuestro alcance. No está en el pasado lejano ni en el horizonte del futuro. Está justo frente a mí. Como la cerveza de aquel día y como el té de hoy.

Yeongju le sonrió radiante.

—En ese caso, si estás buscando la felicidad, solo tienes que beber una cerveza.

Ella soltó una carcajada.

—¡Exacto!

—Y por esa dosis extra de felicidad, puedes cansarte hasta el límite y beber de pie.

—Muy cierto. —Ella rio—. Yo... —De pronto habló con una voz mucho más suave y dijo—: yo creo que la vida se vuelve más fácil cuando sabes que la felicidad no está tan lejos de tu alcance.

Al ver el cambio de humor repentino de Yeongju, Seungwoo sintió la necesidad de preguntarle qué estaba haciendo que su vida fuera difícil. Aquellos que se ponen líricos acerca de cómo la vida se estaba volviendo más fácil son en su mayoría quienes están pasando por momentos difíciles. Como están sufriendo, dedican tiempo a pensar en cómo hacerse la vida más fácil, cómo mantener la cabeza en alto y cómo seguir avanzando.

Para Seungwoo, la parte más difícil de una conversación era calibrar cuánto podía investigar y cuándo detenerse. ¿Cómo se puede encontrar la delgada línea entre la curiosidad y la mala educación? Según su experiencia, una vez que empezaba a tener dudas al hacer una pregunta, era el momento de parar. Una vez que empezaba a cuestionarse si la pregunta era apropiada, era una señal para no hacerla. Cuando no sabía qué decir, había llegado el momento de escuchar. Si cumplía con estas reglas, al menos no daría la impresión de ser maleducado.

—¿Cuándo te sientes feliz?

Justo cuando había decidido escuchar en silencio, Yeongju le lanzó una pregunta. Felicidad. Nunca había pensado en eso. Mientras que los humanos por naturaleza persiguen la felicidad, Seungwoo se mostraba neutral al respecto. En lugar de felicidad, pasaba el tiempo pensando en la productividad. Para él, una vida feliz era quizá una vida en la que utilizaba bien su tiempo.

—Es una pregunta difícil, dado que no sé qué significa exactamente ser feliz. Tú dijiste que obtienes la felicidad bebiendo cerveza. Creo que puedo entender el sentimiento. Si te sientes feliz en ese momento, entonces eso es felicidad para ti. Todo el mundo tiene una definición diferente de felicidad y probablemente haya algo que se adapte a mí. Pero es una pregunta desafiante. ¿Qué es la felicidad para mí? ¿Existe una definición única para todos?

—Hay muchas escuelas de pensamiento sobre lo que es la felicidad. Según Ari… oh, no importa. —Yeongju se reprendió a sí misma internamente. «¡De nuevo! ¡No otra vez!». Desde que había abierto la librería le gustaba citar autores o libros en las conversaciones, un hábito que adoptó mientras trabajaba duro para encontrar la mejor recomendación para los clientes que buscaban historias que pudieran ayudarlos en su camino por la vida. El hábito se arraigó más profundo cuando empezó a escribir sobre libros. Cada vez que un pensamiento le cruzaba por la cabeza, por lo general iba acompañado por un libro que se le relacionaba. Cuando hablaba, hacía referencia a alguna cita de manera natural, al nombre de algún autor o a una teoría en particular. A ella no le parecía aburrido, pero estaba al tanto de qué podía hacer que su interlocutor se sintiera incómodo.

—¿Qué ibas a decir?

—Nada.

—¿Qué era?

—Nada.

—Ari... mmm, ¿ibas a hablar de Aristóteles?

Yeongju envolvió la taza con sus manos, fingiendo que no sabía lo que estaba diciendo.

—¿Es *La Ética a Nicómaco*? He oído hablar de él, pero no lo he leído. Sé que Aristóteles habla de la felicidad en su obra. Entonces, ¿qué dice sobre la felicidad?

Yeongju estaba un poco avergonzada de que leyeran sus pensamientos, así que en lugar de responder tomó varios sorbos de té tibio. Detenerse a mitad de una frase parecía una tontería, al igual que estar nerviosa ahora también era una tontería. Miró furtivamente a Seungwoo, quien la miraba con tranquilidad, esperando una respuesta. De alguna manera, sentía que estaba dispuesto a escuchar todo lo que ella decía, sin importar lo aburrido que pudiera ser. Decidió continuar.

—Entonces, Ari... ¿cómo se llamaba? Postula que la felicidad está separada del placer. Para él, la felicidad se refiere a los logros alcanzados a lo largo de la vida de una persona. Si alguien quisiera ser pintor, tendría que esforzarse mucho para llegar a serlo. Si años más tarde lograra convertirse en un pintor de renombre, se consideraría que había vivido una vida feliz. En el pasado solía estar de acuerdo con su punto de vista. Nuestro estado de ánimo cambia todo el tiempo, por lo que la misma situación que nos hace felices esta noche puede hacernos sentir miserables al día siguiente. Por ejemplo, beber este mogwacha. Hoy te sientes feliz bebiéndolo, pero existe la posibilidad de que mañana, sin importar cuánto mogwacha bebas, te sentirás miserable. Los momentos tan abstractos de felicidad no son atractivos. Entonces pensé que si los logros de nuestra vida determinan nuestro nivel de felicidad, valía la pena darlo todo. Tenía confianza en hacer todo lo posible. Al menos así me sentía entonces.

—Quien oiga esto sentiría mucha envidia.

—¿Qué fue lo que dije?

—Que tienes la confianza de esforzarte lo máximo posible.

—¿Y eso por qué causaría envidia?

—Pues... A menudo se dice que ser capaz de esforzarse es también una habilidad en sí misma.

—Oh.

—¿Por qué cambió de opinión? ¿Por qué empezó a disgustarle la felicidad que mostraba ese tal Ari?

—Porque no era feliz. —Su rostro estaba ligeramente sonrojado—. Los logros obtenidos a lo largo de toda una vida de arduo trabajo son asombrosos. Pero llegué a comprender que lo que decía Ari-como-se-llame es, básicamente, que hay que trabajar toda la vida para ganarse unos últimos momentos de felicidad. Para alcanzar la felicidad al final de la vida, hay que ser miserable una vida entera. Cuando lo pienso de esta manera, la felicidad se vuelve horrible. Es un sentimiento tan vacío apostar todo por un solo logro en la vida. Así que cambié de opinión y decidí perseguir el placer, el sentimiento de felicidad.

—¿Te sientes feliz ahora mismo?

Ella asintió levemente.

—Más que antes.

—Entonces es genial que hayas cambiado tu forma de pensar.

Yeongju miró a Seungwoo con incertidumbre, como si no supiera si, después de todo, era algo bueno.

—Estaré deseándote lo mejor.

Los ojos de Yeongju se abrieron más grandes.

—¿A mí?

Seungwoo la miró con ternura.

—Sí. Estaré deseando que encuentres la felicidad. Espero que haya mucha alegría en tu vida.

Yeongju parpadeó varias veces y tomó un sorbo de su té. Hacía mucho tiempo que nadie le decía palabras tan alentadoras y le gustó sentir cómo la envolvían con fuerza. Dejando la taza sobre la mesa, sonrió.

—Gracias. Por el aliento.

Eran casi las cinco de la tarde. Se sorprendieron por lo rápido que había pasado el tiempo. Al salir de la casa de té, naturalmente se dirigieron a la estación del metro. A la salida de la estación se detuvieron uno frente al otro.

—Lo pasé bien —dijo Yeongju, justo cuando Seungwoo le tendía una botella de concentrado de té que había comprado mientras ella estaba en el baño. Sonriendo con alegría, tomó la botella, maravillada por el gesto considerado.

—Sé feliz cada vez que lo bebas.

—Lo haré.

Él asintió a modo de despedida y se dio la vuelta. Los ojos de Yeongju siguieron fijos en la espalda de Seungwoo mientras este se inclinaba un poco hacia adelante cuando sopló una repentina ráfaga de viento. Guardó la botella en su bolso, se dio vuelta y bajó las escaleras hacia la estación, pensando en lo afortunado que era conocer a alguien con la misma energía que la suya.

El club de lectura para mamás

Una vez que la madre de Mincheol descubrió los días en que su hijo solía aparecerse en la librería, decidió ir solo durante las tardes entre semana o los sábados, pero cuando comenzó el club de lectura, empezó a ir cada dos días para consultar a Yeongju y pedirle consejo.

Hoy, la madre de Mincheol compartió mesa con Jungsuh. Las dos damas solo habían intercambiado saludos silenciosos hasta el momento, pero cuando la madre de Mincheol vio a una pareja buscando una mesa vacía, se acercó a Jungsuh y le preguntó si estaba bien si se sentaba con ella. Jungsuh, que estaba ocupada tejiendo una bufanda retorcida, se sobresaltó ante la repentina pregunta. Miró a su alrededor antes de hacerse a un lado, accediendo en silencio. Las dos mujeres se sentaron una al lado de la otra, charlando ocasionalmente mientras cada una hacía su propio trabajo.

—Mincheol me dijo que podía pasarse una hora entera mirándote tejer. Ahora entiendo por qué. —Acarició la bufanda roja a medio terminar que había sobre la mesa.

—Yo también disfruto cómo pasan las horas mientras tejo.

La madre de Mincheol se rio entre dientes.

Mirando hacia arriba, Jungsuh preguntó:

—¿Puedo preguntar en qué estás trabajando?

Sus manos se detuvieron mientras miraba la computadora portátil que estaba frente a la madre de Mincheol.

—Oh. ¿Esto? Parecía un poco avergonzada.

—Soy la líder de un club de lectura. Para hacer mi trabajo correctamente, pensé que primero necesitaba organizar mis pensamientos. Estoy intentando escribirlos ahora, pero no voy nada bien. Debo hacerlo. Si no, me tropezaré con mis propias palabras.

La madre de Mincheol no lo pensó mucho antes de aceptar asumir el rol. Después de todo, ¿qué podría haber de difícil en que un grupo de *ajummas* del vecindario se reuniera para charlar sobre libros? Había reunido a un grupo de otras cinco mamás que conoció en las clases del centro cultural, que iban ahí para pasar el tiempo, y las animó a unirse a «El club de lectura 1» (más tarde rebautizado como «El club de lectura para mamás»). Su primer libro fue elegido por Yeongju y llevaba por título *Jeonyeogui Haehu —Después de la cena—*, escrito por Park Wan-suh.[11]

Los nervios aparecieron desde el inicio de la reunión. Quería hablar, pero su mente se quedó en blanco, el corazón latía salvaje y sus manos temblaban. Sin saber qué hacer, pidió a las integrantes que se presentaran mientras ella huía de la habitación. En el mostrador de la cafetería, le pidió a Minjun un vaso de agua helada. Se lo bebió de un trago, tomó las manos de Yeongju, y se quejó de estar perdida mientras golpeaba con un pie. Prácticamente llorando, la madre de Mincheol dijo que no podía encontrar las palabras, como si alguien le hubiera atravesado la boca como si fuera una brocheta. Yeongju le dio un apretón firme en las manos, le dijo que estaría bien, le aconsejó ir despacio según el orden de los procedimientos; todas entenderían que la primera vez es siempre la más desafiante.

La madre de Mincheol respiró profundo y abrió la puerta del club de lectura. Volvió a su asiento y hojeó rápido sus notas.

[11] Park Wan-suh, 저녁의 해후 *Jeonyeogui Haehu* (Munhakdongne, 1999).

Mientras leía el orden de procedimientos, su corazón volvió a latir con su ritmo normal. Pensando en lo que Yeongju había dicho —que no era posible ser perfecto desde el principio, que la gente entendería—, contuvo las lágrimas que amenazaban con derramarse. Las otras integrantes, que ya habían completado la ronda de presentaciones, la miraron fijo. Sus rostros familiares parecían extraños. Entrelazó los dedos con fuerza debajo de la mesa e hizo acopio de sus fuerzas para hablar.

—Escuchen... Quiero decir... Comencemos con las presentaciones de verdad.

El resto parpadeó sin comprender. ¿No acababan de terminar las presentaciones? Tomó un respiro profundo y continuó, su voz cada vez más firme.

—Hola a todas. Mi nombre es Jeon Heejoo. A todas ustedes aquí, aunque me conocen desde hace algún tiempo, les resulta incómodo llamarme por mi nombre, ¿cierto? Durante las reuniones de nuestro club de lectura me gustaría sugerir que todas nos llamemos por nuestro nombre. No quiero que me llamen «la madre de Mincheol». Quiero que me llamen por mi nombre: Heejoo. Hagamos otra ronda de presentaciones, no como esposa o madre de alguien, sino con nuestros nombres. Minjeong, Hayeong, Sunmi, Yeongsoon, Jiyoung, ¿qué tienen en la mente en estos días?

Algo más sucedió durante la primera reunión. Al principio, las integrantes eran tímidas y agitaban las manos negándose a hablar, pero luego todas querían hablar al mismo tiempo. Estas señoras, que normalmente solo hablaban de sus maridos e hijos durante las reuniones, quedaron fascinadas de tener de pronto dos horas enteras para hablar de sí mismas. Rieron, lloraron, se tocaron unas a otras los brazos al mismo tiempo que sacaban pañuelos y se abrazaban. Hubo empatía y una buena dosis de reprimenda mientras compartían su vida con las demás; con un poco de brusquedad, pero con cruda honestidad. Esa noche, aún sintiendo la intensidad persistente de la atmósfera, Heejoo no durmió bien. En las primeras horas de la mañana se encontró pensando en comprar una computadora portátil. Quería estar mejor preparada para su próxima reunión.

El club de lectura de mamás celebraría pronto su cuarta reunión. Esta vez estarían leyendo otro título de Park Wan-suh. Todas en el club de lectura se habían convertido en grandes admiradoras de la famosa autora y querían desafiarse a sí mismas a terminar de leer toda su bibliografía. Esta vez, Heejoo eligió el libro. Había leído un resumen en línea y cuando lo compartió con el grupo todas respondieron con entusiasmo. El título era *Seo Inneun Yeoja —Mujer de pie—*. Heejoo lo había leído una vez y escribía sus pensamientos en la computadora mientras lo leía de nuevo. De pronto dejó de escribir y volteó hacia Jungsuh.

—¿Mincheol ha mencionado algo acerca de haber sido descuidado por su madre recientemente? No le he prestado mucha atención. Ahora que estoy ocupada con mis propios asuntos, paso menos tiempo pensando en él. Por supuesto, no lo estoy ignorando por completo. Pero parece que dirigir un club de lectura ayuda a la hora de criar a un niño que no te escucha. Desvía mi atención, lo cual es muy bienvenido. Me he vuelta loca por causa suya.

Las dos mujeres habían estado sentadas una al lado de la otra durante el último par de horas, una tejiendo y la otra escribiendo. Con el rabillo del ojo, Heejoo vio a un hombre entrar a la habitación del club de lectura. Oh, claro. Los seminarios. El hombre debía de ser un autor. Unos minutos después, el hombre salió para pedirle una bebida a Minjun y luego caminó hacia Yeongju. Tenía aspecto cansado, era justo como se imaginaba que un autor debía de verse. Heejoo pensaba que los autores solían ser fastidiosos, pero al ver la forma en que asentía ante las palabras de Yeongju, el hombre no parecía encajar en ese tipo. Desde lejos, solo por la posición de sus labios, parecía ser más bien tranquilo y talentoso. Un rostro cansado, una figura delgada; bueno con las palabras, bueno en la conversación. Mmm. Un autor. Heejoo los miró y sonrió. Simplemente sonrió.

¿Puedo vivir de una librería?

Un mes después de empezar la columna, un periodista contactó a Yeongju para hacerle una entrevista en torno a su posición como dueña de una librería. Al inicio dudó, pero terminó por aceptar, pensando que sería buena publicidad para la librería.

Después de que se publicó el artículo, algo cambió en los clientes. Inclinaban la cabeza a manera de saludo y algunos incluso se acercaban para hablarle como si fuera una amiga de toda la vida. A medida que crecía el número de clientes, también lo hacían las ventas. Le sorprendió ver cómo una sola una entrevista podía provocar semejantes cambios. Si bien el impacto no fue tan inmediato ni tan obvio, también había personas que iban a visitarla porque habían leído su columna en el periódico. En el pasado, las personas que hablaban con ella en la librería por lo general le preguntaban sobre sus publicaciones en las redes sociales, pero hoy en día se acercaban a ella principalmente por su columna de libros, ya sea diciendo que les había gustado o pidiéndole que siguiera recomendando más lecturas. También hubo residentes que vivían cerca que fueron por primera vez después de leer su columna. Una mujer, que parecía tener unos treinta años, le dijo a Yeongju que alardeaba con sus amigos de que la columnista era la dueña de una librería en su vecindario. Le prometió ir a menudo y, en efecto, Yeongju comenzó a verla con frecuencia. La mujer parecía sobre todo interesada en el mundo del futuro, pues compraba en su mayoría libros sobre inteligencia artificial y sobre el futuro de la humanidad.

Yeongju también comenzó a recibir comisiones por escribir ensayos. Por teléfono, las voces desconocidas de sus posibles clientes a veces le hacían encargos con temas ambiciosos, como el futuro de las librerías independientes, la muerte del lector o las ventajas de los libros y su influencia en los hábitos de lectura. Rechazó los temas que nunca le habían pasado por la cabeza. Pero los temas que deseaba explorar, como las ventajas de los libros y su influencia en la lectura, los aceptaba con gusto. Lo hacía con cuidado y se enorgullecía de escribir cada pieza, aunque sentía que tenía que exprimirse el cerebro. Pensaba que aquellas piezas por encargo eran una buena oportunidad para que más personas conocieran la librería. Al igual que los libros, las librerías necesitan dar a conocer su existencia para tener posibilidades de sobrevivir.

Gracias a las redes sociales, la librería Hyunam-dong era conocida entre los amantes de los libros o de las librerías, pero en estos días Yeongju sabía que estaba llegando a un público más amplio. Si bien eran excelentes noticias para la librería, podía sentir la tensión creciente. El aumento de afluencia también significó que Yeongju necesitara dedicar más tiempo a interactuar con los clientes. También estaban los nuevos programas que había comenzado además de lo que ya tenía que hacer a diario, a la semana o al mes. Estaba empezando a perder el ritmo. «Ah, a este paso voy a arruinarlo todo». En cuanto le llegó este pensamiento, supo que no podía continuar de ese modo.

Fue entonces cuando recibió una propuesta inesperada de la persona más inesperada. Sangsu, con su mirada aguda, después de haber observado con precisión que Yeongju era el centro de todas las operaciones de la librería, se le acercó un día.

—¿Cuáles son las horas más ocupadas en la librería?

Sangsu, que dirigía uno de los clubes de lectura, estaba un poco por encima de Yeongju en tanto a lecturas se trataba. Leer dos libros en un día no era problema para él.

—¿Eh?

—Pregunto en qué momento del día te sientes más agobiada. —Sangsu era taciturno, su cabello corto complementaba su voz ronca.

—No s…

—Piensa.

Yeongju pensó mucho.

—Creo que las últimas tres horas antes del cierre.

—Está bien. Te ayudaré durante esas tres horas.

—¿Qué?

—Te estoy pidiendo que me contrates temporalmente. Es una solución sencilla, ¿por qué no lo habías pensado?

Sangsu pidió el salario mínimo a cambio de manejar la caja registradora. Le pidió a Yeongju que no le pidiera tareas adicionales, argumentando que una persona dedicada a la caja registradora ya le facilitaría mucho las cosas. Le dijo que estaría leyendo cuando no hubiera nadie en el mostrador; si eso le molestaba, podía buscar a otra persona en su lugar. Yeongju le pidió una hora para considerarlo. Cuando terminó la hora, se acercó a Sangsu, que estaba leyendo en un rincón.

—Seis días a la semana, tres horas al día, tres meses para empezar. ¿Qué opinas?

—Trato hecho.

Sangsu cumplió su palabra. Se sentaba detrás del mostrador y leía, pero cuando se acercaba un cliente, procesaba el pago sin problemas, como si lo hubiera hecho innumerables veces. Una vez que no había clientes, devolvía su atención al libro. Sin embargo, fue por su propia decisión que decidió ir más allá del rol que se había fijado. Le gustaba alardear cuando se trataba de libros. Cada vez que un cliente se le acercaba a para pedir una recomendación, fingía quejarse, pero en realidad hacía alarde de su gran conocimiento y, de alguna manera, el cliente siempre terminaba comprando un par de libros adicionales. A partir de entonces, entre los clientes habituales de la librería, Sangsu se ganó el largo apodo de El-Ajusshi-Gruñón-De-Medio-Tiempo-Que-Sabe-Mucho.

A medida que la librería Hyunam-dong se convirtió en un nombre popular más allá del vecindario, las personas que soñaban con abrir sus propias tiendas comenzaron a acercarse a Yeongju. Algunos incluso iban hasta la librería. Cuando resultó evidente que había más de un par de posibles propietarios de librerías, decidió dar una charla. Un evento único era mucho menos agotador que una serie de eventos. También fue una buena forma de difundir el nombre de la librería en poco tiempo. Dos compañeros propietarios de librerías se unieron a ella para la charla un martes a las ocho de la tarde. Apareció una decena de potenciales propietarios de librerías. Como era de esperar, las preguntas más básicas encabezaban su lista: ¿puedo ganarme la vida con una librería? Ninguno de ellos esperaba ganar mucho dinero vendiendo libros. Era su sueño y estarían satisfechos con ganarse la vida modestamente haciendo algo que disfrutaran. El dueño de la Librería A se puso manos a la obra y dijo con timidez que era la primera vez que hablaba de este tema.

—Es comprensible que esto sea lo que más les cause interés. En mi caso, apenas me las arreglo. Después de deducir el alquiler de la tienda, las tarifas de mantenimiento y más me quedan alrededor de 1.5 millones de wones al mes. Y cuando se tiene en cuenta el alquiler de mi departamento y tarifas de mantenimiento... Bueno, pueden hacerse una idea. Hace seis meses decidí regresar a la casa de mis padres. Me mudé a los veinte años, pero a los treinta y siete vuelvo a vivir con ellos... Me detendré aquí. Por favor, piénsenlo bien: tener una librería no es un sueño romántico. Pero si están decididos a abrir una, les digo esto: háganlo. Deben hacerlo para no arrepentirse en el futuro.

La dueña de la Librería B pretendió sollozar, como queriendo decir que esa era también la historia de su vida. Lo que ella tenía que decir era un poco más positivo.

—Primero, seré honesta y diré que a veces gano más que A, a veces menos. Si creo que no gané lo suficiente el mes anterior, hago más eventos el próximo mes para atraer afluencia. Cuando las cosas se ponen demasiado agitadas, reduzco la cantidad de eventos por un tiempo para descansar un poco antes de volver a prepararme. Como cualquier propietario de una librería, una de mis mayores preocupaciones es cuánto tiempo podré mantener el lugar en funcionamiento. Quienes quieran abrir una librería, se preocuparán por esto y por otras cosas también. Pero si deciden que una librería no es para ustedes y quieren dedicarse a otra cosa, eso conllevará otra serie de preocupaciones. Lo que intento decir es: hagas lo que hagas, enfrentarás desafíos. Incluso si no es una librería, seguro se preocuparán por cualquier negocio que estén iniciando; si trabajan para una empresa, eso también implica sus propias preocupaciones. Al final todo se reduce a esto: ¿qué tipo de trabajo quiero hacer, a pesar de todas las preocupaciones? Yo elijo preocuparme mientras dirijo una librería.

Después fue el turno de Yeongju.

—Empezaré confesando que todavía me preocupan muchas cosas. Algo que me gustaría enfatizar es que es necesario tener suficientes ahorros para sostener la librería, asumiendo que no ganara nada durante seis meses a un año. Sé que es difícil; es una enorme cantidad de dinero. Pero es importante disponer de un colchón financiero, puesto que una librería necesita tiempo para consolidarse. Por supuesto, no es que esté garantizado que encuentre su equilibrio en un año. Es mi tercer año y todavía me preocupa su estabilidad.

El fundador de la librería A asintió.

—Estoy en mi quinto año y me pasa lo mismo. En lugar de pensar si la librería ha encontrado su lugar, mi objetivo es hacer que permanezca ahí por más tiempo. Pero esto no significa que ninguna librería independiente haya encontrado su lugar.

Poniendo los ojos en blanco, B mencionó algunos nombres: librerías que mantenían ingresos decentes debido a la variedad de actividades que ofrecían; las librerías vistas como una atracción local, que los participantes anotaron rápidamente en sus teléfonos o en una libreta. Los tres se turnaron para compartir, seguido de una sesión de preguntas y respuestas que finalizó pasadas las diez.

*

En aquellos días, Mincheol aparecía en automático en la librería dos veces por semana sin que lo obligaran a hacerlo. A veces regresaba a casa para primero cambiarse el uniforme escolar, de modo que pudiera evitar destacar entre los clientes. Como Yeongju tenía las manos ocupadas ese día, Minjun asumió la función de charlar con él. Mientras la librería se llenaba más, el número de mesas en la cafetería se mantenía sin cambios, por lo que no hubo un gran aumento en su carga de trabajo. Se sentía un poco más ocupado, pero no era como si todos los pedidos de café llegaran al mismo tiempo. Mincheol merodeó por el café y, al ver una pausa entre los clientes, caminó hacia Minjun.

—¿Yeongju está muy ocupada últimamente?

—Sip.

—¿Y por qué no estás ayudándola?

—Tengo que hacer el café.

—¿Tu contrato dice que solo tienes que hacer café?

—Sip. ¿Por qué? ¿Te parezco poco empático?

—Un poco. Pero si está escrito en tu contrato, no puedo decir nada.

Minjun rio ante la honestidad de su respuesta.

—La jefa tiene mucho quehacer ahora mismo, pero es porque está intentando expandir su negocio. Por eso está sobrepasada en este momento.

—¿Y por qué hace eso?

—Dice que es un experimento.

—¿Experimento de qué?

—Para ver qué tan lejos puede llegar.

—Mmm… Está bien, es bueno mantenerse ocupado.

Minjun le dedicó una mirada rápida a Mincheol mientras extraía una taza de café.

—Estás diciendo cosas que no crees. En realidad no crees que estar ocupado sea bueno, ¿verdad?

—Todos están ocupados. Todos ustedes.

—Pero tú no.

—Supongo que soy la excepción.

Minjun asintió sin prestar atención.

—Sí, no es malo ser la excepción.

—Ah, ¿sí…?

—A ver, deja de hablar y prueba esto —dijo Minjun, sirviendo una taza.

—No me gustan las cosas amargas.

—No está amargo. Solo pruébalo.

Durante su tiempo libre, Minjun había estado practicando preparar café por goteo y usualmente acorralaba a Mincheol o

Jungsuh para ser sus catadores. Como había empezado a tomar café en su primer año de preparatoria, Mincheol ya era inmune a la cafeína.

—Parece que aún no soy un humano completamente desarrollado porque no puedo tolerar las cosas amargas —dijo Mincheol bromeando.

A partir de ese día, Mincheol se convirtió en su cliente más difícil de complacer; es decir, el mejor cliente. Minjun pasaba su tiempo experimentando con formas para eliminar el amargor del café. Esta vez, por fin parecía haberlo hecho bien.

—Es un poco dulce.

—¿Está bueno?

—No sé qué se considere bueno. Pero está rico —dijo Mincheol—. Se siente como si el café se derritiera en mi boca.

—¿Qué quieres decir?

—¿Tal vez es porque es suave?

—¿Entonces quieres decir que es tan suave que se siente como si se derritiera?

Minjun se sirvió un poco de café y dio un sorbo.

—Bueno, es muy bueno. Hyung, tus habilidades están mejorando.

—Siempre tuve buenas habilidades —respondió Minjun dando otro sorbo.

—No, no es verdad.

—Sí, es cierto. Es solo que no podía hacer el café como a ti te gusta. Ahora también he domesticado tus papilas gustativas.

—Ey, eso no suena bien.

Refunfuñando, Mincheol tomó otro sorbo de café. Minjun miró al chico que estaba hablando más que nunca antes y sugirió una fecha para su siguiente cata de café.

—Pasado mañana a la misma hora, ¿estás libre?

—Bueno.

Aunque Mincheol actuaba como si todo le fuera indiferente, nunca había rechazado una de las invitaciones de Minjun.

—Te prepararé una taza aún mejor la próxima vez.

—Solo lo sabremos cuando la pruebe.

Mincheol bebió el resto del café y dejó la taza.

—Me voy. Voy a despedirme de Yeongju imo.

Mientras Minjun recogía el servidor y las tazas, miró en dirección a Yeongju.

—Está bien, eso si puedes atraparla desocupada por un momento.

Mincheol se paró a un lado pacientemente mientras esperaba a que Yeongju terminara su llamada. Mientras ella levantaba una mano para disculparse, él continuaba ahí de pie como si estuviera determinado a esperar. Cuando por fin terminó, se acercó a él y le preguntó cómo había estado. Mincheol respondió con diligencia a sus preguntas.

—Parece como si mi madre estuviera escribiendo una tesis de graduación en estos días.

Yeongju estalló en risas mientras lo acompañaba a la puerta. Él hizo una reverencia corta y —tal vez hacía demasiado frío— caminó inclinado hacia adelante mientras salía. Mirando su espalda alejarse, Yeongju contempló la idea de organizar un evento para adolescentes, pero se detuvo a sí misma. No, tenía demasiados pendientes.

El barista SÍ está los lunes

El barista NO está los lunes
Hoy no está disponible el menú de cafetería
Hay disponibles bebidas sin café
#elbaristatrabajacincodiasalasemana
#calidaddevida_barista #apoyamoselWLB

Los lunes, que eran el día de descanso de Minjun, la cafetería no servía café. Para evitar confusiones, Yeongju publicaba un anuncio en el blog y las redes sociales la mañana de cada lunes. Estos días, de no ser por los nuevos clientes, nadie pedía café. Incluso en las raras ocasiones en que alguien intentaba pedir café, una vez que ella explicó el motivo por el que no había, todos apoyaban la necesidad del barista de equilibrar su vida laboral y personal. Se podría decir que esto se había convertido en parte de la cultura de la librería. Por lo tanto, Yeongju se mostró exasperada cuando Minjun fue quien rompió el equilibrio.

Cuando Minjun llegó por primera vez un lunes por la tarde y pidió quedarse un par de horas, Yeongju al inicio pensó que estaba bien hacer una excepción ese día. Minjun le había explicado que necesitaba a alguien que lo ayudara a catar sus cafés de prueba y en casa no había nadie que pudiera hacerlo. Incluso a pesar de que le acercaba cada media hora una taza de café recién hecho, Yeongju no podía echarlo. Gracias a la sobredosis de cafeína, no pegó ojo esa noche.

Perder el sueño por una noche no fue el problema. El mayor problema era Minjun, que seguía apareciendo en la librería los lunes siguientes. Varias personas se turnaron para ser sus catadores de sabor y sospechosamente parecía que habían concertado las citas con antelación. Jungsuh llegaba al café casi al mismo tiempo que Minjun para beber taza tras taza, y si no era ella, era Heejoo. Y si no Heejoo, Mincheol. Si no eran ellos, Sangsu se convertía en su conejillo de indias. Minjun observaba sus reacciones con cuidado como si examinara una película de rayos X. Un ligero cambio en su expresión se traduciría en deleite o decepción en su rostro. «¡Esa mirada en sus ojos! ¡Como si se estuviera volviendo loco tratando de medir sus reacciones! ¿Cómo voy a exigir una explicación cuando se ve así?», pensó Yeongju.

Le preocupaba la confusión de los clientes. Aquellos familiarizados con los «lunes sin barista» sabían claramente que Minjun era el barista en cuestión. Varias veces había visto a los clientes revisar sus teléfonos para asegurarse de que no se habían equivocado con sus días. Algunos preguntaban si podían tomar un café, mientras que otros simplemente entraban y ordenaban. Yeongju, conflictuada porque sus anuncios semanales de los lunes se estaban volviendo absurdos, decidió pensar en una solución.

—Jefa, ¿te estoy poniendo las cosas difíciles? Solo permíteme seguir haciendo esto unos cuantos lunes más. Siento que ya casi lo logro.

Minjun se le había acercado la semana pasada al notar que estaba molesta. Entonces fue cuando Yeongju tomó la decisión.

—Minjun, ¿intentamos esto?

El barista SÍ está los lunes (hoy)
Café por goteo disponible en la librería Hyunam-dong
50% de descuento de 3 a 7 p. m.
También está disponible el menú sin cafeína
#evolucion_baristalibreriahyunamdong #venytomacafe
#noesunapromocionsemanal

Después de que comenzó este evento, la librería recibió otro cambio: un aumento significativo en los clientes regulares que iban a tomar café.

Te ayudaré a leer

Yeongju vivía ansiosa todos los días, luchando para lidiar con el repentino aumento de la carga de trabajo sin cometer ningún error. Incluso cuando sonreía, el cansancio en su rostro era evidente.

—Aun así, gracias a Sangsu, mi carga de trabajo se ha vuelto mucho más liviana.

A pesar de esto, Yeongju todavía tenía demasiadas cosas que hacer. Estaba escribiendo la introducción para el evento del libro de ese mes cuando Jungsuh la llamó.

—Eonnie. Es obvio que estás luchando por mantenerte a flote.

Yeongju se echó a reír.

—¿En serio? Pensé que lo estaba escondiendo bien.

Ante su actitud frívola, Jungsuh se puso seria.

—¿Tienes mucho que hacer? Necesitas tomarte un respiro, eonnie.

Yeongju la miró.

—No está tan mal —dijo con sinceridad, cambiando su tono de broma para indicar que estaba agradecida por la preocupación—. Es solo que la tensión ha subido un poco. Digamos que no hace mucho era un nivel seis, que quizá podría mantener durante otros seis meses, o incluso dos años. Pero hoy en día se siente como un ocho, así que probablemente no pueda continuar con esta intensidad. ¿Cuánto tiempo crees que los humanos puedan soportar con este nivel de tensión? No mucho, ¿o sí? Si intentas mantenerte así, tu cuerpo y mente pueden colapsar. Muchas personas se han ido por ese camino, pero... —Respiró profundo como intentando recalibrar sus ideas—. No he llegado al punto en que pienso que explotaré en cualquier momento. No es posible predecir el flujo de clientes de una librería. Justo cuando piensas que estás comenzando a tener mayor afluencia, la gente dejar de venir. Para siempre. Adiós. El periodo agitado pasará pronto. Hay algunos proyectos que he comenzado, así que por ahora tengo las manos llenas, pero en poco tiempo la librería será olvidada otra vez por el público. Cuando llegue ese momento, volveré a vivir en el nivel seis.

Mmm. Jungsuh no sabía muy bien qué decir.

—Cuando lo pones así, no puedo decidir si es mejor un seis o un ocho. De cualquier modo, me alegra escucharlo.

—¿Escuchar qué?

—Que no hay necesidad de preocuparse por aquellos que saben lo que están haciendo. Me alivia no tener que estar preocupada por ti.

Yeongju la tomó de los hombros y le dio un apretón, como asegurándole que estaba bien.

—Hay otra cosa. No he estado leyendo en estos días. No tengo tiempo para hacerlo. Ahora que lo digo en voz alta, no poder leer se siente como un verdadero problema.

A las nueve de la noche, cuando la librería terminaba el día, Yeongju cerró la puerta principal. Se sentó junto a Seungwoo, que estaba editando su ensayo. Se había acostumbrado a observar su expresión estoica desde un lado, a pesar de que en el pasado había tenido la sensación de ser muy pequeña a su lado.

A medida que se acercaba la fecha límite para enviar su primer escrito al periódico, Yeongju había estado al borde de un ataque de pánico. Había terminado el ensayo un par de días antes, pero era incapaz de decir si la calidad era suficiente para publicar en un periódico. Era extraño. Como lectora podía discernir con facilidad la buena escritura de la mala escritura, incluso si era un juicio subjetivo. Pero cuando se trataba de su propia escritura se sentía completamente perdida. No tenía ni idea —como si fuera analfabeta— de si esa pieza podía o no ser publicada en algún lugar.

Lo leyó una vez. Dos veces. Una y otra vez. Justo cuando estaba convencida de que no era lo suficientemente buena para aparecer en público, recibió un mensaje de texto de Seungwoo. «¿Cómo va la escritura?». Era un mensaje breve y sencillo; no obstante, ella respondió expresando sus sentimientos enredados en una respuesta detallada. Seungwoo respondió con otro mensaje corto: «Te ayudaré a echarle un vistazo». Ella aceptó la oferta.

Al día siguiente, Seungwoo fue a la librería. Yeongju le entregó el borrador con temor. Escribir era difícil, mostrárselo a otra persona era peor. Cada vez que publicaba algo en su blog, su corazón latía salvajemente. Esta vez se trataba de un periódico real. Y ahora, ¿a quién tenía enfrente? El experto en escritura que había librado una guerra pública con el director ejecutivo de una editorial. ¿Cómo juzgaría él su escritura? Al observar su perfil, no pudo ver ni siquiera un indicio en su expresión o lenguaje corporal que pudiera darle una pista sobre lo que estaba pensando. Cuando terminó de leer la última frase, dejó el papel y buscó un bolígrafo en su bolso. Solo entonces habló.

—Marcaré las partes que deben editarse. También incluiré la razón por la que los marqué.

Ella todavía no tenía ni idea, a juzgar por su expresión, de lo que pensaba de la pieza.

—Mi escritura… ¿está bien? —preguntó sin percatarse de lo derrotada que sonaba.

—Sí, así es. Entiendo lo que intentas decir.

¿Era normal decir de ese modo que la escritura era decente?

—No es muy bueno… ¿verdad?

Se sentía como una hormiga sobre un sartén.

—Es bueno. Siento las emociones en tu escritura y casi puedo ver las imágenes en mi cabeza. Las operaciones cotidianas de una librería. Comparto tu ansiedad mientras esperas a que entren los clientes.

Ella escudriñó su rostro, tratando de discernir si solo estaba siendo educado o si hablaba desde el corazón. Como siempre, era ilegible. O mejor dicho, solo estaba impasible. Al menos, a juzgar por su expresión, no parecía un artículo terriblemente vergonzoso de leer. Yeongju decidió tomárselo de forma positiva.

Pero cuando Seungwoo tomó el bolígrafo y comenzó a resaltar partes de su escritura sin piedad, empezó a preguntarse si se había engañado. Para ella, al menos, parecía despiadado. Junto a los fragmentos subrayados, con su cuidada caligrafía, Seungwoo escribió una breve explicación de cada error. Diez minutos más tarde —que se sintieron como una hora— todavía estaba en el primer párrafo. Varios pensamientos cruzaron por la mente de Yeongju. La determinación de aceptar fríamente que su escritura era terrible se vio empañada por la decepción de Seungwoo por ser quisquilloso en todo, pero cuando llegó al cuarto párrafo, los pensamientos contradictorios se fusionaron en uno solo: «¿Por qué se esfuerza tanto en esto?».

Durante casi una hora entera se concentró en su escritura en silencio. A estas alturas, la decepción había dado paso a la comprensión de que, para Seungwoo, ofrecer su ayuda significaba ofrecer algo que haría con sumo cuidado y esfuerzo. Debía haber sido esa tenacidad suya la que lo había llevado a lograr todo lo que había hecho. Y su rostro siempre cansado tal vez también era el resultado de su intensidad. Por cortesía, ya que él estaba trabajando duro para ella, Yeongju se sentó a su lado y también trabajó un poco. Cuando se percató de que él estaba en el último párrafo, tomó dos botellas de cerveza del refrigerador, las destapó y le pasó una a Seungwoo, quien estaba profundamente concentrado. De repente levantó la vista, sorprendido al ver la cerveza.

—Perdón por hacerte esperar. Ya casi termino —dijo al tomarla.

Cuando por fin terminó, lo primero que le dijo fue que no se enfadara por las partes subrayadas. «A menos que seas un escritor profesional, este nivel de ediciones es de esperarse», le dijo, añadiendo que había algunas partes que había marcado a pesar de que eran errores menores que podría haber pasado por alto.

—El flujo del discurso es generalmente lógico, así que no tuve que hacer demasiadas modificaciones en esa parte —dijo, intentando tranquilizarla. Sin embargo, de inmediato explicó—: de vez en cuando, había partes que no eran lógicas. Cuando estén editadas, estarás bien.

Yeongju estaba confundida al inicio, pero después de escuchar su explicación se dio cuenta de que solo tenía que reelaborar una oración para resolver el problema. Durante la siguiente hora los dos se reunieron para hacer las ediciones. Por fin llegaron a la última frase.

—*Sonnim gidaryeojyeotda* (los clientes son esperados). Es un poco extraña la conjugación.

—¿Por qué? —comenzó a preguntar Yeongju—. Oh, cierto… está en pasivo…

Una vez que descubrió el error, siguió adelante.

—Así es.

Seungwoo dio una breve explicación sobre los verbos pasivos.

—Usamos la forma pasiva cuando el sujeto realiza una acción. Entonces, *comer* se vuelve *comido*. Pero usar la forma pasiva con el verbo *esperar* hace que parezca que el sujeto, los clientes, estaba pasando por la acción de esperar y esto es extraño. Por lo tanto, debería editarse como *sonnim gidaryeotda*: esperé a los clientes.

—Ah, ya veo. Pero...

—¿Sí? —Seungwoo la incitó alentadoramente.

—Si lo escribo de esta manera, no parece expresar adecuadamente mi sentimiento de espera a los clientes.

—¿Cómo es eso?

—La sensación de esperar sin querer hacerlo. La ansiedad inconsciente y el anhelo. No parece transmitirse.

Examinó las frases antes de volver a levantar la vista.

—Intenta leer el ensayo desde el principio. Tus frases claramente transmiten los sentimientos que buscas expresar. Estás pensando que hay que poner énfasis en esta frase, ¿verdad? No es necesario. Esas emociones se han transmitido lo suficiente a lo largo del texto. De hecho, es mejor dejar esta frase clara.

Yeongju leyó con atención el ensayo desde el principio, centrándose en si sus sentimientos realmente habían sido capturados. Mientras tanto, él la esperaba en silencio jugueteando con su bolígrafo. Un rato después, ella asintió.

—Entiendo lo que quieres decir.

—Así es.

—Muchas gracias. Si hubiera sabido que esto te quitaría tanto tiempo, no te habría pedido ayuda.

—No hay problema. Me divertí.

—¿Cuándo estás libre? Debo invitarte a comer por tu molestia.

—No es necesario —dijo Seungwoo mientras dejaba el bolígrafo—; en lugar de eso, déjame editar tu escritura unas cuantas veces más.

Yeongju arqueó las cejas. ¿Ese trato no terminaba beneficiándola más a ella?

—Si revisamos juntos tu trabajo unas cuantas veces más, aprenderás a editar tus propios escritos. Entonces no te sentirás tan ansiosa ni pondrás en duda tus oraciones.

—Ya que estás tan ocupado, ¿por qué no lo edito sola la próxima vez? Si sigo ansios…

Pensando que le había quitado demasiado tiempo, Yeongju intentó rechazar su oferta, pero él la interrumpió suavemente antes de que terminara la frase.

—No estoy ocupado, así que no te sientas una carga. Una vez que hayas terminado con la siguiente pieza, no te preocupes por editarla sola; envíamela de inmediato —sin darle tiempo a reaccionar, añadió—: ¿entendido?

—Entonces está bien. Gracias.

Yeongju le envió deprisa la versión editada a la periodista. Si no podía entregar algo mejor de lo que tenía en ese momento, más le valía quitárselo de la vista y de la mente. Seungwoo se negaba a beber si iba a conducir, por lo que conversaron mientras ella se terminaba las cervezas. Volviendo al tema de la espera, decidieron compartir cada uno lo que habían estado esperando con más ansias en la vida.

—Clientes —dijo Yeongju con énfasis, el agudo anhelo de los últimos años capturado en las dos sílabas. Seungwoo, después de pensarlo un poco, respondió:

—No se me ocurre nada.

Esto provocó que Yeongju de inmediato lo tildara de tramposo. Desde el momento en que recorrieron la librería hasta que apagaron las luces, cerraron la puerta y salieron, la conversación no se detuvo ni un momento.

Unas semanas más tarde se encontraron de nuevo saliendo juntos de la librería. Se despidieron y fueron en direcciones opuestas, pero unos pasos más adelante Seungwoo se detuvo. Al darse cuenta, Yeongju miró por encima del hombro justo cuando se giraba para mirarla. Sorprendida, se detuvo en seco y se dio la vuelta también.

—¿Recuerdas cuando hablamos de esperar? —preguntó.

Ella asintió.

—Tengo curiosidad por algo —dijo Seungwoo.

Los ojos de Yeongju se abrieron grandes.

—Respondiste «clientes», ¿cierto? Dejando a los clientes de lado, me preguntaba si había algo más que esperarías en este momento.

Yeongju no pudo pensar en nada, así que respondió que no.

—Ese día también yo te dije que no podía pensar en nada. La verdad es que recuerdo vagamente estar esperando algo. Pero creo que no debo revelar mis sentimientos de manera precipitada. En lugar de eso, debo descubrir poco a poco qué es, exactamente, lo que quiero.

Yeongju miró fijo a Seungwoo; su expresión dejaba claro que no tenía ni idea de lo que estaba pasando. Él mantuvo la mirada fija.

—En este momento, lo que estoy anhelando…

Los dos estaban frente a frente, a cuatro pasos de distancia.

—Es el corazón de alguien…

Seungwoo sonrió con suavidad mientras Yeongju lo miraba fijo, tratando de comprender lo que acababa de decir.

—Ese día me acusaste de ser un tramposo. Aunque sea tarde, me gustaría deshacerme de esa etiqueta. Por eso te lo digo ahora. Vuelve a casa sana y salva, ¿de acuerdo?

Durante un largo momento, Yeongju miró su espalda, antes de dar vuelta en dirección a casa. «El corazón de alguien. ¿Qué quiere decir? ¿Por qué me dice esto?». El recuerdo de Seungwoo regalándole el concentrado de té pasó por su mente. Y diciendo que apoyaría su felicidad. ¿Por qué bailaban esas imágenes en su mente? No lo sabía. Hizo una pausa y se volteó para mirar su figura en retirada antes de seguir adelante, sumida en sus pensamientos. Se puso el sombrero de piel que tenía en la mano.

Con honestidad y sinceridad

Yeongju estaba charlando con Mincheol cuando Seungwoo entró a la librería una noche después del trabajo. Yeongju se levantó de su asiento y los dos hombres terminaron compartiendo mesa. Ella había presentado a Seungwoo como «un autor» y a Mincheol como «un sobrino del vecindario». Sin preocuparse demasiado por tener que compartir la mesa, Seungwoo se puso cómodo y comenzó a leer su escritura. Sin embargo, cuando se dio cuenta de que el chico frente a él no estaba haciendo nada, comenzó a sentirse un poco cohibido. Es más, el muchacho lo miraba fijamente.

—¿Te gusta sentarte sin hacer nada?

Sintiendo la obligación de hablar con el chico que tan solo lo miraba fijo, Seungwoo lanzó la pregunta.

—Sí.

—Bueno, deberías de ponerte a ver YouTube o algo.

—Eso lo puedo hacer en casa.

Al escuchar eso, asintió levemente con la cabeza y volvió a su trabajo, como indicando que no le importaría que continuara. Esta vez, fue Mincheol quien intentó entablar conversación.

—¿Disfruta escribir?

En realidad, Mincheol no estaba mirando a Seungwoo sin motivos, estaba tratando de encontrar el mejor momento para iniciar una conversación. Había estado agonizando por culpa de una tarea de escritura: la condición más reciente que había aceptado. Hacía unas semanas Heejoo declaró que a menos que escribiera un texto cada dos semanas, tendría que asistir a clases después de la escuela y estudiar hasta la medianoche. Intentó rebelarse amenazando con dejar de visitar la librería. «Claro», dijo, sin pestañear. Sabía que su hijo había llegado a esperar con ansias las visitas a la librería. Como las escuelas intensivas eran tan malas como la escuela normal, no tuvo más remedio que aceptar hacer los ensayos. Heejoo mencionó otro requisito con un tipo de voz de «esto no es negociable». Necesitaba «escribir correctamente».

—No —respondió Seungwoo sin levantar la vista.

—Aun así es sorprendente. Escribir es muy difícil para mí, sin embargo, tú lo haces como un trabajo.

Los ojos de Seungwoo permanecían sobre las frases mientras subrayaba el texto aquí y allá.

—Escribir no es mi trabajo.

—Entonces, ¿en qué trabajas?

—En una empresa.

Mincheol no pareció molestarse por las respuestas breves de Seungwoo y continuó molestándolo con preguntas. De pronto preguntó si Seungwoo estaba libre en ese momento. Desconcertado, Seungwoo miró hacia arriba. Mincheol explicó que tenía algo que preguntar, pero si Seungwoo estaba ocupado, no lo molestaría. Mincheol se dio cuenta de que, de alguna manera, estaba siendo más audaz y locuaz de lo habitual, tal vez porque estaba hablando con un escritor. Sentía como si un autor era quien podía ayudarlo a resolver su mayor desafío en este momento, algo en lo que no podía trabajar solo.

Seungwoo hizo una pausa para pensar por un momento antes de dejar el bolígrafo sobre la mesa. Al ver cómo se recostaba en la silla, Mincheol sonrió y de inmediato lanzó otra pregunta.

—¿Qué trabajo hace en la compañía?

—Trabajo normal.

—Mmm... —Mincheol dudó un momento, con una expresión aún más solemne que la de antes.

—Entre la escritura y su trabajo en la compañía, ¿cuál disfruta más? ¿Y en cuál es mejor?

Esta vez fue Seungwoo quien dijo:

—Mmm...

¿Qué era lo que quería saber? ¿Por qué ese muchacho lo miraba con tanta intensidad? A este paso, parecía que la conversación seguiría un buen rato. Miró a Mincheol a los ojos.

—¿Puedo saber por qué me haces todas estas preguntas?

—Está relacionado con algo por lo que he estado agonizando —dijo Mincheol.

¿Debería dedicarse a algo que le gustara o algo en lo que fuera bueno? Quería encontrar la respuesta. Esta era la pregunta de ensayo que le había planteado su madre; al mismo tiempo, era algo que él también quería descubrir por sí mismo.

Hacía algún tiempo, el único maestro que le gustaba de la escuela, y que daba clases de coreano, le dijo a la clase: «Para encontrar la felicidad, hagan lo que disfruten. Todos ustedes deberían encontrar algo que les guste hacer, algo que los entusiasme. En lugar de perseguir lo que la sociedad reconoce y valora, hagan lo que les guste. Si pueden encontrarlo no flaquearán fácilmente, sin importar lo que piensen los demás. Sean valientes».

Según Mincheol, muchos de sus compañeros de clase se sintieron conmovidos con esas palabras. Uno de ellos había quedado embelesado por su audacia. El niño, audaz y arriesgado, porque el profesor había reconocido que los niños tienen sus propios pensamientos, alzando la voz, había instado al resto: «Vamos, piénsenlo. ¿Quién más nos diría eso? ¿Dónde más encontraremos a un maestro que nos diga que hagamos todo lo contrario de lo que quieren nuestros padres? Esas son palabras audaces. ¿Y recuerdan el viejo dicho? ¡Las palabras audaces son lo que debemos guardar en nuestros corazones!».

Sus compañeros se sintieron conmovidos por las palabras del profesor. Mientras tanto, Mincheol se sintió ansioso por primera vez en la vida. «¿De verdad? ¿Tengo que hacer algo que me guste? Pero no puedo pensar en nada. No hay nada que disfrute o que me emocione en particular». Para él, todo era lo mismo. A veces podía encontrar algo interesante, pero se aburría rápido. Nunca había tenido sentimientos fuertes hacia ninguna actividad —algo que moría por hacer— ni había nada que odiara tanto hacer que preferiría morir antes que hacerlo. Tampoco era bueno en nada en particular. Era, simplemente, común y corriente en todo en la vida. ¿Cómo se suponía que debía de afrontar una vida en la que no había nada que le gustara o en lo que fuera bueno? Se sentía perdido.

Seungwoo pensaba comprender la batalla de Mincheol y su curiosidad. No se trataba solo de una angustia adolescente; muchos seguían con esas preguntas a los treinta y cuarenta años. De hecho, hacía solo cinco años Seungwoo había estado revolviéndose en la misma duda. A pesar de haber tenido los labios resecos y los ojos hinchados, se aferraba tenazmente a su trabajo porque no podía dejarlo ir. Estaba haciendo algo que le gustaba, ¿cómo podía atreverse a dejarlo? Sin embargo, no era feliz. Al mismo tiempo, le preocupaba la posibilidad de vivir con arrepentimientos si renunciaba a lo que le gustaba.

—Me siento muy frustrado. Otros profesores nos dicen que lo hagamos bien y de ahí no se mueven. Nos ponen en línea de acuerdo con nuestras calificaciones y dicen: «¡Mira, aquí es donde estás!», y nos avergüenzan diciéndonos que hagamos más, que lo hagamos mejor. Sin embargo, no importa qué tan bien lo hagamos, todavía estamos estancados en una fila. No tiene sentido. Entonces, pensé en que era mejor ignorar lo que me dicen esos profesores. Pero simplemente no podía ignorar lo que decía mi profesora de coreano. ¿O sí? —La arruga entre sus cejas se hizo más profunda y parecía aún más cabizbajo—. No soy bueno en nada, no hay nada que me guste. Solía no tener nada en absoluto, pero estos días he estado pensando que venir aquí no es demasiado aburrido: charlar con las tías, con Minjun hyung, ayudar a probar el café y ver tejer a Jungsuh imo.

—No creo que lo que estés sintiendo sea frustración. Es ansiedad.

—¿Qué? —Mincheol levantó la vista.

—Me parece que tienes ansiedad al pensar en que tienes que descubrir tan rápido qué es lo que disfrutas o lo que haces bien.

Mincheol evitó la mirada de su interlocutor mientras murmuraba.

—¿Ah, sí? Mmm... es verdad. —Luego miró hacia Seungwoo—. Se siente como si tuviera que encontrar ese algo lo más pronto posible.

—¿Por qué tienes prisa? No tienes que apresurarte. Si no te aburre venir aquí, ven más seguido. Sé quien eres en este mismo momento y estarás bien.

Mincheol volvió a agachar la cabeza como si estuviera luchando con sus pensamientos.

—¿Crees que encontrar algo que disfrutes te hará más feliz? —preguntó Seungwoo.

Mincheol movió ligeramente la cabeza.

—No lo sé. Pero eso es lo que dice nuestro profesor, supongo que debe de ser verdad.

—Ser feliz haciendo algo que disfrutas... sí, eso es posible. Estoy seguro de que existen personas así. Al mismo tiempo, también hay personas que se sienten felices cuando hacen algo que se les da bien.

Mincheol frunció el ceño.

—¿Estás diciendo que es una cuestión que depende de cada individuo?

—Hacer lo que te gusta no garantiza la felicidad. A menos que también estés en un ambiente excelente, entonces tal vez… A veces lo que más importa es el ambiente. Si estás en un entorno inadecuado, lo que disfrutas puede convertirse en algo a lo que quieras renunciar. Lo que quiero decir es que no todo el mundo encaja en el molde de encontrar la felicidad simplemente descubriendo lo que le gusta. Eso es demasiado simple, por no decir ingenuo.

Desde la escuela secundaria, Seungwoo había soñado con convertirse en programador. Y él lo hizo. Se incorporó como desarrollador de *software* a una empresa que hacía teléfonos móviles. Al principio estaba encantado de poder dedicar todo su tiempo a hacer algo que disfrutaba. Ni siquiera se quejaba cuando tenía que trabajar hasta tarde. Pero en su tercer año en la empresa el cansancio se hizo presente. El hecho de que disfrutara de su trabajo —y fuera bueno en él— se convirtió en una cárcel. El trabajo no se distribuía equitativamente. Los que eran buenos tenían que asumir más responsabilidad. Cada dos días trabajaba hasta tarde; cada dos meses realizaba viajes de negocios. Aguantó y aguantó hasta que un día tiró la toalla. Ese día, cuando se le ocurrió que gustarle el trabajo y verse obligado a trabajar en un entorno poco solidario eran asuntos por completo diferentes, solicitó cambiar de departamento. De la noche a la mañana, renunció a lo que disfrutaba. Dejó de codificar. Se negó a trabajar horas extras. Y nunca se había arrepentido de su decisión.

—¿Eso quiere decir que pasa lo mismo con las cosas para las

que eres bueno? Si no estás en un ambiente que te permita disfrutar el trabajo en el que eres bueno...

—Sí, es la misma lógica. —Seungwoo asintió.

Mincheol seguía con el entrecejo fruncido.

—Dicho esto, no puedes solo sentarte y culpar de todo al contexto.

—¿Entonces qué deberíamos hacer?

—Nadie puede predecir el futuro. Para saber si disfrutas un trabajo, tienes que intentarlo.

Seungwoo pasó cinco años haciendo lo que le gustaba y otros cinco en un trabajo haciendo lo que no le gustaba. Si tuviera que decidir qué vida era mejor... Mmm. Si tuviera que elegir, elegiría este último. No era porque el trabajo fuera menos complejo o porque pudiera tomarse las cosas con calma: hacer actividades que no le gustaban lo hacía sentir vacío. Pero había llenado el vacío sumergiéndose en la lengua coreana, lo que lo había llevado hasta el lugar donde estaba ahora. La vida es demasiado complicada y expansiva como para ser juzgada solo por la carrera que tienes. Podrías sentirte infeliz haciendo algo que te gustara, del mismo modo que era posible hacer lo que no te gustara pero obtener felicidad de algo completamente diferente. La vida es misteriosa y compleja. El trabajo juega un papel importante en la vida, pero no es el único responsable de nuestra felicidad o miseria.

—¿Me estás diciendo que no piense y tan solo haga lo que sea?

Porque estaba frustrado, las palabras salieron de Mincheol sin ningún cuidado.

—Eso no es algo malo —respondió Seungwoo—. Simplemente prueba algo y, quién sabe, tal vez te diviertas. Puede ser algo con lo que te topes por accidente pero que termines queriendo hacer por el resto de tu vida. ¿Quién sabe? Nadie sabe qué pasará a menos que lo intentes. En lugar de angustiarte por lo que debes hacer, piensa en esforzarte en lo que sea que estés haciendo. Es más importante dar lo mejor de ti en cualquier cosa que hagas, por pequeña que parezca. Todo tu esfuerzo sumará algo.

Mirando al chico que lo veía con los ojos muy abiertos, Seungwoo dejó escapar un «ah». No era fácil para los adultos mayores de treinta años entenderlo, mucho menos lo sería para un adolescente. Trató de encontrar otra manera de explicarlo. Primero, decidió sugerir algo tangible que Mincheol pudiera hacer de inmediato.

—Muy bien, para resumir lo que hemos hablado: ahora mismo tienes un ensayo que escribir. Así que no pienses en nada más. Solo concéntrate en el ensayo y trabaja en él.

Mincheol suspiró.

—Cuando empieces a escribir, tal vez descubras una inclinación por la escritura.

—Lo dudo mucho.

—No lo sabrás hasta que empieces. No decidas el futuro antes de que suceda.

Mincheol miró con tristeza a Seungwoo.

—La cabeza me da vueltas. Ahora mismo hay incluso más pensamientos dando vueltas en mi cabeza. Se supone que debo escribir sobre si debo hacer lo que me gusta o en lo que soy bueno. Pero no he llegado a ninguna conclusión.

—Bueno, si no lo sabes, di eso.

—¿Está bien no tener una conclusión definitiva?

—Al forzar una respuesta, corres el riesgo de cerrar los oídos a lo que te dice tu corazón, malinterpretar tus sentimientos o, peor aún, engañarte a ti mismo. Escribe cómo te sientes en realidad. Estás pensando y estás preocupado por todo eso ahora, ¿verdad? Dilo. O tan solo puedes quejarte de no tener una respuesta;

esa también es una solución. Lo que estás haciendo ahora no es solo escribir un ensayo. Estás considerando cuidadosamente lo que quieres hacer en la vida. En ese caso, no deberías apresurarte a dar una respuesta.

Mincheol se rascó la cabeza con un dedo.

—Creo que entiendo lo que estás diciendo.

—No siempre tenemos por qué estar relajados o aliviados. A veces es necesario aferrarse a la frustración de las situaciones, a su complejidad, mientras piensas y reflexionas.

—Para aferrarse a estos sentimientos...

—Así es.

—¿Qué debo hacer para «escribir adecuadamente»? Mi mamá me dijo que tengo que escribir esto con propiedad.

Levantando el bolígrafo, Seungwoo respondió:

—¿No te lo dije ya? Escribe con honestidad. Escribe con esfuerzo. Con honestidad y sinceridad. Entonces lo que surja estará escrito adecuadamente.

Concentrarse en el café cuando se prepara el café

Después de la clase de yoga por la mañana, Minjun regresaba a casa para darse una ducha rápida antes de dirigirse a Goat Beans. Recientemente había empezado a aprender a tostar con la esperanza de que comprender el proceso le ayudara a resaltar mejor los sabores de su bebida. También había asumido la función de preparar el café de la mañana para Jimi y su personal, teniendo en cuenta sus preferencias individuales. La tostadora era un lugar mucho más adecuado para practicar que la librería. Tenía fácil acceso a una variedad de granos, y si algo no estaba disponible, podía convencer a Jimi para que lo consiguiera.

Todos en Goat Beans tomaban en serio su café; era lo que atraía a Minjun aquí todos los días. Podían estar bromeando en el momento anterior, pero una vez servido el café, el humor cambiaba. Daban información detallada a cada paso —absorber el aroma, hacer girar el líquido oscuro en la boca y dar el primer sorbo—. Los tostadores también aprendieron, a través de su café, cómo se comportaban sus granos y cómo podrían perfeccionarse aún más sus técnicas de tostado. Siempre que había algo diferente en el café se aseguraban de señalarlo. Dándole palmaditas en los hombros, Jimi le dijo:

—Si puedes hacer la diferencia a través de la práctica y no por mera suerte, serás un barista muy decente.

Iba a mantenerse fiel a su camino. Aprendió que si odiaba la vacilación y la incertidumbre, todo lo que tenía que hacer era aferrarse a algo para mantenerse concentrado. Así lo hizo. Se aferró al café. Vaciándose de distracciones, lo abrazó con todo el corazón. Quería ver adónde lo llevaría, hasta dónde podía llegar. Era un pensamiento simple, tan simple que casi resultaba embarazoso, pero le dio fuerzas a Minjun.

No tenía ningún objetivo en mente mientras preparaba el café. Cada vez, hacía simplemente lo mejor que podía. Aun así, podía sentir que sus habilidades se desarrollaban; su café estaba mejorando. ¿No era suficiente? Pensó que crecer a este ritmo era lo justo. ¿Importaba convertirse en el mejor barista del mundo? ¿Significaría algo la gloria si tuviera que trabajar hasta los huesos para conseguir el título? Por un momento se preguntó si se trataría de un caso de uvas agrias, pero no lo era. Simplemente aspiraría a una meta más alcanzable o, de hecho, prescindiría de ella. Se concentraría en dar lo mejor de sí en su trabajo: haría el mejor café que pudiera preparar. Decidió pensar solo en su mejor marca personal.

Dejó de mirar demasiado hacia el futuro. Para él, la distancia entre el presente y el futuro eran unos cuantos goteos; el futuro que tenía bajo su control. Mientras el chorro de agua rodeaba al café, pensaba en cómo resultaría el café. Ese era todo el futuro que se permitió observar.

Por supuesto, había momentos en los que se sentía frustrado porque su mejor esfuerzo estaba puesto en un futuro a tiro de piedra. Durante esos días se estiraba y se ponía de pie, como si intentara prolongar el futuro: una hora, dos horas o un día. Definió el pasado, el presente y el futuro dentro de los límites del tiempo que estaban bajo su control. No había necesidad de pensar más allá de eso. ¿Dónde me veo dentro de un año? Saber eso está más allá de la capacidad humana.

Una vez, compartió esos pensamientos con Jungsuh. Ella lo entendió de inmediato e incluso lo ayudó a dar un paso más allá.

—Es como concentrarse en el café cuando preparas café, ¿cierto?

—Pues… quiero decir… sí.

—Ese es el principio básico de un estilo de vida espiritual: existir plenamente en el momento. Es lo que estás haciendo.

—¿Estilo de vida espiritual?

—Lo que la gente quiere decir cuando dice «vive el momento». Es fácil de decir, pero ¿qué significa realmente estar en el momento? Significa sumergirse por completo en lo que sea que se esté haciendo en ese momento. Si estás respirando, significa concentrarte en inhalar y exhalar; si estás caminando, concentrarte en cada paso que das hacia el frente, y si estás corriendo, centrándote en los movimientos de brazos y piernas. Centrarse en la acción única del momento y dejar de lado el pasado y el futuro.

—Ah…

—Adoptar una actitud madura ante la vida es saber vivir el momento.

—Ah, ¿sí?

—Claro.

Jungsuh miró a Minjun, quien parecía haberse sumido en sus pensamientos.

—Aprovecha el día —dijo de repente como imitando algún diálogo.

Él se rio de su manera teatral y respondió:

—*Carpe diem.*

—Justo como lo que el señor Keating les dijo a sus alumnos: encuentren su propio camino, su propia forma de esforzarse, su ritmo, su dirección. ¡Cualquier cosa que quieran!

Jungsuh le dio mucho consuelo en aquel día. Antes de hablar con ella, tal vez había elegido centrarse en el futuro inmediato solo porque no podía ver más allá de él. Era una elección de último recurso. Pero ese día Jungsuh le dijo que su actitud hacia la vida tenía sus raíces en las tradiciones religiosas. Como ella le había dicho, quizá estaba en camino de convertirse en una persona más madura. ¿Significaría eso que su vida hasta el momento no había sido solo un esfuerzo inútil? Si era así, sería un alivio. Sus esfuerzos no habrían fracasado.

Ese día, Jungsuh le dijo:

—Supongo que es por eso que tu café se ha vuelto aún mejor.

Ella estaba elogiando la película *La sociedad de los poetas muertos*, que había vuelto a ver, cuando de pronto cambió de tema y le dijo lo feliz que se sentía por él. Mientras tomaba el primer sorbo de café frío también le dijo:

—Si te concentras en la limpieza cuando haces la limpieza de primavera, tu casa estará impecablemente limpia. Lo mismo ocurre con el café. Si te concentras en el café mientras lo preparas, tu café resultará aún más delicioso. Sigo pensando en cómo ves una taza de café como la distancia entre el presente y el futuro. Me gusta. Y tu café de verdad es delicioso.

Sus palabras le dieron fuerza y aumentaron su confianza. La razón por la que podía mantenerse firme en su convicción no era solo porque estaba aferrado al café, sino porque personas como Jungsuh, Yeongju, Jimi y el resto lo apreciaban. El café que preparaba era como un esfuerzo colaborativo con las personas que lo rodeaban. Se trataba de un sabor único para él y para la gente de Goat Beans y la librería. Con todas las buenas energías unidas, no había forma de que el café saliera mal.

A partir de ese día se añadiría al menú habitual el café de filtrado por goteo. Decidieron empezar con tres granos de diferentes regiones. De ser posible, Minjun quería ofrecer diferentes sabores cada mes, pero como siempre decía Yeongju, era importante que las cosas encontraran primero su lugar. Minjun esperaba que se corriera la voz de que en la librería Hyunam-dong se hacía un café delicioso, que su café estuviera a la altura de las expectativas de quienes se acercaran especialmente a probarlo, que los sabores de su café se fusionaran con la energía de la librería y que el aroma permaneciera para calentar el corazón de sus clientes.

Esta era la primera vez que aspiraba a lograr algo con su café. «Sí he cambiado un poco», pensó.

¿Quién era el hombre que vino buscando a Yeongju?

Los cuatro compartieron mesa. Seungwoo y Mincheol estaban ahí, sentados uno frente al otro. Un rato después se les unió Jungsuh y luego Minjun se sentó con una taza de café. Mientras Seungwoo editaba, Jungsuh tejía y le hacía comentarios a Minjun sobre el café; Minjun escuchaba con atención. Mincheol, como de costumbre, miraba las manos de Jungsuh y, ocasionalmente, hacía preguntas a cada uno.

De vez en cuando, las conversaciones se entrecruzaban sobre la mesa. Jungsuh sentía curiosidad por saber qué había recibido Seungwoo a cambio de editar los escritos de Yeongju eonnie; Mincheol le preguntó sin rodeos a Minjun si en realidad le parecía bien estar sentado con ellos cuando Yeongju parecía estar tan ocupada; Seungwoo le pidió a Mincheol que lo dejara echar un vistazo a su ensayo; Minjun quería saber cuál era la nota más evidente que Jungsuh podía distinguir en el café y si le gustaba o no. Entre tanto, sentado detrás del mostrador, Sangsu leía tranquilamente su libro más reciente mientras atendía a los clientes; en las estanterías, Yeongju revisaba los registros de ventas y decidía dónde colocar los libros que había pedido ese día.

Entonces sucedió. Justo cuando Minjun puso las manos sobre la mesa, listo para levantarse después de haber recibido comentarios satisfactorios sobre su café, vio la puerta abrirse al tiempo que entraba un hombre. Parecía estar buscando algo en la librería hasta que su mirada cayó sobre Yeongju. Una mirada de reconocimiento iluminó sus ojos, pero permaneció de pie en la entrada, mirándola. A juzgar por las emociones que cruzaban sus cejas y la suave configuración de sus labios, parecía conocerla bien. ¿Era amigo de la jefa? Minjun volteó hacia Yeongju, que estaba ocupada ordenando libros en los estantes. Fue solo entonces que pareció notar por fin la mirada persistente. Lentamente, dejó los libros que sostenía en las manos. Ante la expresión de su rostro, Minjun se echó hacia atrás en su silla. Sus rostros se habían endurecido cuando se cruzaron sus miradas.

Cuando Minjun volvió a sentarse, Jungsuh y Mincheol voltearon para mirarlo. Al ver sus ojos fijos en otra parte, dieron vuelta para seguir su mirada. Seungwoo, con el bolígrafo todavía en la mano, también estaba mirando a Yeongju y al extraño. Ella le decía algo al hombre, pero parecía como si no pudiera decidir si sonreír o llorar. Yeongju se dio la vuelta con lentitud y se dirigió a ellos. Su expresión se desmoronó de inmediato y la fatiga que había estado conteniendo se desbordó, quitándole el color a su rostro. Había una sonrisa plasmada en su rostro, sin embargo cuando habló con Minjun las comisuras de sus labios temblaban. Aun así, su voz permaneció tranquila.

—Minjun, voy a salir por un rato.

—De acuerdo.

Estaba a punto de alejarse cuando Seungwoo se levantó y la llamó.

—Yeongju.

Ella se dio la vuelta.

—¿Estás bien?

Al ver la preocupación en su rostro, supo que no había logrado controlar sus emociones. Ella se obligó a sonreír débilmente.

—Sí, estoy bien.

Después de que Yeongju y el hombre salieran de la librería, los otros cuatro regresaron en silencio a lo que habían estado haciendo. ¿Quién era el hombre que había ido a buscar a Yeongju y por qué se puso tan pálida? Como ninguno de ellos tenía la más mínima idea, se abstuvieron de especular. Minjun volvió al mostrador de la cafetería. Seungwoo, que parecía sombrío, continuó trabajando en las ediciones. Mientras tanto, Jungsuh ataba una correa a la bolsa ecológica que había tejido y Mincheol, con la barbilla apoyada en la palma derecha, continuaba mirando las manos de Jungsuh como si nunca se cansara de ver su trabajo.

Cada vez que la puerta principal se abría, todos levantaban la vista al mismo tiempo para comprobar si Yeongju había regresado. Ya llevaba dos horas fuera. Incapaz de soportarlo más, Jungsuh se acercó a Minjun y le dio un codazo para que la llamara, pero él negó con la cabeza y sugirió que esperaran un poco más. En ese momento, veinte minutos antes de cerrar, Yeongju entró portando la misma expresión que había tenido al irse. Cualquiera podría darse cuenta de que tenía los ojos ligeramente hinchados. Forzó una sonrisa.

—¿Estaban esperándome? Muchas gracias. Minjun, ¿todo está bien con la librería? Jungsuh, ¿ya terminaste tu bolsa ecológica? Y Mincheol, ¿por qué sigues aquí? Vamos, ve a casa a dormir. Seungwoo, lo siento. No creo poder salir hoy. Te compraré la cena la próxima vez, lo prometo. Lo siento mucho. Gracias a todos. Bueno, voy a limpiar el lugar para irme a casa.

Los cuatro murmuraron una respuesta con aspecto preocupado. A su manera, ya fuera reorganizando los libros en los estantes, cerrando las ventanas o alineando las mesas y sillas, intentaron ayudar discretamente. Yeongju, que había dicho que quería ordenar deprisa la librería, estaba aturdida, sentada en su escritorio, reorganizando los artículos distraída. Cerró la computadora, volvió a colocar el material de oficina en el lugar que le correspondía y hojeó sin rumbo fijo su libreta. Al recordar lo que había sucedido antes, ahogó un sollozo y, por un momento, cerró los ojos. Su rostro se puso rígido y rápidamente trató de mostrar una expresión neutral. Mientras luchaba por mantenerse firme, Minjun se acercó a ella y se sentó a su lado.

—No pasó mucho mientras estabas fuera —le dijo—. Vino un cliente poco razonable, pero Sangsu lo manejó bien.

Ella asintió.

—Bien. Es bueno saber que todo está bien —y con su tono bromista de siempre dijo—: había estado anclándome a la librería porque pensé que este lugar colapsaría sin mí. Creo que ahora soy libre de irme de pinta de vez en cuando.

Minjun negó con la cabeza.

—Te necesitamos aquí. Sería bueno salir, pero ni lo pienses.

Yeongju se rio suavemente.

Jungsuh, Mincheol y Sangsu se habían retirado en silencio; Yeongju estaba sentada y aturdida. Solo Seungwoo permaneció en la mesa, revisando el texto una y otra vez mientras la miraba de vez en cuando. Una vez que Minjun terminó de ordenar, volvió a sentarse a su lado. Como si hubiera estado esperando, empezó a hablar.

—Estaba pensando en el día de la inauguración de la librería. Siempre he vivido de forma bastante caótica, pero ese día fue un completo torbellino. Solo una cuarta parte de los estantes estaba llena. Había estado tan concentrada en hacer los preparativos que ni siquiera se me había ocurrido un nombre. La llamé librería Hyunam-dong un poco precipitadamente. Al principio me arrepentí. Sonaba muy común, pero ahora me encanta. Pareciera que la librería llevara mucho tiempo en el vecindario.

Hizo una pausa.

—En ese entonces, todo lo que quería era tomar un respiro y volver a la lectura. Uno o dos años… quería descansar y hacer algo que disfrutara. Pensé que estaría bien incluso si no tenía ganancias.

—En cierto modo lo supuse, viendo cuánto me estás pagando —dijo Minjun mientras intentaba imaginar la librería con solo una cuarta parte de su colección actual—. Pero mírate ahora. Estás siempre ocupada. No creo que estés descansando.

—Mmm, no recuerdo exactamente cuándo cambiaron mis objetivos, pero fue después de tu llegada. Un día me dije que quería que esta librería siguiera funcionando durante mucho tiempo. Pero seguía preocupándome pensando qué hacer para sostener el negocio y mi ansiedad creció; fue entonces cuando dejé de dormir.

—¿Descubriste cómo mantener este lugar en funcionamiento?

—No, todavía no. Y tengo un poco de miedo. Entre más ocupada estoy, más pienso en el pasado. En aquel entonces, cuando todo era caótico y agitado, odiaba mi vida. La odiaba tanto que lo abandoné todo y escapé. Dejé todo y a todos atrás. Ya no soportaba vivir así, entonces escuché a mi corazón y tiré todo por la borda.

Minjun notó que su voz se iba apagando. Ladeó la cabeza y la observó en silencio. Seungwoo se echó la mochila al hombro derecho y caminó hacia ellos, luego le entregó en silencio un trozo de papel a Yeongju. Como sabía que ella diría que estaba bien, no le preguntó cómo estaba. Yeongju tomó el papel y se puso de pie.

—Gracias, pero hoy… —Su tono era de disculpa.

—Lo dijiste hace un momento. No te preocupes.

Echó un vistazo al periódico, que estaba lleno de sus ediciones y notas.

—Gracias, de verdad.

Aquello que la conflictuaba se acrecentó en su rostro; tenía los ojos tristes y enrojecidos. Seungwoo pensó que esa mirada le era familiar. Era la misma melancolía que había vislumbrado en sus escritos antes de conocerla en persona. En ese momento, él no había podido empatar su personalidad alegre con la impresión que obtuvo de lo que escribía. Ahora lo sabía. El incidente de hoy probablemente provenía de la raíz de su tristeza. ¿Quién era el hombre? Quería saber más, saber qué había sucedido y qué significaba todo esto para ella. Pero reprimió su curiosidad y se limitó a mirarla en silencio. Inclinó ligeramente la cabeza y estaba a punto de despedirse cuando Yeongju lo llamó.

—Seungwoo.

Tenía una nota de determinación en la voz. Él se dio la vuelta.

—El hombre que vino. ¿No te causa curiosidad saber quién es?

La expresión débil de su rostro no concordaba con su voz.

—Sí —respondió Seungwoo, tratando de mantener su voz neutral.

—Es un amigo de mi exmarido.

Intentó no dejar que la sorpresa en sus ojos se reflejara mientras la miraba fijo.

—Vino a transmitirme los saludos de mi exmarido y a ver cómo estoy.

—Ah... ya veo.

Seungwoo bajó la mirada mientras intentaba procesar sus palabras.

Yeongju lo siguió con la mirada mientras él se despedía una vez más. En el momento en que abrió la puerta y salió, ella se desplomó en la silla, como si se hubiera quedado sin una sola última gota de energía. Junto a ella, Minjun se sentaba en silencio.

Soltar el pasado

Esa noche, después de un esfuerzo hercúleo por bañarse y cambiarse, Yeongju se acostó en su cama. Su cuerpo y su mente estaban por completo agotados. Sin embargo, el sueño la evadía. El rostro borroso de Chang-in aparecía y desaparecía frente a ella.

Yeongju se incorporó, tomó el libro que tenía en su mesita de noche y se dirigió a la sala. Se sentó junto a la ventana y lo abrió en la página donde lo había dejado. Intentó leer, pero no recordaba nada. Decidió volver al principio del libro. Apenas logró repasar algunas frases antes de cerrar el libro y abrazarse las rodillas con las piernas dobladas. Apoyó la barbilla en sus manos mientras miraba por la ventana. Un hombre y una mujer, probablemente amigos, charlaban al pasar. Verlos le recordó la conversación con Taewoo de aquella tarde. Cuando el rostro de Chang-in resurgió de entre sus recuerdos, trató de detenerlo, pero se dio cuenta de que ya no era necesario. Ahora podía pensar en él cada vez que se le cruzaba por la cabeza... hoy había recibido su permiso para hacerlo.

Taewoo era amigo de Chang-in. Y de Yeongju. Los dos hombres habían sido compañeros en la universidad antes de empezar a trabajar en la misma compañía. Ahí fue donde conoció a Taewoo. Estrictamente hablando, él fue quien le presentó a Chang-in. Un día estaban tomando un café en la cocina de la oficina cuando entró Chang-in, de modo que Taewoo hizo las presentaciones. Si Chang-in no se hubiera fijado en ella ese día, quizá no se le habría acercado la próxima vez que se encontraron para un nuevo proyecto. A medida que se le acercaba paulatinamente, confesó que era la primera vez que tomaba la iniciativa de hablar con una chica, llamarla por teléfono para invitarla a comer y sugerirle que salieran. Yeongju pensó que era lindo cuando le contó todo esto con torpeza, así que aceptó salir con él. Un año después, se casaron.

Tenían mucho en común. Ninguno tenía experiencia en asuntos del corazón, y sus relaciones fallidas del pasado habían seguido caminos parecidos y también habían terminado con una nota similar. Se rieron de cómo sus anteriores parejas los habían dejado porque estaban hartos de jugar un papel secundario en sus carreras. Se alegraron de que, estando igual de ocupados y orientados hacia sus carreras, no había necesidad de disculparse. Cuando uno de ellos tenía que cancelar una cita para volver al trabajo, el otro nunca se enojaba; no podrían, no cuando el otro habría hecho lo mismo. Después de un cómodo noviazgo, se casaron, naturalmente. No había nadie más que pudiera entenderlos tan bien, pensaban.

Si bien tenían la misma mentalidad profesional, no competían por quién iba más rápido; perseguían el éxito de la mano. Las veces que se encontraban en la cafetería de la empresa superaban con creces las ocasiones en que se veían en la cocina de su propia casa. Si bien no tenían idea de lo que el otro pensaba de la vida, estaban familiarizados con los proyectos en los que ambos trabajaban, con el éxito de los proyectos y los roles que desempeñaban. Sus conversaciones eran pocas, pero la confianza era mucha. En el trabajo siempre se trataban con las mayores consideraciones. Fuera del trabajo, se gustaban y respetaban como pareja. Nadie hubiera pensado que podrían llegar a romper. Hasta el día en que Yeongju comenzó a cambiar.

Yeongju odiaba dramatizar lo que le había sucedido. Los empleados de la empresa que sufrían agotamiento eran más de una docena. Cualquiera podría despertarse un día y, de la nada, tener miedo de ir a la oficina. Estaba segura de que no era la única que lo había experimentado. Un día, en medio de una reunión, sintió como si le apretaran el corazón. Quería decir algo, pero su mente estaba envuelta en una especie de niebla y sus piernas se habían derretido. Los síntomas volvieron a aparecer varias veces, y en una ocasión se sintió tan falta de aliento —como si alguien tuviera las manos en su garganta— que huyó del edificio.

Pensando que estaba estresada por el proyecto en el que había estado trabajando, que los síntomas eran una manifestación de su cansancio, continuó soportando el malestar durante varios meses más. Un día, justo cuando estaba a punto de salir a trabajar, se derrumbó de pronto y comenzó a llorar. No había manera de que pudiera llegar a la oficina. Chang-in se sorprendió por su arrebato, pero después de decirle que se hiciera revisar en el hospital si no se encontraba bien, se fue a la oficina. Por primera vez en mucho tiempo, Yeongju se tomó un día libre y se dirigió al hospital. El médico le preguntó cuándo fue la última vez que había salido de vacaciones. Ella respondió que no lo recordaba. Inconscientemente, no quería decirle que incluso durante sus últimas vacaciones había estado trabajando.

El médico le recetó unas pastillas para aliviar la ansiedad y le dijo que supervisaría su evolución. Mirándola con ojos amables, le dijo que había estado viviendo con ansiedad durante mucho tiempo, pero como no se había dado cuenta, su cuerpo le estaba enviando aquellas señales. Le sugirió que se tomara un descanso, aunque fuera solo por unos días. Los hombros se le doblaron y se derrumbó frente a él. No por lo que le dijo. Era la bondad en sus ojos. ¿Cuánto tiempo había pasado desde que alguien había expresado una muestra tan tierna de preocupación hacia ella?

Desde la perspectiva de Chang-in, debía de haber sido desconcertante ver el cambio de 180 grados en Yeongju. Debió haberse sorprendido al ver a la Yeongju, que en otros tiempos brillaba por su confianza, convertida de la noche a la mañana en una niña perdida. Ella le pidió que permaneciera a su lado, obligándolo a sentarse y escucharla. Quería hablar de lo que le estaba pasando. Necesitaba un oído atento. Sin embargo, Chang-in estaba ocupado. Solo pudo disculparse y decirle que le daría tiempo más tarde. Yeongju podía ver las cosas desde la perspectiva de su marido. Sin embargo, estaba resentida con él. Él se preocupaba por ella, pero nunca había sido afectuoso. Era lo mismo con ella. Su matrimonio no estaba basado en el afecto. Como él nunca estuvo disponible, Yeongju no tuvo más remedio que resolverlo ella misma y tomar sus propias decisiones. Redujo su carga de trabajo y, cuando fue posible, agotó sus vacaciones anuales. Ahora que tenía más tiempo, empezó a pensar en el pasado. Como le había dicho el médico, había estado viviendo con ansiedad. ¿Cuándo empezó todo? Quizá el primer año de preparatoria. Yeongju creció amando los libros y el tiempo de juego con sus amigos, pero las cosas habían cambiado cuando ingresó a la preparatoria. Si bien fue en parte porque el negocio de sus padres se derrumbó de la noche a la mañana, la razón más importante había sido que ella había estado absorbiendo la ansiedad de sus padres durante los tres años que pasaron tratando de reconstruir su empresa. Sus padres siempre parecían estar rondando por ahí con una expresión tensa y el rostro pálido mientras perdían la esperanza a causa de su fracaso. Ella absorbió su ansiedad y, cuando era adolescente, siempre estaba al borde del abismo. Al pensar en cómo ella misma también podría llegar a fallar si daba un solo paso en falso, se aferró a su escritorio. Pero incluso entonces la ansiedad la hacía temblar.

Yeongju recordó sus días en la preparatoria, todas las veces en que iba caminando emocionada hacia las casas de sus amigos solo para detenerse de pronto, volver y encaminarse directo hacia la sala de estudio, presa del pánico. Lo mismo sucedía en la universidad. Tenía muy pocos recuerdos en los que estuviera divirtiéndose con sus amigos. Si bien la gente se acercaba a ella debido a su personalidad brillante, gradualmente se distanciaban cuando se daban cuenta de que ella nunca tendría tiempo para ellos.

Yeongju siempre intentaba estar por delante de todo. Ni siquiera necesitaba hacer un esfuerzo deliberado. Incluso sin estar consciente de ello, trabajaba y estudiaba duro. Vivía como un robot y no conocía el descanso.

Cuando Chang-in estaba en el trabajo, Yeongju pasaba el tiempo en casa pensando en cómo debía vivir su vida a partir de entonces. Primero, dejaría su trabajo. Cuando le informó a Chang-in de su decisión unos días después, él se sorprendió, pero aceptó la decisión. Sin embargo, esto no era suficiente. Yeongju también quería que él dejara su trabajo. Si su vida continuaba por el mismo camino, sentía que sería como vivir con su yo del pasado; cada vez que lo miraba, la garganta se le cerraba y el corazón se contraía mientras le brotaban las lágrimas. Chang-in tenía que renunciar, por ella. Él rechazó su petición, por supuesto. Durante varios meses pelearon por su diferencia de opiniones, hasta que un día ella sugirió que terminaran su relación.

Todos los que conocían a la pareja la reprendieron. ¡Ningún marido en el mundo aceptaría una petición tan ridícula! Sería mejor que Yeongju renunciara sola y se fuera de viaje a algún lugar. Podía entender por qué todos se pusieron del lado de su marido. Ella misma se sentía como la mala de la historia, tanto para consigo misma como para con Chang-in.

La oposición más fuerte provino de su madre. Comenzó a ir todos los días y tenía cuidados con su yerno. Se preocupaba por prepararle a él un abundante desayuno, mientras que a Yeongju le arrojaba maldiciones que su hija nunca antes le había escuchado decir. Criticaba a Yeongju por ser la única mujer que quería separarse de su marido porque este era trabajador. Si decidía seguir actuando del mismo modo, no quería volver a verla. Le dijo que podía ir a buscarla cuando cambiara de opinión. Esas fueron las últimas palabras que le dirigió su madre porque, a partir de ese momento, Yeongju no volvió a contactarla.

El divorcio se desarrolló sin mucha fanfarria. Ella resolvió todo, en nombre del siempre ocupado Chang-in. Él escribió todo lo que ella le dijo, estampó su firma en los documentos tal como ella le indicó y se presentó cuando ella se lo pidió. Incluso cuando se dirigían a su última visita a la corte, Chang-in aún no podía entender lo que estaba sucediendo. Hasta el final, se sintió como un espectador que observaba cómo se desarrollaban las cosas. Solo después de finalizar el divorcio la miró fijamente, con los ojos vacíos.

—Así que me dejas para poder encontrar la felicidad. Bien. Sé feliz entonces. Debes estar feliz, porque yo seré el miserable ahora. No sabía que alguien pudiera sufrir tanto viviendo conmigo. Ni que yo era la fuente de tu miseria. Olvídate de mí entonces. Olvídame y olvida todos los recuerdos que compartimos. No vuelvas a pensar en mí nunca más. No te atrevas a recordar nuestros tiempos juntos ni los momentos que compartimos. Nunca te olvidaré. Viviré mi vida guardándote resentimiento. Te recordaré como la mujer que me hizo sufrir. No te atrevas a aparecer frente a mí otra vez. No nos veremos nunca más por el resto de nuestras vidas.

Las lágrimas corrían por el rostro de Chang-in. Era como si el peso de todo lo hubiera golpeado en aquel instante.

Ahora, por primera vez desde ese día, Yeongju recordó su última conversación. Como si se hubiera abierto una presa, gritó a todo pulmón. Había sentido tanta pena por Chang-in que no había podido llorar adecuadamente en todo ese tiempo. Era como si se hubiera permitido dejar ir por completo y solo rompiera a llorar cuando ya no era capaz de contenerlas. Pensó que tenía que obligarse a olvidar porque él se lo había pedido. Lamentó no poder decirle que lo sentía; había hecho tanto mal que ni siquiera podía decir que estaba equivocada. Hoy, Chang-in había enviado a Taewoo para decirle que ahora estaba bien recordar, que estaba bien llorar tanto como quisiera.

—Me encontré con tu columna en el periódico —le dijo Taewoo. Habían ido a un café cerca de la librería—. Le dije a Chang-in que la leyera y él lo hizo sin decir nada. Después del divorcio, solía enfurecerse si mencionaba algo sobre ti. Al parecer, leía tu columna de vez en cuando, así como todo lo que había en tu blog y redes sociales. Parece que se ha calmado y ha dejado atrás el pasado. Hace unos días me dijo que te buscara y te transmitiera sus palabras. Quería decirte que él también tuvo la culpa de muchas cosas. Después del divorcio, reflexionó sobre sí mismo y se dio cuenta de que nunca te había preguntado por qué estabas pasando por un momento difícil. Simplemente pensó que estarías bien con el tiempo. Confesó que estaba irritado porque no fuiste a trabajar y tiraste a la basura todos los proyectos en los que te habías esforzado. La gente de la oficina también le dijo algunas cosas desagradables. Dice que pensaba que, al no transmitirte el estrés que estaba recibiendo en el trabajo, ya estaba mostrando cariño y preocupación por ti. Pero se dio cuenta de que no era así.

—Yo habría hecho lo mismo de haber estado en su lugar —dijo Yeongju mientras jugueteaba con la taza—. Todo sucedió de repente. Si Chang-in hubiera actuado como lo hice yo, también me habría irritado. Fue mi culpa. Él no hizo nada malo. Por favor, díselo.

—No puedes saber si hubieras hecho lo mismo. Quizá no —dijo Taewoo con una sonrisa—. Chang-in dijo que escribes bien.

Taewoo tomó su taza y bebió un sorbo de café antes de irse. La miró a los ojos.

—Vio la tristeza en tus escritos. Deberías ser feliz haciendo lo que disfrutas, pero escribir es triste. Dijo que odiaría que él fuera la razón por la que la ambiciosa y confiada Yeongju ha desaparecido. Por eso pensó que debería hacerte saber que su vida es mejor de lo que pensaba. A veces todavía te tiene resentimiento, pero no se siente miserable. No sé si debería decirte esto…

Dudó, dando otro sorbo a su café.

—Dijo que tú y él eran grandes socios. Pero los socios solo pueden permanecer juntos cuando sus objetivos son los mismos. Como ustedes dos compartían los mismos objetivos, permanecieron uno al lado del otro. Pero una vez que alguien se desvía en una dirección diferente, no queda más remedio que disolverse. Esas fueron sus palabras. Disolver. Dijo que si en realidad te hubiera amado, habría hecho lo que tú quisieras. Pero no pudo hacerlo y lo lamentó. Pero como lo dejaste tan fácilmente, tal vez tú tampoco lo amaste tanto. La disolución fue posible porque ambos se consideraban socios. Quería que te lo dijera.

Ella no reaccionó ante sus palabras.

—Dijo que cortaste el contacto con todos los de tu pasado cuando te fuiste. Pero no es necesario que lo hagas ahora. Dijo que nosotros también deberíamos seguir manteniéndonos en contacto. Cuando escuché eso, me enojé mucho. Puedo pensar por mí mismo. ¿Quién se cree que es? Y tú. ¿Quiénes son ustedes dos para decidir si tú y yo podemos vernos o no?

Yeongju sonrió lánguidamente.

—Yeongju.

—¿Sí?

—Lo lamento.

Yeongju lo miró con los ojos enrojecidos.

—Fui demasiado duro contigo. Pensé que habías abandonado a Chang-in con demasiada facilidad y estaba muy enojado. Una pareja casada debe resolver todos los problemas juntos. Eso era lo que pensaba. Pero más tarde me di cuenta de que estaba pensando más en Chang-in que en ti. No había considerado lo terriblemente herida que estabas en aquel entonces. Aunque esta disculpa te llega demasiado tarde, lo siento.

Yeongju se secó las lágrimas y miró hacia abajo.

—Chang-in dijo que le gustaría volver a verte en tres años. Ese será el momento en que volverá de la oficina de Estados Unidos. Le va muy bien en el trabajo, como siempre. Dice que nació para trabajar. Después de que lo dejaste de forma tan abrupta, comenzó a hacerse chequeos médicos regulares. Está perfecto de salud, física y mentalmente. Oh. Dice que no es necesario verse dentro de tres años, si alguno de los dos está casado o tiene un nuevo amante. Porque sería descortés con la nueva persona en sus vidas. Lo más importante es que si ambos siguen solteros, nunca consideren la posibilidad de volver a estar juntos. Dijo que no tiene esos sentimientos en absoluto. Nunca podrá superar del todo cómo lo trataste hacia el final.

Yeongju sonrió. Recordó cómo Chang-in solía construir un muro a su alrededor cuando se trataba de las mujeres.

Luego ella le contó a Taewoo cómo había terminado abriendo una librería y cómo la había administrado a lo largo de los años.

—Mi sueño de infancia era tener una librería —dijo—. Y después del divorcio, lo único que pude pensar fue en abrir una.

Estaba desesperada por volver a ser la brillante y alegre niña de secundaria que amaba los libros más que cualquier otra cosa. Quería volver a empezar desde allí. Eso era todo en lo que podía pensar.

Inmediatamente después de su divorcio, Yeongju comenzó a buscar una ubicación para la librería. Se decidió por Hyunam-dong, por el carácter hyu 휴, proveniente del hanja 休, que significa «descanso». Una vez que lo supo, su corazón se decidió. Nunca había estado en ese vecindario, pero se sentía como un lugar donde había muchas personas a las que conocía desde hacía un largo tiempo. En un principio, su plan era tomar todo con calma. Pero una vez que tenía una meta, era como si estuviera pisando el acelerador. Visitó diligentemente a agentes inmobiliarios para buscar propiedades disponibles y solo le tomó unos días encontrar su ubicación actual. Le dijeron que se trataba de una vivienda de una sola planta, pero el propietario anterior había abierto ahí una cafetería, que luego quebró. El espacio permaneció vacío durante algunos años. En el momento en que lo había visto supo que era el indicado. Había mucho trabajo de renovación por hacer, ya que había estado abandonado durante años, pero eso significaba que podía personalizar cada rincón. Estaba determinada a darle a aquel lugar la misma oportunidad que a sí misma de reconstruir su vida.

Al día siguiente, firmó el contrato y, al mismo tiempo, consiguió una unidad de officetel cercana con una excelente vista. Tenía el dinero para permitírselo porque había estado trabajando casi sin descanso desde el día de su graduación, y además tenía el dinero que se habían repartido cuando vendieron su casa conyugal. La renovación solo duró dos meses. Yeongju participó en todo el proceso, desde la selección del contratista y la discusión del diseño hasta la elección de los materiales. El día de la inauguración de la librería se sentó en una silla y miró por la ventana. En ese momento, el peso de todo lo que había sucedido cayó sobre ella y se derrumbó. Todos los días, entre nuevas lágrimas, ordenaba nuevos libros, atendía a los clientes y preparaba el café. Cuando por fin volvió a sus sentidos, la librería ya tenía más clientes y volvió a leer a diario como en sus días de escuela secundaria. Era como si hubiera estado a merced de olas revoltosas, que la dejaban aturdida mientras la empujaban y tiraban de ella en diferentes direcciones hasta que, por fortuna, aterrizó en un lugar al que realmente amaba.

En la librería se volvió más fuerte, pero al mismo tiempo la culpa que sentía por Chang-in seguía creciendo. La culpa por terminar unilateralmente su relación, la culpa de no poder disculparse de manera adecuada, la culpa de no darle tiempo, la culpa por no buscarlo después del divorcio. Él le había dicho que no volviera a acercarse nunca más, pero ella no sabía si en realidad debía disculparse con él en persona. Hoy, Chang-in le había enviado un mensaje alto y claro: «Te ofrecí disculpas, así que está bien que tú también te disculpes». Y hasta ahí llegaría su relación. De ahora en adelante podría pensar en él tanto como quisiera. Sus pensamientos volvieron al pasado, desentrañando todos los recuerdos y sentimientos que había estado reprimiendo. Las imágenes y recuerdos le atravesaron el corazón, pero pensó que ahora era lo suficientemente fuerte para enfrentarlos. Había gastado demasiada energía reprimiendo las cosas y todo se había alojado profundamente dentro de ella. De ahora en adelante sería capaz de dejar ir. Incluso si las lágrimas volvían, era algo que tenía que superar. Para aprender a soltar. Cuando llegara el momento de poder recordar el pasado sin lágrimas, por fin podría levantar la mano y aferrarse felizmente al presente. Y apreciarlo.

Como si todo estuviera bien

A pesar del incidente del día anterior, el ambiente en la librería seguía siendo el mismo. Durante las horas pico había un ligero frenesí, pero cuando llegaba la calma se disfrutaban rodajas de fruta. Entre tanto, hubo un par de episodios menores. Cuando Yeongju llegó sola al mediodía para preparar la librería para el día, entró Heejoo. Nunca había venido antes de abrir.

Sorprendida, Yeongju preguntó si había sucedido algo, pero Heejoo simplemente la miró con los ojos entrecerrados sin decir nada. Heejoo la había ayudado a superar los tiempos difíciles cuando la librería fue recién abierta. Parecía que estaba aquí para hacer un nuevo chequeo, como si temiera que Yeongju volviera a ser la misma de antes. Yeongju vio directo a sus ojos vigilantes y rio de buena gana. Aparentemente aliviada, Heejoo le dio algunas sugerencias para el club de lectura antes de irse. En la puerta se detuvo.

—Llámame si necesitas algo —dijo.

Por la tarde, Jungsuh apareció con dos rebanadas del pastel de queso favorito de Yeongju.

—¿Y ese pastel de queso? —preguntó.

Jungsuh, con su voz única y musical, le dijo que se lo comiera cuando tuviera hambre.

—Gracias —dijo Yeongju.

Jungsuh se despidió dedicándole una brillante sonrisa.

De hecho, la persona que fue de mayor ayuda para Yeongju —aunque probablemente ella no se dio cuenta— fue Sangsu. A su manera, él ayudaba a aligerar su carga. Al ver a un cliente tratando de acercarse a ella, lo miraba fijo hasta que sus ojos se encontraban. Cuando eso sucedía, el cliente por lo regular terminaba yendo a Sangsu y, absorbido por su estilo particular de coloquialismo literario, terminaba saliendo de la librería con al menos uno o dos libros.

Gracias a que Sangsu mantenía el fuerte, Yeongju pudo concentrarse en la lista de preguntas para la próxima presentación de libro que sería unos días más tarde. Proyectarían una película por primera vez. El plan era verla juntos desde las siete y media hasta las nueve, antes de pasar a comentar la película, así como la novela en la que se inspiraba, hasta las diez de la noche. Como habían invitado a un crítico de cine a dirigir la discusión, esta vez Yeongju podría participar principalmente como oyente.

Había hablado por teléfono con el crítico una vez y la conversación había aumentado su confianza para experimentar con un nuevo formato. Parecía un personaje alegre y con buenas habilidades de conversación. Lo más importante era que parecía ser del tipo que disfrutaba hablando sobre temas que le apasionaban.

En cualquier caso, Yeongju había preparado un par de preguntas basadas en la novela. Más tarde, cuando viera la película, incluiría algunas otras preguntas comparando los dos medios. Murmurando las preguntas en voz baja, iba editándolas con un bolígrafo. De la nada, Minjun se acercó a ella y miró su lista. Sorprendido, preguntó:

—¿Es esta la lista de preguntas para el próximo evento de libro?

—¿Eh? Sí, sí.

Yeongju levantó la vista ante su pregunta abrupta.

—¿El título es *Después de la tormenta*?

—Así es. —Yeongju rio, percatándose del motivo por el que Minjun parecía sorprendido.

—¿Vendrá el guionista? —Los ojos de Minjun se abrieron con incredulidad.

—No. Nuestra librería aún no está en ese nivel.

—Entonces, ¿quién vendrá?

Minjun siguió a Yeongju hasta su escritorio mientras hablaban.

—El anfitrión de la charla será un crítico de cine.

—Ah, ya veo. Bien. No fue posible que viniera el director Kore-eda.

Minjun se sentó a su lado y examinó furtivamente el rostro de Yeongju.

—¿Has visto sus películas? —preguntó Yeongju mientras abría un documento de Word en la computadora, ajena a la mirada fija de Minjun.

Tenía los ojos un poco hinchados, pero se veía mucho mejor y el color había regresado a su rostro. La hinchazón no era tan grave como la del día anterior. Pareciendo aliviado, respondió:

—Por supuesto, soy su fan. He visto casi todas sus películas.

—Con solo leer sus libros, no entiendo por qué su trabajo es considerado una obra maestra —Yeongju se encogió de hombros mientras hacía clic en una oración para corregirla.

—¿No has visto ninguna película del director Kore-eda? —Ella negó con la cabeza.

—¿Supongo que tú sí has visto esta película?

—Sí, la vi el año pasado.

—¿Y qué tal?

—Bueno, ¿cómo puedo decirlo? Es el tipo de película que me hace pensar. Me hizo reflexionar sobre si me he convertido en el adulto que quería ser y qué significa vivir la vida persiguiendo tus sueños.

—¿Y cuál es tu conclusión?

Yeongju transcribía metódicamente las frases que había escrito en papel.

—Si mal no recuerdo, la madre del protagonista masculino dijo que solo renunciando a algo se puede alcanzar la felicidad. Durante mucho tiempo no pudo escribir una novela, ¿cierto?

Ella asintió.

—Aunque no escribía, seguía persiguiendo el sueño de terminar una novela, por lo que se sentía miserable. No es raro entonces que su madre llegara a esa conclusión. A causa de ese desdichado sueño suyo, mi hijo se siente infeliz. Al ver esa escena, me encontré estando de acuerdo con la madre en lugar de sentir lástima por el chico. Es cierto. Los sueños pueden volverte miserable.

Yeongju se detuvo con los dedos apoyados sobre el teclado.

—Pero su madre también le dijo esto: si persigues un sueño imposible, no puedes sentir felicidad todos los días. Y tiene razón. Pero si te sientes feliz persiguiendo el sueño, eso también es una forma de felicidad, ¿no es así?

Ella lo miró por un momento antes de que sus dedos continuaran bailando sobre el teclado.

—Creo que todos somos diferentes —respondió Minjun—. Depende de lo que cada uno valore. Hay personas que lo darían todo por alcanzar sus sueños. Aunque hay muchos más que no pueden hacerlo.

—Minjun, ¿de qué lado estás?

Minjun pensó en los últimos años de su vida.

—El de la última opción, creo. Si bien podría ser feliz persiguiendo un sueño, me parece que tengo más posibilidades de ser feliz después de abandonarlo. Solo quiero disfrutar de la vida.

—¿Es por eso que estamos en sintonía? —Yeongju apoyó las manos en la computadora portátil y le sonrió.

—Pero jefa, tú sí has alcanzado tus sueños.

—Eso es cierto. Y disfruto de lo que tengo ahora.

—Entonces, la conclusión es que no estamos en sintonía —bromeó Minjun, trazando una línea imaginaria entre ellos.

Ella se encogió de hombros, riendo.

—No me gustan mucho los sueños desposeídos de placer. ¿Sueños o placer? Si tuviera que elegir, elegiría el placer. Dicho esto, mi corazón aún se emociona con la palabra «sueño». Una vida sin sueños es tan seca como una vida sin lágrimas. Hay una frase de Hermann Hesse en *Demian* que dice: «Pero ningún sueño dura por siempre, cada sueño es seguido por otro y uno no debe de aferrarse a ningún sueño en particular».

—Escuchar eso me da esperanza de que esta forma de vida también puede ser aceptada —dijo Minjun levantándose con lentitud.

Yeongju levantó la mirada.

—¿Qué tipo de vida?

—En primer lugar, navegar por aquello que la vida tiene para ofrecer. Luego, vivirlo persiguiendo tus sueños. Y finalmente, vivir la vida para la que estoy mejor preparado y disfrutarla tanto como pueda.

—Eso sería bueno. Oh, Minjun.

Los ojos de Minjun seguían a un cliente que se dirigía al mostrador de la cafetería con los ojos pegados a su teléfono. Cuando Yeongju lo llamó, Minjun volteó hacia ella.

—El crítico de cine que viene es de la misma universidad que tú. La misma facultad y la misma generación.

Los ojos de Minjun se abrieron como platos.

—¿De verdad? ¿Cómo se llama?

—Yoon Sungchul.

Minjun no podía creer lo que escuchaba, pero de pronto todo parecía tener sentido.

—Espera. ¿Por qué sabes en qué universidad estudió y el año de su graduación?

—Él fue quien se acercó a mí para proponerme una charla sobre un libro basado en el trabajo del director Hirokazu Kore-eda. E incluyó esos detalles en su propuesta.

—¿Qué? Seguro que escribió todo tipo de cosas al azar en la propuesta. —Minjun se rio con incredulidad.

—Sí. Definitivamente era demasiada información.

Yeongju se había reído entre dientes al leer la propuesta, preguntándose quién en el mundo incluiría tantos detalles personales. De inmediato, ella le envió una respuesta agradeciéndole por la maravillosa idea y proponiéndole trabajar para encontrar una fecha adecuada. Aunque acababa de enterarse de su nombre, de alguna manera confiaba en él. Por la forma en que estaba escrita su propuesta, se dio cuenta de que sentía una gran pasión y tenía un gran conocimiento del trabajo del director. Más importante aún, con solo leer algunas líneas de su propuesta, supo que se había esforzado mucho en escribirla. Si había dedicado tanto esfuerzo a una propuesta, probablemente era el tipo de persona en quien podía confiar y confiarle la responsabilidad.

—¿Lo conoces bien? —preguntó Yeongju.

—Sí, muy bien —respondió, acercándose rápidamente al cliente que estaba casi en el mostrador de la cafetería.

Vamos a gustarnos

Yeongju metió el letrero plegable en forma de A que estaba fuera de la librería y cerró la puerta. Miró a Seungwoo, quien estaba parado frente a un estante de novelas, y se acercó a él. Le mostró el libro que acababa de tomar (*Zorba, el griego*, de Nikos Kazantzakis, el autor al que había hecho referencia en su primer encuentro) antes de volver a colocarlo en su lugar.

—El día que mencionaste a Kazantzakis durante nuestra charla sobre el libro, esa misma noche fui a casa y releí este libro. Sinceramente, la primera vez que lo leí no me emocionó en especial. Solo lo terminé porque todos los demás decían que era bueno —dijo él, escaneando los libros en el estante antes de volverse hacia ella—. Esta vez lo disfruté mucho más, tal vez gracias a la persona que me trajo de vuelta al libro. Puedo entender por qué la gente ama a Zorba. Ahora que lo pienso, nunca fui un Zorba en mi vida, ni siquiera por un momento. Probablemente son personas como yo las que acaban admirando a Zorba.

Sus ojos se encontraron.

—¿No eres uno de nosotros? —preguntó Seungwoo mientras se sentaba en el sofá.

Yeongju se sentó a su lado. Se acurrucaron cómodamente en el sofá bajo las luces. En ese momento, Seungwoo se sentía como si las preocupaciones de los últimos días fueran borradas con un solo movimiento de mano.

—Mientras leía el libro sentí curiosidad, ¿cambiaste a causa de Zorba? Y si lo hiciste, ¿en qué sentido? ¿O simplemente lo admirabas?

Yeongju pensó que conocía el motivo de su pregunta. Parecía haberse dado cuenta de que ella alguna vez había sido feliz y despreocupada, pero de alguna manera se había aprisionado en la jaula que construyó. Seguro Seungwoo tendría la esperanza de que se liberara de la jaula y viviera tan despreocupadamente como Zorba. Una vida diferente a la que tenía. Una vida que no fuera una prisión. Una vida donde no fuera prisionera de sus propios pensamientos. Una vida no encadenada al pasado. Ella respondió con un poco de sarcasmo.

—Para mí, Zorba significa solo una de las muchas libertades que existen en el mundo. Amo la libertad que representa, pero nunca quise vivir como él. De hecho, la idea nunca pasó por mi mente. Nací para ser como el narrador de la historia, como alguien que admira a Zorba. Yo soy esa.

Seungwoo asintió y dijo:

—Pero si admiras a alguien, ¿no querrías parecerte a esa persona? ¿Y no aspirarías a ser como ellos, aunque fuera solo un poco?

—Eso es verdad. Intenté ser como él. Pienso que habrías disfrutado esa escena particular en la novela.

Seungwoo se volteó hacia ella.

—¿El baile?

—Sí. Cuando estaba leyendo pensaba: «Que también pueda vivir esto. Bailar incluso cuando esté decepcionada. Bailar incluso cuando fracase. Dejar ir. Reír y seguir riendo».

—¿Y lo lograste?

—A medias. Pero yo no nací para ser como Zorba. A veces a mi risa le siguen las lágrimas. Puedo caerme a la mitad del baile. Pero volveré a levantarme para bailar otra vez. Y para reír. Intento vivir así.

—Esa es una gran vida.

—¿Eso crees?

—Así suena.

Lo miró y rio.

—¿Por qué? ¿Te parece que mi vida es muy frustrante? ¿Como si viviera atrapada en el pasado?

Él negó con la cabeza.

—Eso no es todo. Todos estamos encadenados a nuestro pasado. Solo quería orientar tus pensamientos en una dirección que me beneficie.

Hubo un corto silencio.

—¿Cómo?

—Como Zorba.

—¿Qué quieres decir?

—Amar sin esfuerzo.

—¿Amar? ¿Sin esfuerzo? —replicó ella, riéndose, pero él no se rio.

—Solo para mí. Estoy siendo codicioso.

Un silencio se interpuso entre ellos.

—Tengo una pregunta para ti. ¿Puedo hacerla? —inquirió Seungwoo.

Yeongju asintió, como si ya pudiera adivinar de qué se trataba.

—Ese amigo de tu exmarido. No intentó acosarte ni nada parecido, ¿verdad?

Yeongju sospechaba que le preguntaría por su exmarido, pero esto no era en absoluto lo que esperaba. Ella soltó una risa sonora.

—No, es una buena persona. Además, es amigo mío.

—Muy bien, me alegra escuchar eso. Parecías muy molesta ese día.

—Puedo entender por qué pensaste eso —respondió ella, tratando de mantener su voz brillante.

Seungwoo no dijo nada y se reclinó en el sofá. Un momento después, se incorporó de nuevo.

—Hay algo más sobre lo que siento curiosidad.

—¿También tengo que responder eso?

Su voz seguía igual de alegre. No era posible decir si Yeongju ocultaba sus sentimientos bajo esa fachada.

—¿Por qué me dijiste quién era ese hombre?

Sus ojos se encontraron. Los ojos de Yeongju se transformaban rápidamente para mostrar la mirada que había tenido cuando le contaba sobre la existencia de su exmarido. Triste. Conflictuada. En definitiva, estaba enmascarando sus sentimientos. Ahora estaba seguro.

—Porque no quería mentir. —La voz de Yeongju permanecía impasible.

—¿Qué quieres decir?

—Guardar silencio también puede ser una forma de mentir. A veces no decir nada no hace ninguna diferencia. Pero a veces se convierte en un problema.

—¿En qué momento pasa eso? —respondió Seungwoo con calma.

—Cuando la otra persona tiene sentimientos especiales.

Ante sus palabras, Seungwoo se reclinó en el sofá y repitió lo que ella había dicho.

—Sentimientos especiales.

Silencio. Y de nuevo Seungwoo fue quien lo rompió.

—Leí tus escritos antes de conocerte.

Ella giró la cabeza y lo miró como si preguntara: «¿en serio?».

—Mientras los leía, sentí curiosidad por la persona que eres. Cuando nos conocimos eras diferente de lo que imaginaba. ¿Recuerdas ese día que me preguntaste qué tanto me parezco a mi escritura? —Seungwoo continuó, mirando a Yeongju a los ojos—. Quiero hacerte la misma pregunta. ¿Tú te pareces a tu escritura? A mi modo de ver, no creo que sea lo mismo, pero quería saber cómo te sientes.

—Debiste preguntarlo.

—No quería ponerte nerviosa porque habría dicho que no creo que seas similar a tu forma de escribir. Habría odiado provocarte ansiedad. Creo que desde entonces tenía estos sentimientos especiales.

En silencio, Yeongju lo observó antes de desviar la vista al frente. Mientras tanto, Seungwoo seguía mirándola.

—Pero —dijo Seungwoo— cambié de opinión. Creo que podrías ser como tu escritura. No, olvida eso. Estoy seguro de que te pareces mucho a tu escritura. Un poco marchita.

—Un poco marchita —repitió Yeongju, riendo suavemente.

—Un poco marchita porque es triste. Sin embargo, tienes una sonrisa en el rostro. No puedo decir lo que estás pensando y eso me hace sentir aún más curiosidad.

El frío se había disipado. Incluso el abrigo de invierno más ligero era demasiado cálido. La mayoría de la gente vestía con su chaqueta más fina o la llevaban en las manos. Había vuelto la temporada de usar camisetas. Al otro lado de la ventana, detrás del sofá, la gente que pasaba vestía ropa ligera. Probablemente estaban de camino a casa después de un largo día. Mientras pasaban por la librería, miraban de manera casual hacia dentro.

Seungwoo dijo su nombre.

—Yeongju.

—¿Sí?

—Me vas a seguir gustando.

Yeongju giró la cabeza y lo miró.

—Sé por qué me hablaste de tu exmarido. Estás diciéndome que me mantenga alejado.

—¿Qué quieres decir con mantenerte alejado? Esa no era mi intención. —Yeongju parecía nerviosa.

—Yeongju. —Seungwoo dijo su nombre con más firmeza, la mirada fija—: ¿cuánto tiempo estuviste casada?

Esta vez, Yeongju lo miró sorprendida.

—Yo tuve una novia durante seis años. Esa fue mi relación más larga. Estuvimos cerca de casarnos.

—Eso no es lo que estoy diciendo. —Yeongju no intentó esconder sus sentimientos encontrados al hablar—. Te conté sobre mi exesposo para hacerte más fácil… seguir adelante.

—No voy a seguir adelante. ¿Qué importa si estuviste casada? —Seungwoo hablaba con calma.

—No creo que no podamos estar juntos porque sea divorciada… Tienes razón. No hay nada malo con ser divorciada. El divorcio no es algo malo. Pero Seungwoo…

Continuó mirándola con la misma calma.

—No es el hecho de que me haya divorciado, lo que es más importante es el motivo del divorcio. Por qué decidí divorciarme.

Seungwoo guardó silencio y el rostro de Yeongju se sonrojó al decir las siguientes palabras.

—Yo fui quien pidió el divorcio. Lastimé mucho a mi exmarido. Terminé la relación de manera egoísta pensando solo en mis deseos. Lo amaba. Definitivamente lo amé a mi manera. Pero en algún momento comencé a ponerme a mí misma por delante de él. En lugar de renunciar a mi forma de vida para amarlo, lo abandoné para dedicarme a mi vida. Me pongo a mí misma en primer lugar y quiero mantener la vida que tengo ahora. Soy el tipo de persona que puede volver a desechar a alguien por su propio bien, por su propia vida. No soy la persona que querrías tener cerca de ti.

Ella se sonrojó de un color carmesí apagado mientras él continuaba mirándola en silencio.

Yeongju parecía pensar que tenía toda la responsabilidad por el divorcio. Se había etiquetado como una persona sumamente egoísta y egocéntrica y por eso pensaba que quizá podría volver a lastimar a otra persona. De modo que no quería volver a amar nunca más. Pero Seungwoo nunca había conocido a nadie que no hubiera lastimado a otra persona, ni había conocido a una persona por completo desinteresada que colocara siempre a los demás por encima de sí misma. Él no era diferente. En sus relaciones pasadas había lastimado a la otra parte y le habían dicho cuán egoísta había sido. Al mismo tiempo, también estaba herido y pensaba que la otra persona era egoísta. Nadie era diferente en esto y, en el fondo, Yeongju tal vez también era consciente de ello.

Sin embargo, parecía que no era capaz de superarlo; no podía olvidar el hecho de que había abandonado a alguien y esa persona había sido herida por sus acciones. O tal vez se sentía miserable porque se dio cuenta de la clase de persona que era. Seungwoo pensaba que podía entender cómo se sentía. Si a él le hubiera pasado lo mismo, tal vez él también habría actuado como lo hizo Yeongju.

—Está bien. Sé lo que estás tratando de decirme —dijo Seungwoo, reprimiendo lo que en realidad tenía en la punta de la lengua.

—Gracias por entender. —Yeongju intentó ocultar sus sentimientos.

—¿Te hice sentir mal porque tengo sentimientos hacia ti? —Seungwoo la miró con ternura.

—Claro que no, pero… —Ella negó con la cabeza.

—Dejemos está conversación por hoy.

Sin mirarla, Seungwoo se levantó y se dirigió a la puerta. Ella lo siguió. En la puerta hizo una pausa y se dio la vuelta. Le gustaba incluso el mirarla sin más. Y le dolía percatarse de ello. Sentía la urgencia de abrazarla y darle palmadas en la espalda con suavidad. Quería decirle que todas las personas viven su vida lastimando a los demás y siendo lastimadas. En la vida, la gente se junta y a veces rompe la relación. Yeongju estaba transitando solo una parte de su vida, y seguramente ella también lo sabía. Sin embargo, se guardó las palabras para sí mismo y le dijo con voz neutral:

—Me gustaría continuar con los seminarios. ¿Tú preferirías que se cancelen?

Yeongju negó con la cabeza.

—No, claro que no. Pero es solo que yo…

Lo miró como preguntándole si de verdad estaba bien.

—Lo siento —dijo Seungwoo.

Yeongju lo miró sin entender por qué se disculpaba.

—Siento que te he puesto en una posición difícil.

Ella no sabía qué decir, así que tan solo lo miró. Durante un largo momento, se sostuvieron la mirada. Finalmente fue él quien habló.

—Yeongju, no estoy pidiéndote que te cases conmigo. Solo estoy diciéndote que podemos gustarnos.

Una vez que había dicho lo que quería decir, Seungwoo hizo una reverencia para despedirse y abrió la puerta. Las luces fuera de la tienda alumbraron el camino. Mientras tanto, Yeongju se quedó al lado de la puerta por un largo tiempo.

Una vida rodeada de gente buena

Minjun nunca había visto este lado de Jimi: aplaudía y echaba hacia atrás la cabeza mientras reía a carcajadas. Frente a ella y Yeongju, Sungchul hablaba animadamente, como si se sintiera revitalizado por sus reacciones. Minjun intentó recordar si Sungchul había sido tan locuaz en el pasado, pero se encogió de hombros. No tenía sentido pensar al respecto. Si lo hubiera sido, Minjun pensaría que los leopardos no cambian sus manchas; si no, probablemente pensaría que, como era de esperar, las personas cambian con el tiempo.

Hacía una hora, Jimi había entrado en la librería diciendo que aquel día no iba a trabajar. Como no tenía adónde ir y no quería volver a casa, decidió ir a la librería. Cuando dijo esto, parecía ser la misma de siempre. Por lo tanto, cuando hizo su anuncio, Minjun sintió como si alguien le hubiera dado un fuerte golpe en la cabeza.

—Voy a divorciarme.

Tras decir estas palabras, tomó con calma un sorbo de café y luego otro y otro, felicitando a Minjun por el sabor. Mientras tanto, Minjun aún estaba perplejo. No sabía muy bien cómo reaccionar, así que optó por quedarse quieto con el rostro muy rígido, como si estuviera enojado. Jimi le lanzó una mirada antes de dar otro sorbo.

—Esa expresión es perfecta. No sabes cómo reaccionar,

¿cierto? Yo tampoco. No sé cómo debería sentirme. Por eso decidí no sentir nada por ahora.

Minjun no pudo encontrar una respuesta para eso. En su lugar, rellenó su taza con cuidado y ella murmuró en agradecimiento. Al igual que su expresión, la voz de Jimi era la misma de siempre. Era imposible saber que algo le había pasado. Y mucho menos cuando estaba riendo al lado de Yeongju.

*

La película había comenzado. Los treinta participantes se sentaron juntos para ver la proyección de *Después de la tormenta* del director Hirokazu Kore-eda. Una vez que terminó de ordenar en el café, Minjun se unió a ellos justo en la parte de atrás. A lo largo de toda la película, el protagonista Ryota era un inútil. Cuando aparecieron los créditos, era como si al público se le hubiera hecho una pregunta: ¿nos hemos convertido en la persona que queríamos ser?

A pesar de que era la segunda vez que la veía, todavía le llamaba la atención que Ryota fuera realmente malo para vivir. Suspiró ante la típica representación de un hombre que vive solo en un gran desastre, sin embargo, puesto que era parte de la configuración del personaje de Ryota el ser malo en la vida en general, no se sentía tanto como un estereotipo. Ryota era malo incluso en la única cosa que era valiosa para él: escribir una novela.

Después de la película, Yeongju y Sungchul se colocaron frente a la audiencia para prepararse para la discusión. Mientras tanto, los pensamientos de Minjun seguían centrados en la película y en la razón por la que Ryota era tan malo para la vida. Era su primera vida. Su primera vez soñando con ser novelista, su primera vez siendo abandonado por la esposa que amaba, su primera vez convirtiéndose en padre de su amado hijo. Por eso era que su comportamiento era torpe y su habla inepta. Era por eso que parecía tan desconsolado.

Al mirar a Sungchul responder las preguntas que Yeongju le planteaba, Minjun cayó en la cuenta de que esta también era su primera vida. A veces las películas lo hacían abrir los ojos a lo que debería de haber sido obvio. Sintió una corriente de electricidad que lo recorría. Porque esta es nuestra primera vida, tenemos muchas preocupaciones y ansiedades. Porque esta es nuestra primera vida, es preciosa. Porque es nuestra primera vida, nadie sabe lo que pasará siquiera en los próximos cinco minutos.

Sungchul hablaba suavemente, como si fuera un presentador de noticias leyendo el apuntador. Era elocuente al explicar al público cómo la filosofía de vida del director se reflejaba en su trabajo. Al mirar sus ojos brillantes, Minjun sintió una punzada en el pecho. Ver a una persona disfrutar de lo que le encanta hacer te alegra el corazón. Y como esa persona era un amigo, su corazón estaba positivamente lleno de felicidad.

Minjun se reunió con Sungchul el mismo día que Yeongju le había mencionado el nombre de su amigo. Lo llamó de inmediato mientras caminaba a casa; buscó su número y presionó el botón de llamada como si hubieran hablado por última vez el día anterior. Cuando Sungchul respondió diciendo: «¡Hola! ¿Dónde estás?», ambos se echaron a reír. Sungchul fue a buscarlo de inmediato.

Aquella noche se quedaron en casa de Minjun y charlaron hasta el amanecer, sirviéndose tragos el uno al otro de las botellas de soju que Sungchul había comprado, aliviando la incomodidad y la distancia del tiempo.

—Es bueno que no haya logrado encontrar un trabajo corporativo —dijo Sungchul mientras le explicaba cómo había terminado por convertirse en crítico de cine.

—No estás afiliado a ninguna organización, ¿cómo puedes llamarte a ti mismo crítico de cine? —se burló Minjun.

Sungchul respondió sin inmutarse:

—Critico películas. Claro que soy un crítico de cine.

Continuó explicando lo que a Minjun le gustaba llamar su «lógica retorcida»:

—Mira. No hay diferencia entre mi forma de escribir y la de algún otro crítico que dice ser reconocido por tal o cual.

—¿Y luego?

—Esa gente simplemente juega bajo sus propias reglas.

—¿Y?

—¿Un crítico de cine que trabaja para alguna revista establecida es mejor que yo para ver películas? ¿Escriben mejor que yo? No hay garantía de eso. La gente solo piensa que su escritura es buena porque está publicada en una revista, y si hay algunas personas que dicen: «Oh, este tipo escribe bien», entonces la persona, en la mayoría de los casos, será considerada como un buen escritor. ¿Sabes lo común que es que las impresiones se formen de esta manera?

—¿No es lo mismo que decías la otra vez? ¿Cómo es que no has progresado en todos estos años? Todavía estás estancado en la lógica de cómo una película se convierte en un éxito de diez millones de espectadores gracias a tres millones de espectadores.

—Lo que estoy diciendo es que no existe un criterio absoluto en este mundo. Por supuesto, hay quienes son obviamente buenos y también quienes son obviamente malos. Pero cuando dos personas son más o menos iguales, todo se reduce a quién tiene una tarjeta de presentación más brillante. Mira cómo escribo. Así es como se escribe.

—¿Quién dice eso?

—¡Yo! Yo, que he leído cientos de críticas de cine, ¡yo lo

digo! Ese es el estándar de la escritura. Espera un poco. Cuando sea famoso, la gente dirá que mi escritura subió de categoría.

—Oye, ¿por qué te importa tanto todo esto?

—Bueno, en pocas palabras, soy un crítico de cine que escribe reseñas de películas. No necesito que nadie me otorgue el título. Si yo digo que lo soy, entonces lo soy. Eso es suficiente, ¿y no es de esto de lo que se trata la vida?

Sungchul hizo una pausa y, como si algo le hubiera hecho cosquillas, comenzó a reír.

Luego, dándole un golpe a Minjun en el brazo, exclamó:

—¿Sabes cuánto extrañé discutir contigo? ¿Cómo has estado? ¿De verdad seguirás siendo barista?

—Eso creo. —Minjun se terminó su trago de soju.

—¿Es algo que tenías ganas de hacer?

—No.

—¿Y estás bien con eso?

—¿Hay algo que quisiera además de encontrar trabajo? Quería entrar a una buena compañía, vivir una vida estable con un salario decente. Pero eso no resultó. No debería de seguir aferrándome a la esperanza.

—¿Crees que es demasiado tarde?

Minjun se quedó pensativo durante un momento.

—¿Tal vez? No lo sé. Pero me desagrada buscar trabajo. Ahora estoy pasándomela bien. Eso es suficiente, ¿no es de eso de lo que se trata la vida?

Dándole un golpe en el brazo a Sungchul, continuó:

—Hacer café es un arte. Es trabajo creativo. La misma cosecha de granos puede tener un sabor distinto hoy y mañana. Depende de la temperatura, la humedad, mi humor y la atmósfera de la tienda. Me hace feliz encontrar el balance entre todos esos elementos.

—Todos alaben al hombre sabio.

—Cállate.

Sungchul miró a Minjun. En efecto, había pasado mucho tiempo.

— ¿No fue difícil?…

—No fue fácil, pero actué como si estuviera bien. A pesar de que no llegó el momento que había estado esperando, no creo que mi vida sea un fracaso.

—No eres un fracaso.

Minjun estalló en risas.

—En aquel entonces me dije a mí mismo que no debía sacar conclusiones precipitadas para descubrir el significado de las cosas. Decidí no pensar demasiado en la vida. En cambio, dediqué tiempo a comer bien, ver películas, hacer yoga y preparar café. Empecé a interesarme por otros asuntos además de mí, y cuando volví a reflexionar me di cuenta de que mi vida no era un fracaso después de todo.

—Eso es.

—Ahora que lo pienso, recibí mucha ayuda de otros.

—¿De quién?

Apoyándose contra la pared, Minjun miró a Sungchul.

—La gente a mi alrededor. Cuando yo intentaba ser indiferente, ellos me seguían la corriente. A pesar de que yo no decía nada, parecía que podían percibir mis sentimientos, así que ninguno trató de hacer un alboroto para consolarme o preocuparse por mí. Sentí que me aceptaban tal y como soy. Y nunca tuve que batallar para explicarme o rechazar mi forma de ser. Y ahora que soy más grande comienzo a pensar de este modo…

Sungchul resopló y rio al mismo tiempo.

—¿Por qué te comportas como un anciano sabio? Muy bien, te lo preguntaré. Entonces, ¿qué es lo que piensas ahora?

—Una vida rodeada de gente buena es una vida exitosa. Puede que no sea un éxito tal como lo define la sociedad, pero gracias a las personas que te rodean, cada día es un día de éxito.

—Guau… —exclamó Sungchul—. Eso me gusta. Si me ves repetirlo en mis escritos, no te quejes.

—Por favor, tienes tan mala memoria que lo olvidarás en muy poco tiempo.

—Ey, ey… Por eso no es bueno encontrarse con Kim Minjun. Me conoces demasiado bien.

Riendo, Sungchul hizo un brindis por Minjun.

—Entonces, ¿crees que somos buenos el uno para el otro? —preguntó Minjun mientras chocaban sus vasos.

—Tú eres el problema. Yo ya soy una buena persona.

—Entonces no hay problema. Yo nací siendo una buena persona.

Ahora que lo veía, no había ni rastro del Sungchul que había estado borracho en el pasado, arrastrando las palabras. Todas sus frases eran sencillas, claras y concisas. Parecía relajado y feliz. Por primera vez, Minjun pensó que su amigo era guapo. No porque fuera guapo, sino porque brillaba.

Quitando su vista de Sungchul, Minjun miró a Yeongju, que estaba al lado, y a Jimi, que estaba sentada entre la audiencia. Reían entre dientes cuando Sungchul decía algo interesante y asentían con la cabeza cuando explicaba algo con tono serio. Sus sonrisas parecían sacar a relucir la elocuencia de Sungchul. Eran las mismas sonrisas que le habían otorgado a Minjun el regalo del tiempo. Era hora de aceptar lentamente la vida y creer que se puede seguir avanzando incluso cuando se ha tropezado y cometido errores en el camino.

Minjun quería enviar las mismas sonrisas a aquellas dos mujeres que ahora actuaban como si todo estuviera bien. Quería hacerlo por las personas que lo rodeaban. Había estado de muy buen humor durante los últimos días. Era como si un pensamiento que había estado naciendo poco a poco hubiera llegado a florecer por sí solo. Como si el Minjun del pasado y el Minjun del presente finalmente se hubieran unido por primera vez en mucho tiempo. El Minjun del pasado lo aceptaba tal como era, y el Minjun del presente aceptaba al que había sido. Parecía como si la vida hubiera cerrado el círculo.

Se quedaron charlando casi toda la noche, y a la mañana siguiente Sungchul, que se había despertado primero que todos, comenzó a sacudir a Minjun para despertarlo. Cuando abrió los ojos, Sungchul le dijo:

—Quiero preguntarte algo antes de irme.

Minjun se incorporó.

—¿Qué?

—¿Qué les pasó a los agujeros?

—¿Los agujeros?

—Sí. Dijiste que hiciste todos los botones, pero estabas atrapado porque no había agujeros. ¿Ahora qué pasa?

Minjun sacudió la cabeza intentando despabilarse. Miró a su amigo con expresión pensativa.

—Fácil. Me cambié la camisa. Esta vez hice los agujeros antes de confeccionar los botones a la medida. Ahora la camisa está abotonada.

—¿Qué? ¿Eso es todo?

—En algún lugar del mundo habrá personas que hagan agujeros grandes y que luego esperen a que vengan a ayudarles a hacer los botones que encajarán en los agujeros. Ya sé lo que estás pensando. ¿Estás pensando que el sistema sigue como estaba y que no tiene sentido si unas cuantas personas amables se ayudan entre sí? Tienes razón. Pero como dije ayer, necesito tiempo.

—¿Qué quieres decir con tiempo?

—Tiempo para descansar, tiempo para pensar, tiempo para hacer lo que me gusta, tiempo para reflexionar.

Sungchul asintió comprendiendo. Se levantó y se dirigió hacia la puerta. Esta vez, Minjun era quien tenía una pregunta.

—¿Y tú? ¿Cómo hiciste eso?

—¿Hacer qué?

—Tú también tenías buenas calificaciones. Pero ¿cómo podías ver tantas películas? ¿Cómo es posible que fueras capaz de encontrar el tiempo para hacer las cosas que te gustaban incluso estando tan ocupado?

—De verdad eres un tonto —dijo Sungchul mientras daba golpecitos con los dedos al lavamanos—. Es obvio que era porque me gustaba hacerlo. ¿Qué otra razón puede haber?

—¿Eso es todo? —respondió Minjun, aún envuelto en sus cobijas.

Riendo, Sungchul ondeó la mano para despedirse. Cuando se puso los zapatos, se dio la vuelta hacia Minjun, quien se estiraba con los ojos cerrados.

—Iré a la librería mañana después del trabajo. Será mi escondite de ahora en adelante.

Sin abrir los ojos, Minjun le dijo adiós con la mano.

Una prueba de sentimientos

Un día, cuando Minjun llegó a Goat Beans más temprano de lo habitual, vio a Jimi sentada sola y jugueteando con granos de café. Al verlo, tomó el café molido que estaba sobre la mesa.

—Usa esto para preparar la bebida de hoy.

Como un cachorro manso, Minjun hizo lo que le dijeron. Jimi saboreó lentamente el café y, en silencio, dejó la taza sobre la mesa. Minjun bebió su café sin decir nada mientras observaba lo que hacía Jimi. Estaba mezclando los granos, y aunque no parecía que tuviera un propósito, tampoco parecía que lo estuviera haciendo arbitrariamente.

—Si sigo mezclando estos al azar... tal vez algún día pueda descubrir un café que sea más delicioso que cualquier cosa que haya probado en mi vida —murmuró Jimi en voz baja, sin levantar la vista.

Al darse cuenta de que Minjun estaba aún más callado de lo habitual, Jimi dijo:

—Si tienes algo que decir, dilo.

—No es nada.

—Solo dilo.

—Es mi culpa...

Jimi lo miró de reojo.

—¿De qué hablas?

—¿Es por lo que dije aquel día?

—¡Oh!

Jimi agitó la cabeza con incredulidad.

—¿Es por eso que te ves tan mal? Ahora y también el otro día.

Minjun volvió a avergonzarse y endureció el rostro.

—Quiero decirte algo. Gracias a ti pude mirar mi vida matrimonial objetivamente. Estoy agradecida. Gracias a ti pude poner fin a una relación que se había prolongado dolorosamente durante mucho tiempo.

A pesar de sus palabras, él todavía se sentía tenso.

—Fue un error intentar aceptar algo que no podía funcionar en absoluto. Este episodio me hizo darme cuenta de que poder acabar con lo que no funciona es una forma de vivir bien. Hay muchísimas historias de personas que no pueden ponerles fin a las cosas por miedo, por el juicio de los demás y por la posibilidad de arrepentirse en el futuro. Yo era así. Pero ahora me siento aliviada.

Jimi se volteó hacia Minjun y apoyó su costado izquierdo contra el respaldo de la silla, sonriendo. No había nada diferente de su sonrisa habitual. Respiró hondo, exhaló y comenzó a contar su historia.

—Después de que hablaste conmigo, me di cuenta de que necesitaba tiempo. Era hora de reevaluar mi relación con mi esposo. Por lo tanto, dejé de maldecir y regañarlo. Dejé de quejarme de él todo el tiempo. Lo recibía con una sonrisa cuando volvía a casa, a pesar de que volvía a las tres de la madrugada, y sonreí como si nada hubiera pasado cuando su ropa apestaba a un perfume desconocido. Al día siguiente seguí sonriendo, incluso después de que él convirtió nuestra casa en una pocilga. Decidí observarlo, mirar nuestra relación de manera objetiva. Eso es todo lo que hice, pero ese hombre empezó a cambiar. Dejó de llegar después de la medianoche y me juró que nunca me había sido infiel. Y cuando volvía a casa después del trabajo, la casa estaba toda ordenada. Yo no sabía qué entender de todo eso. Durante las noches siguientes, comí con incomodidad la comida que me él preparaba y comencé a preguntarme si así era como sería la vida para nosotros. Si no le hubiera hecho la pregunta, seguramente habríamos seguido viviendo de ese modo.

Jimi hizo una pausa. Giró la cabeza y miró más allá de las tostadoras y la ventana. Su estación favorita estaba en su máximo esplendor. Primavera.

—Mientras comía la cena que había preparado ese hombre, le pregunté: ¿por qué me tratas tan bien últimamente? Me dijo que como estaba siendo amable con él, me trataba de la misma manera. Entonces le pregunté: ¿antes actuabas de ese modo porque no te trataba bien? Él respondió que sí. Le pregunté de nuevo. ¿Actuabas así deliberadamente porque te traté mal? Dudó un momento y lo admitió. Le pregunté cuándo había empezado a montar este espectáculo y por qué esa era la única forma que se le había ocurrido. Me dijo que era porque había aplastado su orgullo. Le había dicho a quemarropa que era un vago que no servía para nada. Estaba enojado y quería rebelarse convirtiéndose en una versión aún peor de sí mismo. Ese momento lo selló. Decidí divorciarme. Todo terminó en ese instante.

Jimi apuró el último trago del café tibio. Tenía los ojos rojos.

—Te había contado que quería quedarme soltera, ¿cierto? Cuando era joven, cada vez que había una reunión familiar, mis tías se quejaban de sus maridos. Básicamente, se quejaban de cómo se esforzaban al máximo para limpiar el desorden que dejaban. Después de contraer matrimonio, un hombre que alguna vez parecía genial, se convertía en un hijo de la noche a la mañana. Un niño al que sus esposas necesitaban apaciguar y dar comodidad, satisfacerle todos sus caprichos y fantasías. Me dijeron que los egos de sus maridos eran tan grandes que, si sus esposas decían algo que ellos no querían escuchar, se encogían o se enojaban. Todas mis tías estaban hartas de ese comportamiento. Pero las personas mayores alrededor decían que todos los hombres eran así. Que los maridos de todas son iguales. Que simplemente había que ser más complaciente y vivir con ello. Pero yo odiaba esa idea. ¿Por qué tengo que casarme con una persona que es como un hijo? ¿Por qué siempre tengo que ser yo quien se acomoda a las necesidades de los otros? Entonces decidí quedarme soltera. Pero conocí a ese hombre y me enamoré de él. Te lo dije antes, ¿verdad? Yo fui quien lo engatusó para que se casara. Esa noche me di cuenta de algo. Yo también me casé con un hijo que pensé que era un marido. Estaba viviendo con un hijo. La verdad me quedó clara. Me sentía tan, tan, tan miserable viviendo con ese hombre. Estaba sufriendo por su culpa. Había un dolor ardiente en mi corazón. Cuando descubrí que todo era un acto, no había manera de que pudiera seguir viviendo con él. A la mañana siguiente le dije: vamos a divorciarnos.

Jimi miró a Minjun con una expresión más serena.

—Cuando estaba despotricando sobre él delante de ti, no me di cuenta de que estaba haciendo exactamente lo mismo que me hacían mis tías cuando era joven. Lo siento, Minjun. Espero no haberte desanimado de la idea del matrimonio, ¿sí?

Minjun sacudió la cabeza.

—No solo dijiste cosas malas sobre él. Entre todas las maldiciones, también me dijiste que no era una mala persona —dijo Minjun con calma.

El rostro de Jimi se sonrojó aún más.

—También eso hacían mis tías. Maldecían y maldecían a los maridos, pero al final sostenían que no había nadie como ellos.

Los dos se rieron en voz baja.

—Gracias por escucharme todo el tiempo y nunca mostrar una pizca de impaciencia.

—Siempre estaré aquí. Si necesitas alguien que te escuche, llámame. —Minjun hizo un gesto de llamada con la mano para aligerar el ambiente y Jimi respondió con un gesto de aprobación.

*

Cuando Yeongju llegó a su departamento, había dos mujeres en cuclillas al lado de su puerta. Por las bolsas que sostenían en las manos, parecía que Jimi había comprado los bocadillos mientras que Jungsuh había quedado a cargo de la cerveza. Dentro del departamento, en automático comenzaron a desempacar la comida y las bebidas y a acomodar los platos. Y como si lo hubieran planeado, se tumbaron en el suelo al mismo tiempo, estirando las extremidades con los ojos cerrados.

—Esto se siente bien —murmuró Yeongju.

—Totalmente.

—Cien por ciento.

Después de recargar energías en el suelo por un rato, se sentaron y atacaron los bocadillos.

Jimi sumergió su cuchara en el pudín de yuzu y miró a Jungsuh.

—Escuché que es difícil encontrarte en estos días. ¿Has estado ocupada?

Jungsuh le dio un mordisco a su pudín de vainilla.

—He estado yendo a entrevistas de trabajo.

Los ojos de Yeongju se agrandaron mientras arrancaba la cubierta de plástico de su pudín de queso.

—¿Entrevistas? ¿Volverás a trabajar?

—Por supuesto, tengo que hacerlo —respondió Jungsuh en un tono práctico mientras parpadeaba—. Dinero. Dinero. ¡El dinero es el problema! —exclamó, apoyando la cabeza contra la pared.

—Siempre es el dinero —dijo Jimi.

—¿Has descansado lo suficiente? —preguntó Yeongju.

Jungsuh estaba devorando su pudín como si hubiera perdido el alma. Pero cuando se sentó erguida, sus ojos se enfocaron de nuevo. Asintió.

—Por supuesto. Y aprendí a controlar mis sentimientos. Pase lo que pase, creo que podré superarlo.

—Oh, eso es maravilloso. Cuéntanos más. —Jimi ondeó la cuchara, alentando a Jungsuh a continuar.

—Incluso si estoy enojada, no me siento tan miserable. Siempre puedo tejer o meditar. Seguirá siendo duro, pero estoy segura de que podré superarlo. Seguramente habrá gente de mierda en el lugar de trabajo. Volveré a ser una trabajadora subcontratada y todavía habrá gente que me menosprecie en el trabajo. Pero esa gente ya no es importante para mí en absoluto. Paz interior. Encontraré mi propia paz. Mantendré los pasatiempos que disfruto y seguiré conociendo gente buena como ustedes dos. Intentaré luchar y ganar contra este mundo duro.

Las dos *eonnies* aplaudieron y lanzaron vítores. La conversación giró hacia sus rutinas para aliviar el estrés. Yeongju dijo que ella solía salir a caminar o se ponía a leer; Jimi charlaba con alguien o dormía todo el día. Jungsuh intervino, diciendo que ella era una muy buena cantante y que visitaba el *noraebang* con frecuencia para cantar y aliviar su estrés. A Jungsuh se le cayó la mandíbula cuando escuchó que la última vez que Yeongju había visitado un *noraebang* había sido hacía más de diez años, e inmediatamente las convenció para que visitaran uno ese fin de semana. «Muy bien, vamos juntas el fin de semana», dijeron mientras chocaban sus vasos.

—¿Qué pasa entre tú y ese autor? —preguntó Jungsuh, dejando su lata de cerveza en el suelo.

Yeongju parpadeó y fingió no tener idea de lo que hablaba Jungsuh. O mejor dicho, se mostró sorprendida de que Jungsuh pudiera saber algo. Pensó que quizá su mente le estaba jugando una mala pasada y decidió fingir ignorancia. Sin darse cuenta de su silencio deliberado, Jungsuh continuó:

—Eonnie, ¿no le gustas a ese autor?

Yeongju estaba atónita. Esta vez fue Jimi quien intervino.

—¿Quién? ¿Qué autor? Tantos autores entran y salen de esa librería suya. ¿Cuál es? ¿Esa persona dice que le gusta Yeongju?

—Eso parece. El otro día, cuando Yeongju eonnie volvió con la cara pálida, el autor perdió incluso más color del rostro.

Jimi escudriñó a Yeongju y preguntó:

—¿Fue ese día en que vino el amigo de tu exmarido?

Yeongju acarició la lata de cerveza en silencio, manteniendo la vista en el suelo. Al ver que el rostro de Yeongju estaba un poco pálido, Jungsuh y Jimi se miraron y acordaron en silencio dejar el tema por la paz.

Para aligerar el ambiente, Jungsuh les contó sobre su entrevista de trabajo la semana anterior. Se mantuvo imperturbable cuando se le preguntó sobre el intervalo de un año en su currículum y le dijo al entrevistador que pasó el año tejiendo y meditando. Su imitación de la expresión boquiabierta del entrevistador hizo que las dos *eonnies* se rieran a carcajadas. Después de comer hasta saciarse, las tres se tumbaron cómodamente en el suelo. De repente, Jimi estiró el brazo para tomar la mano de Yeongju.

—Gracias por este día. Sé que pediste que nos reuniéramos para hacerme sentir mejor. Si alguna de ustedes está pasando por un momento difícil, háganmelo saber. Iré corriendo.

Yeongju le apretó ligeramente la mano.

—Eres bienvenida aquí todos los días. Puedes quedarte a dormir esta noche.

—Yo también tengo mucho tiempo —intervino Jungsuh mirando al techo.

—Eh. Mmm. Y sobre ese autor. —Yeongju hizo una pausa y miró a Jimi—. No puedo creer que esté diciendo esto, pero espero que conozca a una mujer mejor que yo. Es decir, no está pasando nada entre nosotros.

—¿Qué? —Jimi se levantó de un salto y jaló a Yeongju para que se sentara también.

—No puedo creer que estoy escuchando a alguien decir esto. Incluso en los dramas ya se dejaron de usar líneas tan anticuadas. ¿Esperas que conozca a una persona mejor que tú? ¿Qué te hace pensar así? ¿No estaba al tanto de tu situación cuando te dijo que le gustabas?

—No soy una buena persona para las relaciones —respondió Yeongju con ligereza e intentó volver a acostarse, pero Jimi la sujetó.

—¿Por qué no eres una buena persona con quien tener una relación? Eres inteligente, eres graciosa. Sabes cómo hacer que la gente se sienta cómoda y eres buena siendo una sabelotodo. Eso es mucho más encantador que esas personas que solo repiten «¡No lo sé!».

Yeongju tomó la mano de Jimi por un momento antes de soltarla.

—No estoy segura de mis sentimientos.

Recordó unos sábados atrás cuando Seungwoo, a punto de irse después del seminario, le dio un libro: *Nosotros en la noche*, de Kent Haruf.

—Estaba pensando en algo como este tipo de relación —le dijo.

Esa noche, Yeongju dudó un momento antes de abrir el libro delgado y elegante y leerlo hasta el amanecer de un solo tirón. La novela hablaba de la soledad de los años crepusculares de la vida y el amor agridulce que surgía entre un hombre y una mujer. Al principio ella se sorprendió. ¿Por qué Seungwoo le había dado un libro sobre la vejez? Pero al leer las frases que él había subrayado, entendió el mensaje. «Me gusta pasar tiempo contigo, me gusta hablar contigo. Así que no temas enamorarte. Cuando te sientas sola y cuando odies estar sola, ven a mí. Si vienes, mi puerta siempre estará abierta para ti».

Seungwoo le estaba diciendo que esperaría.

Jimi golpeó el suelo mientras murmuraba:

—Hmm, no estás segura de tus sentimientos...

Al ver que Jimi no tenía una respuesta, Jungsuh intervino.

—Esto amerita una prueba, ¿no? Si no sabes cómo te sientes, entonces debemos poner tus sentimientos a prueba.

—¿Cómo? —preguntó Jimi.

—Eonnie. Piensa en esto. Ese día ¿habrías preferido que su rostro palideciera por tu culpa o que actuara como si no fuera asunto suyo? Cuando tienes ganas de llorar, ¿quieres que él esté triste contigo o que se muestre indiferente? Si te pasa algo bueno, ¿te gustaría que esté él para animarte o no? Intenta pensar en ello. Si prefieres que no actúe como si no fuera de su incumbencia, entonces también sientes algo por él.

A Yeongju le pareció una linda idea; sus labios se curvaron en una sonrisa. De inmediato, Jimi le dio una palmada en el brazo, como si no fuera el momento de sonreír.

—Me gusta que seas una persona lógica. Pero a veces la lógica no hace grandes personas porque siempre pondrás a la lógica por encima de tu corazón. Y afirmarás que no conoces tus sentimientos cuando en realidad sí los conoces.

Yeongju seguía sonriendo. «¿De verdad conozco a mi corazón?». Pensó en la mirada y en los ojos de Seungwoo cuando le confesó sus sentimientos. Y cuando dijo que se gustaran. ¿Estaba feliz de escucharlo? ¿Su corazón se había acelerado? Quizá Jimi tuviera razón. Ella ya sabía la respuesta; ya conocía su corazón. «¿Eso es importante? ¿Mi corazón lo es?». No podía darle una respuesta a Seungwoo. ¿Qué tenía que hacer? ¿Qué podía hacer? Yeongju no tenía idea.

Un lugar que me hace ser una mejor persona

Minjun, ¿recuerdas lo que te dije el día que nos conocimos? Te dije que no sabía si podría mantener la librería en funcionamiento por más de dos años. Dije eso desde el principio porque pensé que te ayudaría a planificar el futuro. Pero mira, llevamos casi dos años juntos.

No tengo idea de cómo pasó el tiempo en el primer año, cuando abrí la librería. La librería Hyunam-dong era un desastre sin ti. Por suerte, aunque cometí errores una y otra vez, no fueron tan obvios. O mejor dicho, no hubo muchos clientes que notaran mis errores. Si quieres saber cómo era todo en aquel entonces, pregúntale a la madre de Mincheol. No hay nada que ella no sepa sobre la librería.

Durante los primeros meses ni siquiera me molesté en intentar atraer más clientes. Me sentía como si yo fuera la cliente, una cliente que todos los días pasaba el rato en la librería sin saber qué hacer. Todos los días abría y cerraba la librería puntualmente; en el tiempo restante, me sentaba a pensar y a leer. Y a repetirlo todo otra vez. Pasaba cada día recogiendo las cosas que había perdido en el camino, una o dos a la vez. Cuando la librería recién abrió, yo era un cascarón vacío, pero poco a poco, unos seis meses después, ese vacío se disipó.

Empecé a mirar la librería con los ojos de una empresaria. Una parte de mí quería dirigir la librería como si fuera un sueño hecho realidad; en realidad era el momento y lugar para mis sueños. Sin embargo, me di cuenta de que necesitaba ver la librería desde otra perspectiva. Incluso si no tenía idea de cuánto tiempo podría mantenerla funcionando —dos años, tal vez tres—, quería seguir y, por lo tanto, necesitaba mantener activos los «intercambios». Una librería es un espacio donde se realiza un intercambio de libros, y todo lo relacionado con ellos; ese intercambio ocurre con dinero. Es tarea de la propietaria de la librería garantizar que dichos intercambios florezcan. Me lo recordaba todos los días, como si escribiera un diario. Empecé a promocionar activamente la librería. Trabajé duro para asegurarme de que no se perdieran sus características únicas. Y en el futuro seguiré trabajando duro.

Cuando empezaste a trabajar aquí, la librería acogió un nuevo tipo de intercambio: el intercambio de tu trabajo por mi dinero. Esto suena un poco rígido, ¿verdad? Como si estuviera poniendo distancia entre nosotros. ¡Por supuesto que no! Es a través de este intercambio que nos unió el destino; pasamos tiempo juntos y tuvimos un impacto en la vida de los demás. Como estos intercambios ocurrían simultáneamente en la librería, mis responsabilidades crecieron. Tuve que trabajar con más ahínco para ganar más dinero y pagar más salarios. Mientras trabajábamos juntos, sembré una esperanza. Espero que a través de tu labor mis esfuerzos sean reconocidos y valorados. En el futuro, trabajaré con más ímpetu para ganar más dinero y trabajaré más duro para pagarte más. ¿Entiendes por qué sigo diciendo *en el futuro*?

Estoy agradecida de tener a alguien que trabaje para mí. Sin ti, la librería Hyunam-dong no estaría donde está ahora. No tendríamos a esos clientes que venían a leer y terminaron seducidos por el aroma del café, ni tendríamos a los clientes frecuentes que vienen solo a tomar el café que tú preparas. La calidad de nuestro café no es lo único que ha cambiado gracias a ti. ¿Alguna vez te he dicho que tu diligencia es un ejemplo a seguir para mí? Es verdad. Ver a un colega en el mismo espacio de trabajo tan concentrado en su trabajo es una gran motivación. Al observar tu forma de trabajar durante un par de días, confié completamente en ti. En este mundo peligroso (!), poder confiar en alguien más que en uno mismo es motivo para alegrarse. Estoy segura de que estarás de acuerdo, ¿cierto?

Estoy agradecida de que trabajes para mí. Al mismo tiempo, sigo pensando en lo fantástico que sería si también trabajaras por tu cuenta. De esta manera, encontrarías significado en el trabajo que haces. Mi experiencia me enseñó que incluso si trabajo para otra persona, necesito trabajar para mí. Trabajar para mí significa que haré lo mejor que pueda en lo que hago. Más importante aún, nunca perderme, no importa si es en el trabajo o afuera. Hay algo más que no debes olvidar. Si eres infeliz o estás insatisfecho con tu vida laboral y cada día que pasa es una miseria sin sentido, es hora de buscar algo más. ¿Por qué? Porque solo tenemos una oportunidad en la vida y la estamos viviendo ahora. Minjun, ¿qué tipo de vida llevas mientras pasas tu tiempo aquí en la librería? No te estás perdiendo, ¿verdad? Estoy un poco preocupada por eso. Seguramente puedes adivinar por qué me siento así. Porque fui alguien que siguió trabajando a pesar de perderme. Es un gran arrepentimiento para mí no tener una vida laboral saludable. Había pensado en el trabajo como si fuera una escalera. Escaleras para subir, para llegar a la cima. Ahora veo el trabajo como comida. Alimentos que necesitas todos los días. Alimentos que marcan la diferencia en mi cuerpo, mi corazón, mi salud mental y mi alma. Hay comida que simplemente te metes en la garganta y comida que comes con cuidado y sinceridad. Quiero ser alguien que pone mucho cuidado al comer cosas sencillas. No por los demás, sino por mí misma.

En la librería me he convertido en una mejor persona. Intenté poner en práctica las cosas que he aprendido en los libros en vez de dejarlos ser simplemente historias dentro de las páginas. Soy egoísta. Me queda un largo camino por recorrer antes de convertirme en una gran persona, pero trabajando aquí he aprendido a dar y a compartir. Sí, soy alguien que tiene que decidirse a compartir y dar. Sería bueno nacer con un corazón generoso, pero desafortunadamente no soy así. En el futuro me esforzaré por ser una mejor persona. Las cosas buenas de los libros no deberían quedarse solo en la tinta y el papel. Quiero que lo que sucede a mi alrededor sean buenas historias que puedan compartirse con los demás. Por eso me gustaría pedirte un favor.

Quiero retirar mis palabras de nuestro primer encuentro. Quiero intentar administrar la librería por más tiempo. Hasta ahora he adoptado una actitud pasiva ante muchas cosas. Tenía miedo de que, si trabajaba demasiado, estaría viviendo como lo hacía en el pasado. Me daba miedo ver la librería como un trabajo, y solo como un trabajo. Honestamente, hay momentos en los que desearía poder seguir entrando y saliendo como una invitada, que fue lo que hice en los primeros seis meses. Debido a esos pensamientos y sentimientos, he dudado. Tuve dudas sobre mantener este lugar funcionando. Pero de ahora en adelante quiero dejar de dudar. Me encanta esta librería y la gente que he conocido. Me encanta estar aquí. Quiero mantener vivo este lugar.

Encontraré un equilibrio entre estos pensamientos y sentimientos contradictorios mientras dirijo la librería. Creo que lo puedo hacer. La librería es parte de la sociedad capitalista, pero es, al mismo tiempo, el lugar de mis sueños. Espero que pueda continuar por mucho tiempo. Quiero vivir mi vida pensando en la librería y en los libros. Y mientras abordo estas preocupaciones, espero que estés a mi lado. ¿Qué opinas, Minjun? ¿Trabajaremos juntos por más tiempo? ¿Quieres incorporarte a la librería como empleado fijo?

Nos vemos en Berlín

Minjun aceptó la proposición de Yeongju sin dudar. Los dos se sentaron a la mesa y firmaron un nuevo contrato. Con las manos sobre el pecho, Yeongju lo miró firmar el documento.

—Ahora no puedes renunciar tan fácilmente.

Minjun le dio el contrato a Yeongju.

—¿No te enteraste? La moda entre los definitivos es renunciar.

Rieron.

Fue después de la visita de Taewoo que comenzó a pensar en los próximos pasos. Hasta entonces era casi una costumbre pensar que la librería cerraría tarde o temprano. Ahora había decidido labrarse activamente un futuro para la librería.

Una vez que cambió su forma de pensar, se dedicó a poner en práctica los planes 1, 2 y 3. El plan 1 era mantener a su lado a aquellos en quienes confiaba; el plan 2 era viajar. Se tomaría un mes libre para visitar librerías independientes de todo el mundo, con la esperanza de encontrar inspiración para la transformación de la librería Hyunam-dong. Quería visitar librerías independientes con una larga tradición, quería saber qué las mantenía en marcha.

Sus esfuerzos podrían fracasar y Yeongju lo sabía bien. Incluso si pasaba un año entero y no solo un mes estudiando otras librerías, era posible que la librería Hyunam-dong no durara ni siquiera un año más. Dicho esto, incluso si solo le quedaba un mes, decidió no pensar en cómo no funcionaría, sino concentrarse en encontrar esperanza en el camino a seguir. La librería solo podría cambiar si las personas que la dirigen experimentaban primero los cambios. Por lo tanto, era importante que los cambios comenzaran con Yeongju. Esperanza. Ella avanzaría en la dirección de la esperanza.

Un mes antes de su viaje, les contó sus planes a Minjun y Sangsu. Decidieron mantener las operaciones de junio al mínimo indispensable: Minjun y Sangsu trabajarían a tiempo completo ocho horas, cinco días a la semana, y pondrían en pausa las charlas, eventos y seminarios. Jungsuh y Wooshik acordaron ayudar siempre que pudieran. Jungsuh se haría cargo de las operaciones en línea, mientras que Wooshik pasaría después del trabajo y ayudaría con lo que fuera necesario.

Cuando Yeongju anunció sus planes de viaje en Instagram y el blog, junto con el calendario de la librería para junio, varios clientes llamaron para enviarle sus buenos deseos. Escogió un puñado de libros, pensando que podría seguir haciendo reseñas de libros durante el viaje de un mes. Eran colecciones de ensayos o novelas que se desarrollaban en las ciudades que planeaba visitar. Era uno de los métodos de lectura más eficaces: visitar los lugares del libro y leerlos desde allí. Pasaría horas leyendo sobre Nueva York, Praga y Berlín en las ciudades mismas. ¿Había una forma más romántica de leer que esta?

En medio del trabajo intentó imaginar su viaje: visitar librerías de distintas ciudades guiada por Google Maps, descubriendo el encanto y carisma de cada una mientras soñaba con recrearlos en su propia librería. Se imaginó merodeando por las librerías, tomándose descansos en cafés antes de dirigirse al destino siguiente. Un mes entero haciendo lo mismo. Su meta principal era visitar las librerías, pero había otra cosa que le hacía latir el corazón con fuerza. Era su primer viaje sola, la primera vez que se sentiría como en vacaciones de verdad.

Desde la ventana del autobús que se dirigía al aeropuerto, pasaba el verano de Seúl como un rayo. El rostro de su madre pasó por su mente, pero cerró los ojos y borró la imagen. Yeongju sabía por qué su madre estaba tan enojada con ella. Su madre era alguien que odiaba el fracaso tanto como lo temía. Para ella, el divorcio era la mayor derrota que una mujer pudiera experimentar. Odiaba —y temía— la desgracia. Por eso la abandonó. Su madre se mostró débil ante el fracaso; simplemente le hizo a su hija lo que haría cualquier persona débil. A una madre así, Yeongju no quería explicarle que estaba equivocada, que el mundo había cambiado y, sobre todo, que su hija no era un fracaso. No quería ser la primera en acercarse de nuevo.

Reclinada en su asiento, Yeongju estaba mirando por la ventana cuando vibró su teléfono. Era Mincheol.

—Hay algo que de verdad quería decirte —dijo, sonando avergonzado.

Sin apartar la vista del paisaje, Yeongju preguntó de qué se trataba.

—He decidido no ir a la universidad —confirmó.

Ella guardó silencio por un momento antes de hablar.

—Ya tomaste una decisión. Bien por ti. Todavía tienes mucho tiempo por delante —añadió—. En el futuro aún puedes dedicarte a lo que quieras.

«Eso es lo que todo el mundo dice, pero también es la verdad», pensó.

—Está bien —respondió Mincheol—. Oh, terminé de leer *El guardián entre el centeno* —añadió.

Inmediatamente, el rostro de Yeongju se iluminó, como si Mincheol estuviera justo frente a ella.

—¿Qué te pareció el libro? —preguntó.

—Aburrido —contestó riendo suavemente.

—¿Qué? ¿Lo leíste solo para decirme que en realidad es aburrido?

—No, no. —La voz de Mincheol sonaba nerviosa a través del teléfono—. Quiero decir, no es interesante. Pero por algún motivo seguí pensando que el protagonista es como yo, aunque no tenemos nada en común. Ni nuestras personalidades, ni nuestra forma de actuar. Todo es diferente. Sin embargo, sigo pensando que somos similares. ¿Es porque estamos hartos del mundo? ¿O es porque nos falta interés por las cosas? Es reconfortante saber que no soy el único que se siente así. Al final del libro, quería ser el guardián entre el centeno, para atrapar a los niños si empiezan a caer por el acantilado. ¿Recuerdas esa parte?

—Sí.

—Fue esa parte la que me hizo tomar la decisión, cuando entendí que está bien no ir a la universidad. No puedo explicar por qué, pero así es como me siento. No hay lógica... pero de alguna manera sentí como si me estuviera diciendo que está bien no ir.

—Lo entiendo. —Yeongju asintió como si en verdad Mincheol pudiera verla.

Mincheol se sobresaltó.

—¿De verdad? ¿Realmente lo entiendes? Ni siquiera yo mismo puedo entenderlo.

—Sí, en serio lo entiendo. Muchas veces he tomado decisiones mientras leía un libro. Entiendo lo ilógico que parece en apariencia.

—Ah... Estaré bien, ¿verdad?

—¿Cómo?

—Por tomar una... decisión ilógica.

—Por supuesto. Aunque sea ilógica, tu corazón la respalda. Así es como yo lo entiendo.

—¿Mi corazón?

—Sí.

—¿Mi corazón tomó la decisión de mi futuro?

—Así es.

—Ah... está bien... eso me hace sentir mejor. Que mi corazón haya sido el que eligió.

—Sí. Estarás bien.

Yeongju podía escucharlo respirar profundamente a través del teléfono. Poco tiempo después, su voz se iluminó.

—Está bien. Que tengas un buen viaje, Yeongju imo. Nos vemos en la librería.

—Bien. Cuídate.

—Está bien. Y gracias.

—¿Por qué me das las gracias?

—Me ha ayudado mucho ir a la librería. Disfruté hablar contigo.

—Eso es maravilloso.

Yeongju estaba a punto de devolver el teléfono a su bolso cuando lo sintió vibrar de nuevo. Pensando que era Mincheol otra vez, miró la pantalla. Seungwoo. Leyó el nombre con sentimientos encontrados. Seungwoo había guardado silencio cuando ella le contó sus planes de viajar. Como los seminarios habían terminado en mayo, no tenía que preocuparse por pensar en cómo el viaje de Yeongju afectaría su agenda. Hacía casi un mes que no se veían. Ella lo encontraba solo a través de su columna, y tal vez a él le ocurría lo mismo.

Mientras sus pensamientos vagaban, terminó la llamada. Entonces su teléfono volvió a vibrar. Ella contestó de inmediato. Hacía mucho tiempo que no escuchaba su voz.

—Habla Seungwoo.

—Sí.

—¿Vas camino al aeropuerto?

—Sí, así es.

Durante un momento solo hubo silencio. Luego él dijo su nombre.

—Yeongju.

—¿Sí?

—¿Puedo preguntar dónde estarás la última semana de junio?

—¿La última semana de junio?

—Sí.

—Alemania…

—¿En qué parte de Alemania?

—Berlín.

—¿Ya has ido a Berlín?

—No.

—Yo he estado en Berlín durante dos meses. Por trabajo.

—Ah… ya veo.

—¿Está bien si voy a Berlín esa semana?

—¿Eh? —Tenía la mente en blanco.

—Pedí vacaciones para esa semana. Pensé que podría ser tu compañero de viaje. ¿Cómo te sientes al respecto?

—Yo…

Al escuchar su voz dubitativa, Seungwoo respondió con calma:

—¿Preferirías que no vaya?

—Es muy precipitado. —Yeongju intentó esconder sus nervios.

—Ya veo… entiendo. Por supuesto, es normal que te sientas así. Pero quería al menos preguntar.

Durante un largo momento se hizo el silencio. Seungwoo pensó que era momento de terminar la llamada, de modo que dijo:

—En ese caso, que tengas un buen viaje. Colgaré ahora.

De algún modo, Yeongju sintió que sería la última vez que escucharía la voz de Seungwoo a través del teléfono. Miró por la ventana. Las luces del aeropuerto brillaban a la distancia.

—¿Yeongju?

—¿Sí?

—Estás muy callada. ¿Estás bien?

—Sí, estoy bien.

—Está bien. Colgaré ahora.

—Ah. Seungwoo —lo llamó Yeongju con rapidez.

—¿Sí?

Yeongju no quería terminar la llamada. Por alguna razón sentía que si dejaba que la llamada terminara en ese momento, nunca más podría volver a verlo. ¿Pero qué debería de decir a continuación? Decidió ser honesta. La honestidad es siempre la mejor respuesta ante la incertidumbre.

—No sé si es buena idea que vengas a Berlín. Justo el otro día alguien me dijo esto: si no conoces tu corazón, ponlo a prueba. Pero no sé cómo. No sé qué hacer ahora mismo.

—Déjame ayudarte.

—¿Cómo?

—Imagina esto. Ahora mismo imagina que tú y yo vamos caminando por las calles de Berlín. Vamos de librería en librería, paramos para comer y brindamos con vasos de cerveza. Imagina esto. Por un rato, no, treinta segundos. Imagínalo durante treinta segundos.

Yeongju hizo lo que Seungwoo le dijo. Trató de imaginar la escena, concentrándose en cada momento: tomando té con Seungwoo, charlando durante las comidas, brindando. Él caminando junto a ella por la calle. Entrando juntos por primera vez en una librería, hablando sobre libros y libreros. A veces ella era la que hacía preguntas, otras veces él. Leyendo uno al lado del otro y discutiendo los libros. Él estaría escribiendo y, junto a él, ella lo interrumpiría en broma. Él le contaba un chiste mientras ella leía, haciéndola reír. Intentó representar estas escenas en su cabeza... Lo disfrutaría. No le desagradaba estar con

Seungwoo. No. Se encontró deseándolo. Quería estar con él, hablar con él.

—¿Qué tal? ¿Te desagradó lo que viste?

—En lo más mínimo —respondió ella con honestidad.

—En ese caso… ¿puedo ir? —preguntó dubitativo.

—Está bien. Nos vemos en Berlín. —Su expresión estaba relajada.

—Está bien, ahí estaré —dijo Seungwoo justo cuando el autobús entró al aeropuerto.

¿Qué mantiene viva a una librería?

Un año después.

Mientras tomaba un sorbo del café que Minjun había preparado, los ojos de Yeongju estaban fijos en las frases de la novela. Mincheol, que solo conocía a J. D. Salinger, había elegido el libro por la sencilla razón de que era delgado. Mientras Yeongju se abría camino entre *Franny y Zooey*, en su mente, ella se quejaba: «¡Eso te mereces!». Si bien era breve, no era una lectura fácil. Dudaba que fuera a disfrutarlo demasiado.

En este momento, solo Yeongju y Minjun estaban en el trabajo, pero en quince minutos llegaría Sangsu. Hacía seis meses, Sangsu se había unido a Minjun como el segundo empleado de tiempo completo de la librería. Cuando Yeongju le pidió que pasara de ser un empleado de medio tiempo a uno de tiempo completo, lo primero que Sangsu preguntó fue sobre la longitud del cabello. Si tenía que cortarse el pelo, no quería ser un empleado.

Yeongju respondió:

—Está bien, ahora eres uno de nosotros.

Fue brusco como de costumbre cuando aceptó la propuesta, pero cuando llegó en su primer día oficial como empleado permanente, su rostro estaba sonrojado. Unos días después, Yeongju descubrió el motivo. Sangsu dejó entrever que era la primera vez que trabajaba como empleado permanente a tiempo completo.

El día después de que Sangsu se uniera oficialmente a la librería, apareció una nueva adición al establecimiento: un pequeño estante lleno de libros que este había leído. En la parte superior, un cartel decía: «Las lecturas de Sangsu, ratón de biblioteca». Al lado, en letra más pequeña se leía: «Por favor, léelos y conversa con Sangsu».

Como ahora era miembro del personal de tiempo completo, solo tenía tiempo para leer un libro al día. Dicho esto, seguía siendo fiel a su nombre e impresionando a los clientes con su conocimiento de los libros. Los clientes habituales de la librería ahora acudían a Sangsu de forma natural en busca de recomendaciones de libros y muchos sentían curiosidad por lo que estaba leyendo en aquel momento. Cuando lo notó, Yeongju decidió crear un pequeño rincón para él.

Tres meses antes, Mincheol también había empezado a trabajar temporalmente en la librería. Una vez que decidió no postularse para la universidad, hizo un viaje de tres meses a Europa y no regresó hasta la primavera. Heejoo había sido quien sugirió el viaje; era la condición para permitir que Mincheol se saltara los preparativos universitarios. La lógica de Heejoo fue que era mejor para él experimentar un mundo desconocido, en lugar de estar encerrado en su habitación todo el tiempo. Mientras Mincheol estaba fuera, Heejoo le dijo a Yeongju, con la misma medida de tristeza y emoción, que el dinero que había ahorrado para la matrícula de la universidad ahora no tenía sentido, por lo que la familia había decidido que ese dinero se usaría para tomar vacaciones. Una vez que Mincheol volvió, Heejoo viajó con su esposo, quien se había tomado un tiempo del trabajo. En este momento estaban en un viaje alrededor del mundo.

Menos de una semana después de su regreso, Mincheol había ido a la librería a buscar a Yeongju. Con un aspecto más bronceado y maduro, le había pedido que lo contratara de manera temporal. Ella aceptó de buena gana y, al día siguiente, Mincheol comenzó a trabajar dos veces por semana en la librería, por tres horas al día. Pero Yeongju tenía una condición. Tenía que unirse al evento para empleados de la librería Hyunam-dong, donde los cuatro leían un libro juntos cada mes.

El evento también estaba abierto a cualquier persona interesada. El primer día de cada mes anunciaban «El libro del mes para el personal de la librería Hyunam-dong» en Instagram y en el blog. El último jueves del mes celebraban una reunión del club de lectura para discutir el libro. Al principio solo se les unió un par de personas. Pero ahora el número de personas había aumentado paulatinamente, y el mes pasado eran quince. Este mes iban a hablar de *Franny y Zooey* de Salinger.

¿Cuál era el mayor cambio en el último año para la librería? Yeongju no hizo ningún cambio inmediato cuando volvió de su viaje de un mes. En cambio, continuó apegándose al *statu quo* durante dos meses antes de comenzar a implementar los planes que había planeado durante ese tiempo. Decidió que el encanto de la librería Hyunam-dong residiría en la densidad y diversidad de su colección. Su idea era centrarse en seleccionar libros con profundidad, aunque pudiera resultar un poco complicado para los clientes. En cuanto a promover la diversidad, se decidió que la librería dejaría de comercializar los libros más vendidos.

Los *bestsellers* siempre habían sido un tema de discordia para ella. A menudo se sentía frustrada al observar los títulos que ascendían en el ranking de los más vendidos. No porque los libros en sí tuvieran algún problema. Una vez que un libro entraba en la lista de los más vendidos, seguía ahí durante mucho tiempo. Poco a poco se convenció de que los *bestsellers* eran la razón por la que la industria editorial había perdido su diversidad.

Al estar frente a la sección de *bestsellers* de las principales librerías podía observar cómo la industria editorial estaba muy inclinada hacia solo unos pocos títulos. ¿De quién era la culpa? De nadie. Era simplemente un reflejo de una sociedad que no lee. Ante esta realidad, lo que los libreros deberían hacer, aunque solo desempeñaran un papel pequeño, era presentar una gama diversa de libros a los clientes. Mostrarles que el mundo editorial no estaba formado solo por unos cuantos *bestsellers* o autores importantes de modo que pudiera dejarles claro que había muchos más libros y autores increíbles esperando a ser descubiertos.

Para que eso sucediera, decidió excluir los *bestsellers* de la librería. Si había un libro que se convertía en un éxito de la noche a la mañana gracias a que una persona famosa lo mencionaba en la televisión, ella ya no traería más copias después de que se agotaran sus existencias. No porque no fuera un buen libro, sino para defender la diversidad. En tales casos, buscaría libros con temas similares y los almacenaría. Los clientes que entraran buscando el título serían dirigidos a estos libros.

No estaba segura de si este nuevo enfoque funcionaría para los clientes. Una cosa era segura, Sungchul estaba completamente encantado.

—Un libro se convierte en un éxito de ventas porque es un éxito de ventas.

Le dijo a Yeongju que sentía una sensación de camaradería al ver cómo sus industrias enfrentaban los mismos problemas. «Que más gente conozca más buenos libros y buenas películas», le gustaba decir. Esta era la tercera parte del plan que había elaborado incluso antes de su viaje: deshacerse de los más vendidos.

La librería también acogió con agrado otros cambios, tanto grandes como pequeños, pero en cierto sentido nada cambió mucho. Ya fuera en el pasado o en el presente, la librería reflejaba la filosofía y la perspectiva de Yeongju. Una de las conclusiones clave de su viaje fue que las librerías independientes en el extranjero tenían su propia personalidad distintiva, una personalidad que reflejaba la de sus propietarios. Para que la personalidad de la librería brillara, necesitaba ser valiente. Para que su valentía llegara hasta los clientes lo que necesitaba era sinceridad. Valentía y sinceridad.

Si podía reunir el coraje para poner sus pensamientos en acción sin perder la sinceridad, tal vez la librería Hyunam-dong podría seguir viviendo como las librerías que había visitado. Si podía reflexionar y mejorar continuamente, tal vez la librería tendría una vida más larga. Lo más importante era que no debía olvidar sus raíces: que en el fondo era una amante de los libros. Si a ella y a sus empleados les encantaban los libros, ¿no se transmitiría también ese amor? Si los libros eran el medio a través del cual los cuatro se comunicaban, bromeaban, entablaban amistades y amor, ¿no sentirían los clientes lo mismo? Si la gente comenzaba a creer que hay algo en la vida que solo las personas que leen pueden descubrir, historias en este mundo que solo las personas que leen pueden contar, ¿no se sentirían seducidos a hojear las páginas de un libro? Yeongju quería vivir su vida leyendo libros y presentándolos a otros, para que cuando la gente entrara en busca de una historia ella pudiera ayudarlos a encontrar lo que necesitaban. El día presente sería una continuación del ayer. Rodeada de libros, Yeongju pasaba el día conversando, trabajando y escribiendo sobre libros. Entre tanto ajetreo y bullicio, encontraba tiempo para comer, charlar y reflexionar sobre la vida. Momentos felices junto a los momentos tristes. Y cuando llegaba la hora de cerrar, pensaba, «Hoy me fue bastante bien», y salía de la librería sintiéndose feliz. En los diez minutos que le tomaba llegar a casa, estaría hablando por teléfono con Seungwoo, tal vez incluso durante un poco más de tiempo después de llegar a casa. Ducha. Descansar. Quizá Jimi, que se había mudado a la unidad encima de la de ella, pasaría por ahí con Jungsuh detrás y disfrutarían de una cerveza juntas por primera vez en mucho tiempo. O tal vez estaría sola en casa, un poco melancólica por haber perdido la gran vista desde su ventana. Ahora que era responsable del salario de más empleados, había tenido que mudarse a un departamento con una vista más sencilla. Pero conforme avanzaba en la lectura que había dejado el día anterior, su humor mejoraría. Al cerrar el libro, se acostaría en su cama. «Un día bien utilizado es una vida bien vivida». Pensando en la frase que había leído en algún lado, se quedaría dormida.

Nota de la autora

2018. El verano está a la vuelta de la esquina. Como de costumbre, estoy sentada en el escritorio con los ojos fijos sobre el blanco de la pantalla. Han pasado seis meses desde que me convertí en escritora. En aquel entonces me desesperaba al pensar cuánto me faltaba para ser una buena ensayista. Aun así, pensando que al menos debería de seguir escribiendo, me aferraba a mi escritorio día tras día.

¿Debería de intentar escribir una novela?

No recuerdo con precisión en qué mes, día, hora y minuto me llegó el pensamiento, pero recuerdo comenzar un nuevo documento unos cuantos días después. Solo tenía tres cosas en mente: una librería con el carácter *hyu*; Yeongju, la dueña de la librería; y Minjun, el barista. Comencé a escribir. Todo lo demás se ordenó conforme la novela avanzaba. Cada vez que aparecía un nuevo personaje, yo le daba un nombre y personalidad. Si no tenía idea de qué iba a ocurrir después, ponía a un personaje nuevo a hablar con los más viejos y, de algún modo, ellos parecían conducir la historia de manera que la siguiente escena vendría a mí de manera natural.

Escribir una novela ha sido sorpresivamente agradable. Pensaba que la escritura sería un proceso laborioso que me arrastraría y anclaría al escritorio. Pero esto fue distinto. Despertaba cada mañana ansiosa por continuar con el diálogo desde donde lo había dejado. Por la noche, con los ojos secos y la espalda rígida, me levantaba con reticencia de la silla, consciente de mi propia regla de no trabajar más de la cuenta. Durante el tiempo que pasé escribiendo esta novela me preocupé más por la vida de los personajes que por la mía. Mi vida giraba en torno a las historias que contaba.

Si bien no planeé la trama antes de empezar a escribir, sí sabía cuál era la atmósfera que quería crear. Quería escribir una novela que evocara el ambiente de *Restaurante Kamome* y de *Mi pequeño bosque*. Un espacio al que podemos escapar, un refugio de la intensidad de la vida diaria donde ni siquiera podemos detenernos para tomar un respiro. Un espacio para protegernos de las duras críticas que nos impulsan a hacer más, a ir más rápido. Un espacio para acurrucarse cómodamente durante un día. Un día sin que nada nos robe la energía, un día para reponer lo perdido. Un día que comenzamos con emoción y terminamos con satisfacción. Un día donde crecemos, y del crecimiento brota la esperanza. Un día dedicado a tener conversaciones significativas con buena gente. Lo más importante, un día en el que nos sintamos bien y nuestro corazón palpite con fuerza. Quería escribir sobre ese día y las personas que lo habitan.

En otras palabras, quería escribir lo que quiero leer. Historias de personas que encuentran su propio ritmo y dirección, de personas que creen en los demás y esperan a su lado mientras atraviesan momentos difíciles, llenas de preocupación. Historias de aquellos quienes apoyan a los demás, que celebran los pequeños esfuerzos y la resolución en una sociedad que humilla a las personas —y a todo lo relacionado con ellas— una vez que se caen. Historias que ofrecen consuelo, que brindan una palmada en el hombro a aquellos que han perdido la alegría de la vida, habiéndose esforzado demasiado para poder hacer las cosas bien.

No estoy segura de que esta novela haya salido como lo había esperado, pero muchos lectores me dijeron que el libro les brindó calor y consuelo. Del mismo modo sus generosas reseñas me han fortalecido, como si se hubiera formado una conexión entre individuos.

Es posible que no te percates de inmediato, pero todos los personajes de la novela están dando pequeños pasos hacia adelante, ya sea aprendiendo algo nuevo o haciendo un cambio en su vida. Sus acciones pueden estar lejos de alcanzar lo que la sociedad considera un éxito, pero están creciendo y cambiando a través de sus esfuerzos constantes, alejándose varios pasos del lugar donde comenzaron. No les importa el modo en que los demás juzgan su posición —sea alta o baja, buena o mala—. El hecho de que hayan progresado y estén felices donde están es suficiente. El criterio para medir la vida de uno está dentro de uno mismo. Y eso es suficiente.

Incluso si no es todos los días, o incluso con frecuencia, hay momentos en la vida en los que llegamos a pensar: esto es suficiente. En ese momento, toda la ansiedad y las preocupaciones se desvanecen, dejándonos con la comprensión de que hemos hecho todo lo posible para llegar a donde estamos. Estamos satisfechos y orgullosos de nosotros mismos. Si la librería Hyunam-dong es una acumulación de esos momentos de la vida, espero que muchas más personas puedan crear un espacio similar para sí mismas.

Para ustedes, que pasan el día allí, estoy aquí deseándoles lo mejor.

Enero de 2022
Hwang Bo-reum

Índice